wortweit-Verlag

ADRIAN BLACKWELL

IM REICH DER SCHATTEN

2. Auflage 2021

Umschlaggestaltung: Alex Nemec
Lektorat: Dr. Lotte Husung
Satz: Max Schinko
Druck: CPI
Printed in Germany
ISBN 978-3-903326-00-2
www.wortweit-verlag.at

© Foto Schmidt

Ralf Raabe (Jahrgang 1970) wuchs in Norddeutschland auf und war schon als Kind ein begeisterter Leser. Zunächst studierte er Wirtschaft, um nach der Promotion freiberuflich als Personalentwickler für Banken und Industrieunternehmen zu arbeiten. Mitte dreißig erfüllte er sich schließlich den lang gehegten Lebenstraum: Er studierte Germanistik. Mit den Fächern Deutsch und Wirtschaft ging er ins Lehramt. Zu den neuen Aufgaben als Lehrer gehörte die Pressearbeit für seine Schule. Dabei entdeckte er seine Begeisterung fürs Schreiben und entschied sich für ein nebenberufliches Journalismusstudium.

Heute vermittelt er seine Freude am Umgang mit Sprache an einer Berufsbildenden Schule. Mit seiner Ehefrau und seinen beiden Kindern lebt er in Oldenburg.

Die Inspiration für seine Geschichten findet er in alten Mythen und auf Reisen. Die Idee zu „Adrian Blackwell – Im Reich der Schatten" entstand bei einem seiner zahlreichen Familienurlaube in Großbritannien.

„Mit der einfachen Frage „Was wäre, wenn …?" öffnet sich eine Welt voller Möglichkeiten, die nur durch die Vorstellungskraft begrenzt wird. Die so entstehenden Wirklichkeiten schreibend zu erkunden und den Leser auf dieser Reise mitzunehmen, ist für mich das größte Abenteuer."

Für

Annegret, Johanna und Georg.

KAPITEL EINS

Mit federnden Schritten überquerte Adrian den Schulhof. Heute würde er es tun. Er würde Miranda Stanton um ein Date bitten.

Neben dem Haupteingang fand er sie im Gespräch mit ihren Freundinnen. Alle trugen die marineblaue Schuluniform von *St. Mary*. Eine leichte Windböe wehte Mirandas blondes Haar auf. Golden glänzte es im Licht der morgendlichen Herbstsonne. Adrians Herz machte einen Sprung. Sie blickte zu ihm herüber – und lächelte. Eine warme Welle prickelnder Bläschen schien von seinem Magen aufzusteigen, um vergnügt in seinem Kopf zu platzen. Er rief sich die Worte in Erinnerung, die er für diesen Moment tausendmal geprobt hatte.

Aber sie waren weg.

Plötzlich herrschte in seinem Kopf eine Leere wie bei einem Vokabeltest. Sein Herz raste, kalter Schweiß trat ihm auf die Stirn. Und es gab noch ein Problem: Er hatte gehofft, Miranda allein anzutreffen. Vor ihren Freundinnen konnte er sie unmöglich ansprechen.

Da erblickte ihn eines der Mädchen – ausgerechnet Shirley Finch. Sie stieß die anderen an, und nun sahen alle in seine Richtung. Adrian stöhnte innerlich auf. Entschlossen warf Shirley die honigblonden Locken über die Schulter und schlenderte lässig auf ihn zu.

„Hi", sagte sie ölig gedehnt.

Sie ging in die Parallelklasse. Die Jungen fielen in selige Schockstarre, wenn sie ihnen im Vorbeigehen ein Lächeln schenkte. Adrian fand, dass sie es an- und ausknipste wie einen Lichtschalter, ohne dass es je die Augen erreichte.

Jetzt schaltete sie es auf Fernlicht. „Du bist Adrian, stimmt's?"

Scheinbar gedankenverloren wand sie eine Strähne um den Finger, als wollte sie seine Aufmerksamkeit auf ihre Haarpracht lenken.

„Clara findet, du siehst aus wie dieser Typ in *Herr der Ringe*, der den Frodo gespielt hat – wie hieß er noch?"

Adrian zuckte die Schultern. „Keine Ahnung", murmelte er. Er hasste es, mit Elijah Wood verglichen zu werden. Was wollte sie bloß von ihm? Er sah zu Miranda hinüber, die sich mit Clara Davenport ins Gespräch vertieft hatte. Er biss sich auf die Lippen.

„Na jedenfalls", hörte er Shirley sagen, „ich gehe gern ins Kino. Ist irgendwie voll retro, findest du nicht auch?"

Sie sah ihn erwartungsvoll an. Doch Adrian ließ den Blick über ihre Schulter wandern, bis er in der Ferne an etwas Unerwartetem haften blieb. Jenseits des Schulgeländes, mitten im Blumenbeet der Verkehrsinsel, erhob sich eine riesenhafte Gestalt mit dem trapezförmigen Brustkasten einer Action-Figur. Überhaupt bestand der Fremde nur aus Muskeln. *Wie viel Zeit muss man im Fitnessstudio verbringen, um so einen Körper zu bekommen?*

Unterdessen erzählte Shirley von irgendeinem Film. „... und dann gab es da dieses echt fiese dämonenhafte Wolfswesen, das den Jungen in seine Träume verfolgte und dort bis ins Reich der Toten hetzte."

In der Rechten des Riesen baumelte ein riesiger Vorschlaghammer, dessen Stiel Adrian viel zu kurz erschien. Vielleicht eine Promotion-Aktion des Baumarkts? Nein, für einen Angestellten sah er zu ungepflegt aus: ungewaschenes, flammend rotes Haar, struppiger Bart und ein Umhang aus schäbigen Tierfellen.

Fand am Wochenende eine *Cosplay-Convention* statt? Nur dass der Riese überhaupt nicht wirkte, als trüge er ein Kostüm. Im Gegenteil, ein Business-Anzug oder ein Werkstatt-Overall hätten an ihm eher ausgesehen wie eine Verkleidung. Die ganze Aufmachung erschien Adrian beunruhigend stimmig. Die Gestalt erinnerte ihn fast an …

Ein Räuspern unterbrach den Gedanken. Shirley hatte ihr Lächeln auf Standlicht gedimmt. Ihr Blick folgte dem seinen zur Tankstelle. Anscheinend hatte sie seine Ablenkung bemerkt. Doch der Anblick eines rotbärtigen Barbarenkriegers, der auf einer Verkehrsinsel das Blumenbeet ruinierte, beeindruckte sie nicht. Sie knipste das Lächeln wieder an und begann erneut, von dem Film zu erzählen.

Aber Adrian hörte schon lange nicht mehr zu. Denn inzwischen hatte sich zu Füßen des Riesen ein Rabe im Gras niedergelassen. Der Rotbart sah zu ihm hinunter, nickte ernst und bewegte die Lippen, als spräche er mit dem Vogel. Jetzt blickte der Riese in Adrians Richtung und wiegte gedankenvoll den Kopf.

„… habe ich das von deinem Vater gehört", riss Shirley ihn plötzlich wieder aus seinen Gedanken. „Muss echt hart für dich gewesen sein. Hängst du deshalb so oft allein ab?"

Wie unter einem Stromschlag zuckte Adrian zusammen. Niemand außer Doktor Pemberton, dem Schulpsychologen, schnitt den Tod seines Vaters je direkt an. Aber sie hatte recht. Bereits am ersten Tag in der neuen Schule schien jeder vom Tod seines Vaters gehört zu haben. Anfangs hatten ihn die anderen wie mit Samthandschuhen angefasst. Sie wussten nicht, wie sie jemanden behandeln sollten, dessen Vater „auf tragische Weise ums Leben gekommen ist", wie es in der Zeitung geheißen hatte. Normalerweise folgte betretenes Schweigen, wenn er sich auf dem Schulhof einer Gruppe näherte, in der man gerade noch geredet und gelacht hatte. Nicht viel anders erging es ihm mit den Erwachsenen. Von denen hatte er nach der Beerdigung Sätze gehört wie „Wenn ich irgendwas für dich tun kann …" oder „Wenn du mal mit jemandem reden willst …" Meist blieben die Sätze ebenso unvollendet wie die Hilfe, die sie anboten. Wie hätten sie ihm auch helfen sollen? Schließlich hatte er begriffen, dass die anderen hinter solchen Floskeln nur die eigene Ratlosigkeit verbargen.

Shirley plapperte noch immer auf ihn ein. Hin und wieder tauchte das Wort „Kino" auf und dass sie morgen Abend Zeit hätte. Adrian blickte zu Miranda, die sich weiter mit Clara unterhielt, ohne ihn zu beachten. Wie sollte er sie ohne ihren Begleitschutz ansprechen? Ihre Freundinnen schirmten sie ab wie Zerstörer und Fregatten einen Flugzeugträger. *Flugzeugträger.* Das Wort stieß eine vage Erinnerung bei ihm an.

Unvermittelt unterbrach er den Strom der Worte, der auf ihn einprasselte:

„Hält Miranda nicht heute ein Referat über den Falklandkrieg?"

Shirley fiel das Lächeln aus dem Gesicht. Entgeistert starrte sie ihn an.

„Äh …, ja, ich glaube schon. Jedenfalls will sie in der Freistunde die Bücher in die Schulbibliothek zurückbringen."

Schlagartig heiterte sich Adrians Laune auf. Er sah noch einmal zu der Verkehrsinsel, aber der Fremde war bereits verschwunden.

***

Einzig das Ticken der Wanduhr unterbrach die Stille in der Bibliothek. Deckenhohe Bücherregale säumten die Wände. Weitere Regalreihen gingen quer vom Mittelgang ab.

Mrs. Hutchinson, die Bibliothekarin, saß an ihrem Schreibtisch neben dem Eingang und inventarisierte neue Bücher. Ansonsten war er allein. Nun, Miranda würde schon auftauchen. Ohne ihre Freundinnen im Schlepptau wäre es hier einfacher, sie in ein unverfängliches Gespräch zu verwickeln, das in einer „spontanen" Verabredung enden sollte. Er bog in einen der Seitengänge ab und betrachtete die Buchrücken. An einem vertrauten dunkelblauen Einband blieb sein Blick hängen.

NORDISCHE GÖTTERSAGEN
VON PROF. DR. CHRISTOPHER BLACKWELL

Adrian nahm das Buch aus dem Regal. Es erzählte die Geschichten der nordischen Mythologie. Adrian kannte sie alle: die Sagen von der Erschaffung der Welt, vom Kampf der Götter gegen Trolle und Eisriesen. Und von der Götterdämmerung, dem Weltenbrand, in dessen Verlauf der Fenris-Wolf die Welt verschlingen würde. Sein Vater hatte das Buch für ein breites Publikum geschrieben. Das Thema lag etwas abseits von den alt-skandinavischen Runen, deren Erforschung er zu seiner Lebensaufgabe gemacht hatte. Er öffnete das Buch und las die Widmung:

für Adrian

Ein ziehender Schmerz ließ ihn Miranda für den Augenblick vergessen. Zwar mochte er die Geschichten und die Art, wie sein Vater sie erzählte. Aber Adrian bezweifelte nicht, dass sein Vater dieses Buch einzig zu dem Zweck geschrieben hatte, seinen Sohn für sein Forschungsgebiet zu interessieren. Professor Blackwell hatte große Erwartungen in ihn gesetzt. Dabei wusste Adrian nicht einmal, ob er überhaupt studieren wollte.

Plötzlich schlug jemand krachend die Bibliothekstür zu. Er fuhr zusammen. Das Buch entglitt seinen Händen. Hastig beugte er sich hinunter, um es aufzuheben. Das Geräusch reißenden Stoffes sagte ihm, dass es um die Hose seiner Schuluniform geschehen war. Ein eisiger Schauder durchrieselte ihn.

Vorsichtig betastete er die Naht.

Kein Zweifel.

Gerissen.

Das Herz schlug ihm gegen die Rippen, als versuchte es, dem Brustkorb zu entkommen. So konnte er Miranda nicht um eine Verabredung bitten. Verzweiflung flutete ihn wie Meerwasser die unteren Decks der *Titanic*. Durch die Buchreihen sah er Miranda den Mittelgang entlanggehen. Er zog sich in den Schatten des Regals zurück und tat, als lese er. Vor dem Seitengang blieb sie stehen. Sie wirkte überrascht, ihn hier anzutreffen.

„Du hast Shirley ja eine ganz schöne Abfuhr erteilt."

„Wem?", fragte Adrian, bevor er begriff, worauf sie anspielte.

Sie lachte. „Du bist echt witzig. Geschieht ihr recht."

Er runzelte die Stirn. „Ich dachte, du bist ihre Freundin."

„Na und?"

Sie zuckte die Achseln und warf ihr blondes Haar über die Schulter. Es hatte plötzlich etwas von seinem Glanz verloren.

„Kannst du mir mal das Buch da herunterholen? Ich komme nicht dran."

Sein Blick folgte ihrem Zeigefinger, der auf einen großformatigen Einband in der obersten Regalreihe deutete. Er würde ihr auf keinen Fall den Rücken zukehren.

„Äh, nein."

Miranda sah ihn an, als habe sie sich verhört. Sie wiederholte die Frage. Aber Adrian blieb wie angenagelt stehen.

„Tut mir echt leid", stammelte er.

Sie betrachtete ihn mit einem Blick, der zwischen Überraschung und Verärgerung in der Schwebe hing. „Shirley hat recht. Du *bist* seltsam."

Und damit verschwand sie, um von Mrs. Hutchinson die Trittleiter zu holen.

Adrian schlug die Hand gegen die Stirn und wäre am liebsten im Boden versunken. Er hatte die Niederlage noch nicht verdaut, da begriff er die volle Tragweite des Unfalls. Wie sollte er mit einer gerissenen Hose den Schultag überstehen?

Sein Blick fiel auf den Schreibtisch der Bibliothekarin, die gerade nicht an ihrem Platz saß. Ein schwacher Hoffnungsfunke glomm in ihm auf. *Das könnte funktionieren.* Er sprintete Richtung Tür und riss den Bürotacker vom Schreibtisch.

Der fensterlose Flur roch nach Reinigungsmittel. Adrian presste den Rücken an die Wand. Vor ihm dehnte sich ein menschenleeres Halbdunkel. Aber bald würde es zur Pause läuten. *Die Toilette!* Er hastete den Gang hinunter. Der Putzmittelwagen blockierte die Tür der Jungentoilette. Drinnen trällerte die Putzfrau.

Er sah auf die Uhr. In wenigen Minuten würde der Flur vor Schülern bersten und jeder seine Unterwäsche sehen. Endlich überwand er sich und öffnete einen Spalt weit die Tür zur Mädchentoilette.

„Hallo?“, rief er zögerlich.

Keine Antwort.

Er schlich hinein und schloss sich in der mittleren der drei Kabinen ein. Um den Schaden zu untersuchen, zog er die Hose aus. Die Neonröhre an der Decke leuchtete durch einen Riss von der Länge seiner Hand. Adrian hielt den Stoff zusammen und setzte den Tacker an.

Ein trockenes Klacken. Er probierte es erneut.

Wieder nichts.

Hitze wallte in ihm auf. Mit zitternden Händen öffnete er die Verriegelung des Tackers.

Leer.

Nicht eine einzige Klammer im Magazin. So musste sich ein Soldat unter schwerem Beschuss fühlen, dem das leere Klicken des Gewehrs mitteilte, dass er die Munition vergessen hatte. Entmutigt ließ er sich auf den Klodeckel sinken. Hier saß er nun, in einer Kabine auf der Mädchentoilette – ohne Hose. Schlimmer konnte der Tag nicht werden.

Da hörte er, wie jemand die Flurtür öffnete. Eine unbekannte Mädchenstimme drang durch die Kabinentür: „... und was hat er da gesagt?“

„Wart mal“, sagte eine zweite Stimme, „ich will erst sehen, ob wir allein sind.“

Kein Zweifel, diese Stimme gehörte Shirley. Adrian schluckte. Er hatte die Tür verschlossen. Hoffentlich kämen sie nicht auf die Idee, unter dem Türspalt der Kabine hindurchzusehen.

Natürlich taten sie genau das.

„Da drin ist jemand“, rief Shirley auch schon. „Ein Junge! Und er hat keine Hose an.“

Wütendes Klopfen an der Tür.

„Komm da sofort raus!“

Adrian schloss die Augen. Das konnte nur ein Albtraum sein. Aber er wachte nicht auf. Endlich verstummte das Klopfen.

„Wir holen jetzt die Aufsicht. Shirley, pass auf, dass er nicht abhaut.“

Schritte entfernten sich, die Tür fiel ins Schloss. Rasch zog Adrian die kaputte Hose an und öffnete die Türverriegelung.

Sie waren weg.

Aber wie sollte er draußen ungesehen an Shirley vorbeikommen? Das Milchglasfenster auf der anderen Seite des Waschraums ließ sich öffnen. Doch ein Blick in die Tiefe sagte ihm, dass ihm für diesen Fluchtweg die Flügel fehlten. Gerade wollte er sich in das Schicksal der öffentlichen Demütigung fügen, da entdeckte er den gemauerten Sims.

Adrian stöhnte.

Zwei Sekunden später stand er auf dem Fenstersims im vierten Stock der Schule und bereute seine Flucht aus der Mädchentoilette. Ein ganzer Meter trennte ihn vom Fenster der Jungentoilette und nur eine Handbreit bröckeliger Ziegelsteine von einem Sturz in die Tiefe. Er warf einen Blick hinunter und wünschte sofort, er hätte es gelassen. Sein Atem ging flach und schnell. In wenigen Sekunden begann die Pause. Ein Strom von Schülern würde sich auf den Schulhof ergießen. Unzählige Augenpaare würden sich auf ihn richten, unzählige Finger und Handy-Kameras auf ihn deuten. Man würde ihn für einen Selbstmordkandidaten halten. Sein Magen verkrampfte sich zu einem Knoten.

Adrian atmete tief durch und schob sich seitwärts den Sims entlang, Zentimeter für Zentimeter. Er vermied es, noch einmal in die Tiefe zu sehen, und richtete seinen Blick in die Ferne. Das weitläufige Schulgelände grenzte an eine Ausfahrtsstraße nach Manchester. Auf der anderen Straßenseite wirbelte Herbstlaub über das verlassene Rugby-Feld. Dunkle Unwetterwolken ballten sich zusammen.

Endlich hatte er das Fenster erreicht. Ein kalter Schweißtropfen lief ihm von der Achselhöhle bis zur Hüfte. Sein Herz schlug schneller. Vorsichtig tastete er nach der Scheibe.

Aber das Fenster ließ sich nicht bewegen.

Er probierte es noch einmal.

Mit etwas mehr Druck.

Nichts.

Verschlossen.

In diesem Moment zerbrach etwas in ihm. Der krönende Höhepunkt eines Vormittags voller Niederlagen. Am liebsten wäre er in die Hocke gesunken, wenn das nicht seinen unmittelbaren Tod bedeutet hätte. Da fiel sein Blick auf den Schulhof.

In der Mitte des menschenleeren Platzes stand eine hochgewachsene Gestalt. Wie eine Flagge blähte der Wind einen schmutzigblauen Umhang auf. Obwohl ein Schlapphut von gleicher Farbe das Gesicht beschattete, bezweifelte Adrian nicht, dass der hagere Greis ihn beobachtete. Missbilligend schüttelte der Alte den Kopf, sein grauer Bart hüpfte von Schulter zu Schulter.

Die Erscheinung fesselte Adrian so sehr, dass er den Raben nicht anfliegen sah, der auf der Schulter des Fremden landete. Nun wandte der Alte seine Aufmerksamkeit dem Vogel zu, schien ihm zu lauschen. Noch einmal schüttelte er den Kopf und verschwand samt dem Raben von der Stelle, an der er gestanden hatte. Verschwand buchstäblich und hinterließ nichts als wirbelnde Luft.

Adrian blieb keine Zeit, sich darüber zu wundern, denn aus den Lautsprechern des Schulhofes ertönte das Pausenzeichen. Die gerissene Hose war nun nicht mehr sein größtes Problem. Noch enger presste er den Rücken an die Backsteinmauer und legte den Kopf in den Nacken. Er schloss die Augen, als könnte er so das Unvermeidliche verhindern. Das Bild von Miranda Stanton wühlte sich an die Oberfläche seiner Gedanken. Ob sie sich nach diesem Tag noch mit ihm verabreden würde? Mit geschlossenen Augen hörte er, wie die Schüler der unteren Jahrgänge lärmend auf den Hof stürmten, hörte die ersten aufgeregten Schreie und – nach einer Zeit, die ihm endlos erschien – die Sirene der herannahenden Feuerwehr.

***

Doktor Pemberton öffnete die Akte auf seinem Schreibtisch. „Möchtest du mir erzählen, was heute da oben passiert ist?"

Er deutete in Richtung Fenster und lehnte sich in seinem Sessel zurück. Adrian rutschte auf dem Stuhl hin und her. Durch das Fenster überblickte er den Schulhof. Pünktlich zum Unterrichtsbeginn hatte er sich geleert. Nichts erinnerte mehr an den Aufruhr, den Adrian verursacht hatte. Aber er machte sich keine Illusionen. Er war jetzt *das* Gesprächsthema der Schule. Und er würde es eine ganze Weile bleiben. Gluthitze stieg ihm ins Gesicht.

„Jedenfalls wollte ich mich nicht umbringen, wenn es das ist, was Sie denken, Sir."

Der Schulpsychologe legte die Fingerspitzen aneinander und betrachtete ihn schweigend durch die randlose Banker-Brille. In den sechs Wochen an der neuen Schule hatte Adrian ihn nie ohne Designeranzug gesehen.

„Wenn ich das auch nur einen Moment geglaubt hätte, wärst du jetzt auf dem Weg in die geschlossene Psychiatrie." Er machte eine bedeutungsvolle Pause und beugte sich vor. „Meinst du nicht, wir sollten endlich über deinen Vater reden?"

Adrian schwieg und schaute sich in dem Büro um. Ein langes Regal voller Akten und Fachbücher ließ den Raum klein erscheinen. Der einzige persönliche Gegenstand hing neben der Tür. Ein gerahmtes Foto zeigte Doktor Pemberton mit seiner Frau und seinem Sohn vor dem Hintergrund eines Gebirgswasserfalls. Sie trugen alle bunte Regenkleidung, lachten in die Kamera und schienen ausgesprochen glücklich zu sein.

Doktor Pemberton nahm die Brille ab, faltete sie ordentlich zusammen und legte sie auf Adrians Akte.

„Ich habe mit deiner Mutter telefoniert."

„Lassen Sie mich raten: Sie wird nicht kommen."

„War es das, was du erreichen wolltest?"

Adrian richtete seinen Blick zur Decke. Er hasste diese Gespräche.

„Sie musste dieses Wochenende nach Glasgow. Irgendeine Gala mit wichtigen Geldgebern."

Mehr wusste er nicht. Als sie ihm zu erklären versucht hatte, warum sie ausgerechnet heute nicht da sein würde, hatte er ihr nicht mehr zugehört. Sein Handy vibrierte. „Mum" stand auf dem Display, obwohl er Helen seit der Beerdigung nicht mehr so nannte. Er drückte den Anruf weg.

Doktor Pemberton schien zu ahnen, wer der Anrufer war. „Du hättest das Gespräch ruhig annehmen können. Sie wird sich Sorgen machen."

Adrian verkniff sich eine sarkastische Bemerkung und zuckte die Schultern.

Der Psychologe setzte die Brille auf. „Wie hat sich das Verhältnis zu deiner Mutter seit unserem letzten Gespräch entwickelt?"

„Wenn Sie glauben, dass ich aus dem Fenster geklettert bin, damit Helen mich mehr beachtet ..." Er holte tief Luft, um seinen Geduldsfaden zu stärken, und setzte in sachlichem Ton neu an: „Sie führt ihr Leben. Und ich führe meins. Das ist schon okay."

Doktor Pemberton nickte, schien aber wenig überzeugt zu sein. Wieder vibrierte das Handy. Adrian warf einen flüchtigen Blick auf das Display, bevor er das Gerät ausschaltete und in der Hosentasche verschwinden ließ.

„Bist du wütend auf sie?", fuhr der Psychologe fort. „Möchtest du sie bestrafen? Weil sie an deinem Geburtstag nicht bei dir ist?"

Adrians Geduld bekam kleine Risse. „Können wir jetzt bitte aufhören, von meiner Mutter zu sprechen?"

„Gut, reden wir über deinen Vater."

„Nicht schon wieder!", stöhnte Adrian. „Hören Sie, es tut mir leid wegen der ganzen Aufregung. Aber ich habe *wirklich* keine Probleme."

„Nehmen wir mal an, ich würde *dir* von einem Sechzehnjährigen erzählen, der aus dem Fenster des vierten Stocks seiner Schule klettert und von der Feuerwehr gerettet werden muss. Würdest du mir glauben, wenn ich dir versicherte, dass der Junge keine Probleme hat?"

Adrian wusste nicht, was er darauf antworten sollte, aber Doktor Pemberton fuhr bereits fort: „Es ist jetzt gerade ein halbes Jahr her. Der Unfall deines Vaters war eine traumatische Erfahrung. So was muss therapeutisch aufgearbeitet werden. Du bist alt genug, das zu begreifen."

Wenn jemand therapeutische Hilfe benötigt, dachte Adrian, dann Helen. Aber das ging Doktor Pemberton nichts an. Adrian sah aus dem Fenster. Die Wolken hatten sich verzogen. Herbstliches Sonnenlicht beschien den Schulhof. Der Wind hatte ein paar welke Blätter in eine Ecke getrieben und gönnte ihnen auch dort keine Ruhe. Für einen kurzen Augenblick fiel ihm der bärtige Alte mit dem Schlapphut ein, bevor die Stimme des Psychologen die Erinnerung aus seinem Bewusstsein verscheuchte.

„Es kommt vor, dass Menschen in ihrer Trauer erstarren und den geliebten Menschen nicht loslassen können. Dafür gibt es verschiedene Gründe. Manchmal war der Hinterbliebene nicht in der Lage, seine widersprüchlichen Gefühle gegenüber dem geliebten Menschen aufzulösen, bevor dieser starb."

In Adrian krampfte sich etwas zusammen. *Widersprüchliche Gefühle? Was soll das heißen? Dass ich meinen Vater nicht geliebt habe?*

„Du musst dich entscheiden", fuhr der Psychologe fort, „entweder läufst du weiter vor der Wirklichkeit davon oder du überwindest dich, deinen Vater loszulassen."

Adrian ballte die Fäuste und schloss die Augen. *Warum könnt ihr mich nicht alle in Ruhe lassen?*

Noch einmal atmete er tief durch. „Das Ganze war ein Missverständnis. Sie haben selbst gesagt, Sie glauben nicht, dass ich mich umbringen wollte. Darf ich jetzt *bitte* gehen, Sir?"

Der Psychologe schüttelte den Kopf. „Du kannst vor deinem Schmerz nicht davonlaufen. Egal, wohin du auch gehst, er wird dort bereits auf dich warten. Auch auf dem Fenstersims im vierten Stock."

Adrian suchte nach Worten. Das eine hatte nichts mit dem anderen zu tun. Wie sollte er das nur begreiflich machen?

Doktor Pemberton seufzte und sagte in verändertem Ton: „Ich kann dich nicht zwingen, mir zu vertrauen. Aber ich verspreche dir, dass nichts, was du mir erzählst, mein Büro verlässt."

Vor Adrians innerem Auge spulten sich die Ereignisse des heutigen Vormittags ab wie ein Film. Wieder schoss ihm die Hitze ins Gesicht.

„Wie ich schon sagte", unterbrach Doktor Pemberton die sich dehnende Stille, „ich möchte gern verstehen, was dich heute da rausgetrieben hat."

Er schloss die Akte und sah Adrian erwartungsvoll an.

Adrian rang mit sich. Doktor Pemberton die peinliche Geschichte zu erzählen erschien ihm weniger unangenehm, als über den Tod seines Vaters sprechen zu müssen.

„Sie lassen mich also gehen, wenn ich es Ihnen erzähle?"

Jetzt lächelte der Psychologe, lehnte sich in seinem Sessel zurück und legte erneut die Fingerkuppen gegeneinander. „Ich bin ganz Ohr."

***

Doktor Pembertons Bürotür fiel ins Schloss. Adrian stieß die Luft aus. Schweigend hatte der Psychologe seine Geschichte angehört und am Ende nur wiederholt: „Du kannst vor deinem Schmerz nicht davonlaufen. Egal, wohin du auch gehst, er wird dort bereits auf dich warten."

Allmählich begriff er, dass er sich nicht über den Psychologen, sondern über die eigene Dummheit ärgerte. Während er ihm den Vorfall erklärte, hatte er eingesehen, wie blödsinnig sein Verhalten gewesen war. Immerhin hatte Doktor Pemberton ihm seinen Bürotacker geliehen, wenn auch nur kopfschüttelnd. Und er hatte so viel Takt gezeigt, den Raum zu verlassen, bis Adrian seine Hose provisorisch repariert hatte. Aber das Gefühl einer tiefen und selbst verschuldeten Demütigung blieb.

Adrian schaltete das Handy ein.

Drei Anrufe in Abwesenheit.

Es kümmerte ihn nicht. Er wollte nur noch nach Hause und sich bis Montagmorgen die Bettdecke über den Kopf ziehen.

In der Pausenhalle standen Schüler in kleinen Gruppen zusammen. Sie deuteten auf ihn und tuschelten. Natürlich wusste inzwischen jeder von der Geschichte. Und wer die Kletterpartie und die noch peinlichere Rettungsaktion nicht live gesehen hatte, sah sie nun auf *Youtube*. Am liebsten wäre er gestorben. Doch die schlimmste Erniedrigung wartete noch auf ihn.

Miranda saß zwischen Shirley und Clara auf den Heizkörpern in der Nähe des Ausgangs. Ihre Blicke trafen sich. Das Schreckliche geschah. Sie hielt sich die Hand vor den Mund, um ihr Losprusten zu verbergen.

Adrians Hoffnungen stürzten ein wie ein Hochhaus bei einer kontrollierten Sprengung. In Zeitlupe sank es vor seinem inneren Auge zusammen. Etage für Etage. Nichts blieb übrig als ein Trümmerhaufen in einer Staubwolke, die langsam der Wind verwehte.

Okay, er hatte sich zum größten Idioten aller Zeiten gemacht. Und doch hatte er geglaubt, sie würde sein Handeln verstehen, vielleicht sogar ein wenig Mitgefühl zeigen. Aber sie unterschied sich nicht von den anderen. Die Erkenntnis traf ihn mit der Wucht eines Vorschlaghammers.

Seine Beine trugen ihn zum Ausgang.

Draußen kühlte die frische Herbstluft seine glühenden Wangen, aber nicht die brennenden Augen. So hatte es sich früher angefühlt, bevor er in Tränen ausgebrochen war. Aber Tränen besaß er schon lange nicht mehr. Nicht einmal beim Tod seines Vaters hatte er geweint.

Mit gesenktem Blick schleppte er sich über den Schulhof zum Fahrradstand und beugte sich über das Fahrradschloss. Hinter ihm räusperte sich jemand.

In dieser Haltung wollte er niemandem seine notdürftig reparierte Hosennaht präsentieren.

Er fuhr herum.

Alison Hooper, ein eher unscheinbares Mädchen aus seiner Klasse, betrachtete ihn mit unsicherem Lächeln.

„Herzlichen Glückwunsch."

Adrian suchte vergeblich den Sarkasmus in ihrer Stimme. Er sah sie verständnislos an, bis er merkte, dass sein Mund offen stand.

Eine leichte Röte belebte ihre Wangen. „Zum Geburtstag."

Adrian starrte auf die Karte, die sie ihm hinhielt.

„Woher …"

„Aus dem Klassenbuch."

Ihre Augen huschten hinter den großen, schwarz geränderten Brillengläsern hin und her wie aufgescheuchte kleine Vögel. Sie lächelte verlegen und strich eine Strähne ihres kastanienbraunen, schulterlangen Haars hinters Ohr.

Adrian nahm die Karte, zu verwirrt, um etwas zu sagen. Bisher hatte er Alison kaum zur Kenntnis genommen. Die spitze Nase verlieh ihrem schmalen Gesicht einen Ausdruck wachsamer Neugier. Im Unterricht fiel sie weder durch fehlende Hausaufgaben noch durch eine übermäßige Beteiligung auf.

Sie blickte auf ihre Schuhspitzen.

„Du hast heute bestimmt noch was vor. Familie, Party, Torte, Geschenke und all das."

„Eigentlich nicht."

Er ließ die Karte in seinem Rucksack verschwinden.

„Nicht mehr", korrigierte er sich.

„Oh, wie schade."

Es klang ehrlich erstaunt. Sie sah ihn interessiert an und schien auf etwas zu warten, aber er begriff nicht, worauf. Ein sonderbares, warmes Gefühl für dieses Mädchen stieg plötzlich in ihm auf. Den peinlichen Vorfall heute hatte sie mit keinem Wort erwähnt. In diesem Augenblick begriff er, dass er den Rest seines Geburtstages allein verbringen würde. Allein mit einem Kühlschrank voller Zutaten für ein Drei-Gänge-Menü. Wochenlang hatte er überlegt, was er für Miranda kochen sollte. Sie aber einzuladen hatte er bis zum letzten Tag hinausgezögert.

Er schob das Fahrrad aus dem Unterstand. Schließlich fragte er:

„Aber vielleicht hättest du Lust, zum Essen zu kommen?"

KAPITEL ZWEI

Adrian lebte mit seiner Mutter in einem Reihenhaus in einer Wohngegend ein paar Meilen westlich vom Stadtzentrum. Lattenzäune trennten die Vorgärten voneinander, Herbstlaub bedeckte den Rasen.

Aus dem Nachbarhaus trat Dean Harris mit einem Umzugskarton, auf dem Weg zu seinem alten Skoda, der mit offenem Kofferraum am Straßenrand parkte. Dean setzte den Karton ab und grüßte Adrian über den Zaun hinweg.

„Wie läuft's in der Schule?"

Adrian winkte ab.

„Das ist übrigens Alison."

Dean nickte ihr freundlich zu. Er war nur wenige Jahre älter als Adrian und studierte seit ein paar Wochen in Birmingham. Nun kam Mr. Watkins, Deans Pflegevater, ebenfalls aus dem Haus, mit einer weiteren Umzugskiste in den Händen.

„He, nicht schlappmachen, Herr Student!", rief er Dean im Vorbeigehen zu.

Dean lachte. Bestimmt fiel ihm der Abschied von seiner Pflegefamilie nicht leicht.

„Okay, Adrian, ich muss dann wohl", sagte er und hob den Karton wieder auf. „Besuch mich doch mal am Wochenende! Es gibt ein paar angesagte Clubs in Birmingham."

Adrian zuckte die Schultern und schloss die Haustür auf. Alison trat in den Flur und sah sich um.

„Du wohnst hier allein mit deiner Mutter?"

Adrian nickte und warf einen flüchtigen Blick auf die Post neben der Haustür. Zwischen Werbesendungen fand er die Geburtstagskarte seiner Mutter. Er warf sie zum Altpapier.

Ein großer Umschlag, an seinen Vater adressiert, erregte kurz sein Interesse. Der Brief trug ihre alte Adresse in Oxford. Jemand hatte sie durchgestrichen und mit einem Nachsendeauftrag nach Manchester versehen. Adrian legte ihn auf die unterste Treppenstufe zu der übrigen Post.

„Deine Eltern?“, fragte Alison.

Sie deutete auf das gerahmte Bild neben dem Sicherungskasten. Ein zwölfjähriger Adrian ritt auf einem Kanonenrohr vor dem Hintergrund des *Towers von London.* Zu beiden Seiten lächelten seine Eltern in die Kamera. Damals hatte sein Vater einige Fundstücke des Britischen Museums begutachtet, bevor sie gemeinsam die Sommerferien in Brighton verbrachten. Der einzige Familienurlaub, für den sich seine Eltern je Zeit genommen hatten. Das Bild auf dem Schreibtisch des Schulpsychologen fiel ihm ein. *Brauchen Familien solche Fotos, um sich zu vergewissern, dass sie glücklich sind, obwohl sie es eigentlich nicht sind?*

Laut sagte er: „Da vorn geht's in die Küche. Ich zieh mich rasch um.“

Nachdem er die Hose gewechselt hatte, fand er Alison in der Küche. Der Gedanke an die vor ihm liegende Aufgabe hellte seine Stimmung auf. Alison studierte die Zettel, die mit Magneten am Kühlschrank befestigt waren. Unzählige Rechnungen, Einkaufslisten, Terminerinnerungen, Visitenkarten, Haftnotizen und E-Mails.

Sie wandte sich ihm zu. „Reden deine Mutter und du auch mal persönlich miteinander?“

Adrian nahm das als Scherz. „Sie muss halt viel arbeiten. Und ich kümmere mich um den Haushalt. Aber jetzt lass uns kochen!“

Er reichte ihr eine Schürze.

Alison hob die Augenbrauen. „Die ist ja noch originalverpackt."

Die Schürze hatte er extra für diesen Abend gekauft.

Für Miranda.

Das Bild, wie sie ihn in der Pausenhalle ausgelacht hatte, trat ihm wieder vor Augen.

„Du hast das alles hier geplant", stellte Alison plötzlich fest und über ihr Gesicht huschte ein Schatten. Adrian erriet ihre Gedanken: *Aber nicht für mich.*

Miranda Stanton war Geschichte. Er hatte hinter ihre Fassade geschaut. Aber wie sollte er Alison das erklären? *Heute ist mein Geburtstag.* Nach dem katastrophalen Vormittag wollte er das Beste aus dem Abend machen.

Und zwar mit Alison.

Er berührte sie sanft am Oberarm und suchte ihren Blick. „Jetzt gehört sie dir."

Ein verlegenes Lächeln spielte um ihre Mundwinkel.

Adrian räusperte sich. „Weißt du, wie man einen Gemüsefond ansetzt?"

Sie wusste überraschend wenig übers Kochen. Also erklärte er ihr, wie man die Finger beim Schneiden von Zwiebeln hält und worauf sie beim Anbraten des Rindfleisches zu achten hatte. Sie lernte schnell, und offensichtlich machte ihr das Kochen genauso viel Spaß wie ihm. Als er den Tisch im Esszimmer zu decken begann, fragte sie ihn, wo sie sich frisch machen könne.

„Die Treppe rauf und dann die zweite Tür links." Er riss gerade ein Streichholz für die Tafelkerzen an.

„Die Tür ist abgeschlossen", rief sie von oben.

Adrian hielt in der Bewegung inne. „Die … die andere Tür. Rechts."

Für einen Augenblick verflog seine gute Laune. Mit der Türklinke zum verschlossenen Zimmer hatte sie jenen wunden Punkt in seinem Inneren berührt, den er genauso verborgen hielt wie das Zimmer selbst. Hinter der Tür stapelten sich die Umzugskartons mit den Sachen seines Vaters, Kisten voller Bücher, Notizen und Aufzeichnungen seiner Forschungsarbeiten. Die Mitarbeiter der Universität hatten sie ihnen ein paar Wochen nach der Beerdigung gebracht. Auch seine Kleidung, Fotoalben und andere Erinnerungsstücke lagerten dort. Seine Mutter und er hielten das Zimmer sorgsam verschlossen, fast schon versiegelt. Sie taten, als existiere es nicht. Das Streichholz verbrannte ihm die Finger. Er schüttelte es aus.

Nach einer Weile erschien Alison im Türrahmen des Esszimmers. Sie hatte Lipgloss aufgetragen. Ohne Brille sah sie viel hübscher aus. Er hatte sie wohl einen Moment zu lange angestarrt, denn sie blickte verlegen zur Seite. Wie um von sich abzulenken, deutete sie auf die antike Uhr auf dem Kaminsims.

„Die geht falsch."

„Sie steht", widersprach er.

Ein Runzeln erschien auf ihrer Stirn.

„Kaputt?"

„Nein." Er riss ein neues Streichholz an. „Sie zeigt die Uhrzeit, zu der … zu der mein Vater von der Straße abgekommen ist." Er schluckte. „Seinen Todeszeitpunkt", fügte er unnötigerweise hinzu.

Sie schien nachzudenken. Sein Handy vibrierte, das Display zeigte „Mum". Fast schon gewohnheitsmäßig drückte er den Anruf weg. Um das Thema zu wechseln, fragte er:

„Hilfst du mir, das *Boeuf Bourguignon* aufzutragen?"

Während des Essens stellte sie keine weiteren Fragen und bestritt einen Großteil der Unterhaltung. Sie erzählte von ihren Eltern, von ihren beiden Geschwistern und ihrer Absicht, nach der Schule Kunst zu studieren.

„Für welches Fach wirst du dich einschreiben?"

Adrian hob die Schultern.

Sie schob die leere Schale *Crème brûlée* von sich weg und sah ihn an.

Es entstand eine Pause.

Schließlich meinte er: „Mein Vater hätte sich gewünscht, dass ich Sprachwissenschaft studiere und dann Professor werde wie er."

Seit sie Oxford verlassen hatten, hatte er mit niemandem über seinen Vater gesprochen. Es überraschte ihn, dass er Alison von ihm erzählte.

„Er hat ein Werk über Runenkunde veröffentlicht und ein Buch über die alten nordischen Göttersagen. Du weißt schon, über die heidnischen Götter Odin und Thor, Freya und Frigg, über Trolle und Riesen, Walküren und die Götterdämmerung."

„Götterdämmerung? Ist das nicht so eine langweilige deutsche Oper?"

„Eigentlich ist es die altnordische Sage vom Untergang der Götter und dem großen Weltenbrand. Eine große Schlacht, in der die Götter und die im Kampf gefallenen Toten in Walhall gegen den Götterfeind Loki und seine Brut kämpfen. Während dieser Schlacht verschlingt der Fenriswolf den Göttervater Odin. Der Donnergott Thor besiegt die Midgardschlange, stirbt aber an ihrem Gift. Letzen Endes reißen sich alle gegenseitig in den Tod, und die Welt geht in Flammen auf."

Die Widmung des Buches fiel ihm ein und mit ihr jener Augenblick in der Bibliothek, der vor ein paar Stunden zu einer Kette von Katastrophen geführt hatte, die ihm in der Schule noch lange nachhängen würden.

Alison krauste die Nase, dann leckte sie genüsslich die letzten Reste des Desserts von ihrem Löffel.

„Vielleicht solltest du lieber Koch werden."

„Das hätte meinem Dad wohl nicht gefallen."

Er hatte das wie eine Vermutung klingen lassen, wusste es aber besser. Es *hatte* ihm nicht gefallen. Wenn Adrian abends in der Küche ein neues Rezept ausprobierte, hatte sein Vater sich demonstrativ in sein Arbeitszimmer zurückgezogen. Adrian und seine Mutter aßen dann allein, was er gekocht hatte.

Er sah Alison nicht an. „Mein Vater stammte aus einer einfachen Schäferfamilie. In seiner Jugend las er jedes Buch, das er ergattern konnte. Mit einem Leistungsstipendium brachte er es bis nach Oxford. Dort begann seine steile Karriere als führender Runologe Europas."

Alison nickte verständnisvoll. „Und du solltest sein Lebenswerk fortsetzen?"

Er zuckte die Schultern. Herauszufinden, dass sein Sohn andere Interessen hatte, das hatte seinen Vater schwer enttäuscht.

Später half Alison beim Abwasch. Er bemerkte, wie er den Augenblick des Abschieds hinauszögerte. Schließlich begleitete er sie zur Tür. Sie trat in die kühle Dunkelheit. Er ergriff ihre Hand und strich mit dem Daumen sanft über ihren Handrücken.

Sie ließ es geschehen.

Adrian überlegte, ob er sie zum Abschied auf die Wange küssen sollte.

Zwei winzige Grübchen erschienen in ihren Mundwinkeln. Sie löste ihre Hand und schob ihr Fahrrad auf die Straße. Im Schein der Straßenlaterne radelte sie davon. Er sah ihr nach, bis sie um die Straßenecke bog.

Adrian ließ seinen Blick über die Straße schweifen. Auf dem Strommast vor dem Haus saß ein ungewöhnlich großer Rabe. Am Rand seines Bewusstseins tauchte kurz die Erinnerung an etwas auf, das er heute gesehen hatte. Aber sie verschwand, ehe der Vogel sich in die Luft schwang und mit der Dunkelheit verschmolz.

***

Er kehrte ins Haus zurück. An der Treppe fiel sein Blick wieder auf den braunen Umschlag. Das Hochgefühl nach dem Abend mit Alison verflog. Der Brief wog schwer in seiner Hand. Im Absenderfeld stand der Name einer Klinik für Onkologie, der Poststempel war drei Monate alt. Welche Umwege hatte der Brief wohl genommen?

Unschlüssig nahm er ihn mit in die Küche, legte ihn auf den Küchentisch und kochte eine Tasse Tee. Er stellte die Milch zurück in den Kühlschrank. Einer der Magnete löste sich und ein paar Zettel segelten zu Boden, darunter eine Hotelreservierung. Die Stiftung hatte Helen fürs Wochenende ein Zimmer in London gebucht, sie dann aber kurzfristig nach Glasgow geschickt. Natürlich hatte sie vergessen, die Reservierung zu stornieren. Er faltete das Blatt zweimal und ließ es in der Hosentasche verschwinden. Morgen würde er sich darum kümmern. Mit dem dampfenden Teebecher setzte er sich an den Küchentisch und betrachtete den Brief.

Schließlich siegte die Neugier.

Der Umschlag enthielt einen mehrseitigen Bericht mit medizinischen Fachbegriffen und Zahlenangaben, die ihm nichts sagten: ... *stereotaktische Hirnbiopsie ... histologischer Befund positiv ... fortgeschrittenes Gewebewachstum* ... Und mehrmals das Wort *Gliobastom.*

Er nahm sein Handy, und Wikipedia lieferte die Antwort: *Hirntumor.*

Das Wort traf ihn wie ein Schlag. Einen Moment lang kämpfte er mit seiner Fassungslosigkeit. *Warum hat Dad das verschwiegen?* Eine andere Frage drängte sich ihm auf: *Hat Helen es gewusst?*

Er rief sie an.

Schon beim zweiten Klingeln nahm sie ab.

„Ich versuche schon den ganzen Tag, dich zu erreichen. Was war heute mit der Feuerwehr in der ..."

„Hast du davon gewusst?", unterbrach er sie. „Von Dads Hirntumor?"

Schweigen.

„Woher ..."

„Du hast es also gewusst."

„Die Sache ist komplizierter, als du denkst." Ihre Stimme klang besänftigend. „Wir reden darüber, wenn ich ..."

„Nein, wir reden jetzt darüber. Ich will wissen, seit wann du es gewusst hast. Und warum habt ihr mir nichts erzählt?"

„Ich bin auf einem Sektempfang und kann hier nicht sprechen."

Erst jetzt bemerkte er das Stimmengewirr im Hintergrund. Einen Augenblick später verstummten die Hintergrundgeräusche.

„So ist es besser“, sagte Helen. „Hör zu, ich habe es auch erst nach seinem Tod erfahren. Einige Wochen später, genauer gesagt.“

„Du meinst, nach den Wochen, die du in dieser Psycho-Klinik verbracht hast? Als ich bei Onkel Howard wohnen musste, während du dich hemmungslos deinem Schmerz überlassen hast?“

Nun war es endlich heraus. Nach all den Monaten, in denen er geschwiegen hatte. Monaten, in denen er versucht hatte, „erwachsen“ zu sein, zu verstehen, dass seine Mutter einen psychischen Zusammenbruch erlitten hatte. Verdammt, sie sollte endlich begreifen, wie im Stich gelassen er sich gefühlt hatte!

„Und dann dein Verhalten bei der Beerdigung. Den Trauerzug zum Grab musste *ich* anführen. Es wäre deine Aufgabe gewesen. *Du* bist die Erwachsene. *Du* hättest das tun müssen.“

Der eisige Klang der eigenen Stimme erschreckte ihn, aber er ließ der angestauten Wut freien Lauf.

„Und daran hat sich nichts geändert. Du spielst dich als die arme alleinerziehende Mutter auf. Aber in Wirklichkeit geht's dir nur um deine Karriere. Und jetzt will ich wissen, warum du mir nichts von Dads Hirntumor erzählt hast.“

Die Sekunden dehnten sich wie Minuten, in denen er nur Helens schweren Atem hörte. Schlimm genug, seinen Vater zu verlieren. Er war auf einer kurvenreichen norwegischen Bergstraße mit überhöhter Geschwindigkeit von der Fahrbahn abgekommen. Dieser eine Augenblick hatte ihrer aller Leben ruiniert. Ein blinder Zufall hatte ihn herausgerissen aus seinem früheren Zuhause und seiner alten Schule. Aber nun deutete sich eine Möglichkeit an, die ihm noch schlimmer erschien.

„Ich wollte nicht“, begann Helen leise, „dass du denkst …“

„Dass es kein Unfall war? Dass er sich umgebracht hat? War es so? Hat Dad sich umgebracht?“

„Nein … ja …“, stotterte sie und setzte schließlich neu an: „Nein, ich weiß es nicht. Ich … ich kann es mir nicht vorstellen. Und ja, ich habe dir nichts erzählt, weil ich nicht wollte, dass du auf die Idee kommst, dein Vater hätte es getan, weil ... weil ihr euch so gestritten habt.“

Der Streit.

Adrian legte das Handy auf die Tischdecke und fuhr sich mit der Hand über die Augen. Er dachte an den letzten gemeinsamen Abend. Als sein Vater von der Arbeit kam, hatte er Adrian wie üblich in der Küche an seinen Töpfen und Pfannen vorgefunden. Vielleicht lag ein schwerer Tag hinter ihm, vielleicht hatte ihn auch etwas anderes verstimmt. Jedenfalls machte er eine spitze Bemerkung über all die ungelesenen Bücher, die er Adrian regelmäßig vor die Zimmertür legte. Ein Wort gab das andere, und Adrian ließ sich zu einer Äußerung über die einfache Herkunft seines Vaters hinreißen. Alle Farbe war aus seinem Gesicht gewichen, für einen Augenblick schien er zu wanken. Wortlos war er in seinem Arbeitszimmer verschwunden.

Hinterher im Bett hatte Adrian sich elend gefühlt. Aber er fand keine Gelegenheit mehr, mit seinem Vater zu sprechen. Früh am nächsten Morgen flog er zu einem Kongress nach Norwegen. Zwei Tage später erhielten sie die Nachricht von seinem Unfall.

Sie hatten sich im Streit getrennt, und das war das Schlimmste gewesen.

Bisher.

Aber jetzt erschien sein Tod in einem neuen Licht.

„Was du da gerade gesagt hast …“, Helens Stimme klang weit entfernt, „wegen der Klinik. Damals, als ich …“

Adrian drückte die Beenden-Taste und erhob sich. Alisons Schürze, die über dem Stuhl hing, rutschte zu Boden. Aber er machte sich nicht die Mühe, sie aufzuheben. Niedergeschlagen schlurfte er ins Wohnzimmer und ließ sich aufs Sofa fallen. Wie immer zeigte die Uhr auf dem Kaminsims zwanzig nach elf.

Hat Dad sich umgebracht?

Es passte nicht zu dem Bild, das er von seinem Vater hatte. *Aber wenn man so eine Diagnose bekommt? Vielleicht hätte er die Kraft gehabt, gegen den Krebs zu kämpfen, wenn er nicht so enttäuscht von mir gewesen wäre.*

Er schaffte es gerade noch ins Bad und übergab sich.

KAPITEL DREI

Adrian stand auf einer Felsnase und spähte hinaus in die Finsternis. Die Konturen sturmzerfurchter Berge verloren sich in der mondlosen Nacht. Eine unbestimmte Ahnung sagte ihm, dass er träumte. Und doch spürte er die feinen Nadelstiche des Regens im Gesicht, als seien sie real, ebenso wie den eisigen Wind, der die Hosenbeine flattern ließ. Unter ihm gähnte ein Abgrund von ungewisser Tiefe. Es gelang ihm nicht, einen Schritt zurückzutreten, als zwänge ihn eine unbekannte Macht mit anzusehen, was er schon unzählige Male im Traum hatte sehen müssen.

In der Ferne durchschnitten zwei Lichtkegel die Finsternis. Der weiß schimmernde Toyota seines Vaters bog gerade um eine Haarnadelkurve und folgte der schmalen, in die Felswand eingekerbten Straße. Plötzlich flammte hinter dem Wagen seines Vaters ein zweites Paar Scheinwerfer auf. Ohne Licht in der Dunkelheit zuvor unsichtbar, hatte der andere Wagen seinen Vater offenbar schon eine Weile verfolgt.

Adrian stockte der Atem. *Dieser Traum ist anders als die anderen.* In unzähligen Nächten hatte er immer nur den weißen Mietwagen seines Vaters gesehen, wie er ins Schlingern geriet und über die Felskante stürzte. In keinem früheren Traum hatte es einen zweiten Wagen gegeben.

Fassungslos verfolgte er die Szene. Rasch holte der zweite Wagen auf, ein nachtblauer BMW-Roadster, wie er jetzt erkannte. Der Fremde drängte sich zwischen die Felswand und den weißen Toyota. Adrian wollte schreien, seinen Vater warnen, doch kein Ton entrang sich seiner Kehle. Für einen Augenblick fuhren beide Fahrzeuge auf gleicher Höhe. Als sie die Kurve erreichten, rammte der BMW den Toyota. Entsetzen umklammerte Adrians Eingeweide mit eiserner Faust.

Der Fahrer des BMW drängte seinen Vater von der Straße. Absichtlich! Kein Unfall, auch kein Selbstmord, sondern – Adrian schauderte bei dem Gedanken – *Mord*. Die Erkenntnis ließ ihn taumeln.

Jetzt verlief der Traum weiter, wie er ihn kannte. Machtlos sah Adrian mit an, wie sein Vater die Kontrolle über das Fahrzeug verlor. Die Scheinwerferkegel schlingerten über die Straße wie zwei tastende Finger. Dann durchbrach der Wagen die Leitplanke und stürzte den Hang hinab. Wie ein verwundetes Tier schrie Adrian seinen Schmerz hinaus. Er schlug sich die Hände vors Gesicht, um den orangeroten Feuerball der Explosion nicht sehen zu müssen, sank in die Knie und überließ sich den Tränen.

Die Szene verschwamm in wirbelndem Grau. Noch immer umfing ihn Dunkelheit. Der Wind peitschte Adrian den Regen ins Gesicht, aber er fühlte weder Nässe noch Kälte. Durch den Schleier der Tränen sah er, wie unter ihm der Wagen seines Vaters ausbrannte. An dem Punkt erwachte er meist oder Helen rüttelte ihn wach, wenn sein Schreien sie in ihrem Schlafzimmer geweckt hatte. Doch heute Nacht nahm der Albtraum kein Ende. Über das Klatschen des Regens hinweg heulte plötzlich ein Motor auf. Keine zweihundert Meter bergan wartete der blaue BWM-Roadster.

Der Fahrer spielte mit dem Gas, wie um ihn zu verhöhnen. Adrians Verzweiflung verwandelte sich in eine Kraft, die ihn zwang, sich zu erheben. Er ging einen Schritt auf den Wagen zu, einen zweiten und dritten, bis er in einen Trab verfiel und schließlich rannte. Die Wut, die in ihm brannte, fegte alle

Trauer hinweg und kannte nur ein einziges Ziel: den Mörder seines Vaters zu stellen.

Weniger als zwanzig Meter trennten ihn von dem Wagen. Aber der Fahrer ergriff nicht die Flucht. Stattdessen öffnete er den Wagenschlag und trat hinaus. Schwere Regentropfen klatschten auf seinen Nadelstreifenanzug.

„Warum?", schrie Adrian, ohne das Tempo zu verlangsamen. „Warum haben Sie ihn umgebracht?"

Nur ein paar Schritte. Schon sah er das Gesicht eines dunkelhaarigen Mannes mit altmodischem Backenbart und bernsteinfarbenen Augen. Der Fremde lächelte. Lächelte!

Kurz bevor er sich auf den Mörder stürzen konnte, hob der mit lässiger Geste die Hand. Eine unsichtbare Kraft schleuderte Adrian zurück, als wäre er gegen eine Mauer geprallt. Adrian rappelte sich benommen vom regennassen Asphalt auf, doch bevor er einen klaren Gedanken gefasst hatte, trat der Andere näher. Mit schief gelegtem Kopf betrachtete der Fremde ihn, wie man ein interessantes, aber bedeutungsloses Insekt betrachtet.

Ein Frösteln kroch über Adrians Haut, aber nicht wegen der feuchten Kälte des beklemmenden Ortes. Die bloße Gegenwart des Mannes ließ ihn schaudern.

Das Lächeln des Anderen erstarb.

„Bring mir das Notizbuch!" Die Stimme klang tief und rauchig.

Wieder hüllten Adrian wirbelnde graue Nebel ein, bis ihm schwindelte. Die Szene wechselte. Erstickende Finsternis umschlang ihn, Angst wehte ihn an wie Eiswind. Seine Augen gewöhnten sich an die Dunkelheit, sein Herz schlug langsamer. Da entdeckte er die Schienen zu seinen Füßen. *Ich bin in einem Tunnel,* schoss es ihm durch den Kopf. *Einem U-Bahn-Tunnel!*

Der kurze Moment der Erleichterung über die neue Gewissheit verflog, als er die Gefahr erkannte, in der er schwebte. *Wenn jetzt ein Zug kommt, wohin soll ich ausweichen?*

Eine Welle der Angst überschwemmte ihn, bis ihm aufging, dass ein Zug das kleinste Problem wäre. In der Dunkelheit lauerte etwas auf ihn. Langsam und wie unter Zwang drehte Adrian sich um. Nur wenige Schritte entfernt erhob sich in einem diffusen Licht die Gestalt des Anderen.

„Bring mir das Notizbuch!“

Adrian begriff nicht. „Was … was meinen Sie?“

Der Fremde lachte, erst belustigt, dann sich hineinsteigernd in ein gehässiges Lachen, das seine Gestalt erbeben ließ. Schließlich warf er den Kopf in den Nacken, und das hysterische Lachen steigerte sich zu einem animalischen Heulen. Als sich der Fremde ihm zuwandte, stellte Adrian entsetzt fest, dass sich der Kopf des Mannes vollständig mit Fell bedeckt hatte, als hätte sich der Backenbart über das ganze Gesicht ausgebreitet.

Und noch etwas geschah. Der Kiefer des Mannes verformte sich, zog sich in die Länge, zu einer Tierschnauze mit blitzenden Fangzähnen. Gleichzeitig schwoll der sich aufbäumende Körper an. Die Nähte des Anzugs krachten mit einem Geräusch, dass Adrian glaubte, ihm würden die Nervenfasern aus dem Körper gerissen.

Wie die Verwandlung eines Werwolfs im Horrorfilm. Es überraschte ihn nicht, als am Ende tatsächlich ein Wolf, allerdings von der Größe eines Pferdes, auf allen vieren sein Fell ausschüttelte.

Aber er ahnte, dass das Wesen älter und mächtiger war als ein Werwolf. Erschüttert über die Verwandlung, flüsterte er:

„Wer bist du?“

„Du weißt es." Die Stimme des Anderen schien nur in seinem Kopf widerzuhallen.

„Der Fenriswolf", hauchte Adrian. Der Name sandte ihm einen eisigen Schauder über den Rücken.

„Lokis Sohn", bestätigte die Stimme.

Adrian konnte es nicht glauben: der Allverschlinger. Bruder der Midgardschlange und der Unterweltherrscherin Hel. Seine Macht und sein Hass auf die Götter Asgards wuchsen unablässig. Bis er am Ende aller Tage, der Zeit der Götterdämmerung, mächtig genug sein würde, um die ganze Welt zu verschlingen. Und Sonne und Mond gleich dazu. Selbst die Götter hatten ihn nur mit List und Betrug zu fesseln vermocht.

„Es reißt die Fessel, es rennt der Wolf", zitierte Adrian bestürzt aus dem Buch seines Vaters.

Das Untier nickte bedächtig.

„Ja, der Weltenbrand", hauchte es mit einem Anflug von Wehmut. *„Aber die Prophezeiung hat sich nicht erfüllt."*

Wie der Jäger die Beute ließ ihn das Wesen nicht aus den bernsteinfarbenen Augen. Boshaft glitzerten sie, während es mit gesenktem Kopf in Adrians Richtung trabte.

„Alles Lüge!", hallte es in Adrians Kopf wider. *„Keine Götterdämmerung, sondern langsames Siechtum für die Götter Asgards. Aber nicht für mich und meine Geschwister! Ich will meine Rache an den Eidbrechern. Und deshalb wirst du mir das Notizbuch deines Vaters geben."*

Eine Weile starrte Adrian das Untier mit offenem Mund an, bis er begriff, dass er fliehen musste. Und so rannte er über das Schotterbett der Gleise, hinter ihm das Hecheln des Wolfes. Endlos dehnte sich der Tunnel, und bald rasselten Adrians Lungen. Für seinen Verfolger, das spürte er, wäre es ein Leichtes gewesen, ihn einzuholen. Doch der schien es vorzuziehen, ihn vorerst ein wenig zu hetzen. Adrian lief, bis das Blut in den Beinen brannte wie Batteriesäure und er jedes Zeitgefühl verlor.

Er warf einen raschen Blick über die Schulter. Das silbergraue Fell des Wolfes schimmerte in der Dunkelheit – näher, als er erwartet hatte. Gerade setzte der Wolf zum Sprung an. In wenigen Augenblicken würde das Grauen ein Ende finden. Beinahe empfand Adrian dankbare Erleichterung, aber ein anderer Teil von ihm wollte leben. Leben um jeden Preis.

Da fühlte er sich zu Boden geworfen. Sein Knie schlug auf den Gleisschotter, ein brutaler Schmerz durchzuckte ihn. Das Gewicht der riesigen Wolfspfoten lastete schwer auf seinem Rücken. Von den Fangzähnen tropfte stinkender Geifer in seinen Nacken. Er versuchte zu schreien, doch ihm blieb die Luft weg.

Noch einmal, lauter als zuvor, dröhnte die Stimme des Wolfes in seinem Kopf:

„Du kannst vor mir nicht davonlaufen. Egal, wohin du auch kommst, ich werde dort bereits auf dich warten. Und jetzt bring mir das Notizbuch!“

***

Die Stimme des Monsters verklang, und Adrian begriff, dass er tatsächlich geträumt hatte. Es war bereits Morgen. Er schwang die Beine aus dem Bett. Ein stechender Schmerz zuckte durch sein Knie. Augenblicklich traten ihm die Bilder des Albtraums vor Augen. Der Sturz auf das Gleisbett, die Flucht vor dem Fenriswolf. Ein mythologisches Ungeheuer sollte seinen Vater umgebracht haben? Wegen eines Notizbuches? Er schüttelte den Kopf, um die Erinnerung an den Traum zu verscheuchen.

Vom Nachttisch nahm er den medizinischen Bericht. Wie Motten um eine Glühbirne kreisten seine Gedanken um die Frage: Hatte sein Vater Selbstmord begangen? Nicht nur wegen des Hirntumors, sondern weil er vom Leben, weil er von ihm enttäuscht war? Helen hielt das offenbar für möglich. Sonst hätte sie die Diagnose nicht verschwiegen. Aber vielleicht hatte ja doch ein anderes Fahrzeug den Unfall verursacht. Es hatte keine Zeugen gegeben. Fahrerflucht ließ sich nicht ausschließen. Lieber wollte er an diese Möglichkeit glauben.

Sein Blick fiel auf den Berg Schmutzwäsche in der Ecke seines Zimmers. Zuoberst lag die getackerte Hose seiner Schuluniform. Heute Nachmittag würde er in der Shopping Mall eine neue Hose kaufen müssen. Er schaltete das Handy ein. Drei Anrufe in Abwesenheit. Natürlich von Helen.

Schlaftrunken zog er eine Jogginghose an und stieg die steile Treppe hinab. Auf seinem Weg zum Wohnzimmer kam er an der offenen Küchentür vorbei.

„Guten Morgen“, wünschte ihm der zerlumpte Mann, der dort saß.

Adrian hatte die Worte kaum gehört, da er erstarrte er in der Bewegung.

Schlagartig war er hellwach.

Kein Zweifel.

Ein fremder alter Mann befand sich in der Küche. Er hatte einen Stuhl ans Fenster gerückt und spähte hinaus, als erwarte er jemanden. Und da erinnerte Adrian sich, wo er den Alten schon einmal gesehen hatte. Auf dem Schulhof. Nach seiner Flucht aus der Mädchentoilette.

Was will er hier? Ein Einbrecher? Adrian griff nach seiner Sporttasche und zog den Kricket-Schläger heraus. Ein paar Wochen nach ihrem Einzug war schon einmal jemand eingebrochen. Der Täter hatte alles durchsucht, aber nichts mitgenommen. Nicht einmal das Haushaltsgeld, das Helen am Vortag auf den Küchentisch gelegt hatte.

Vom Flur aus überblickte Adrian das Wohnzimmer. Alles lag an seinem Platz, Schubladen und Schranktüren waren geschlossen. Nichts deutete darauf hin, dass der Alte das Haus durchsucht hatte. Und welcher Einbrecher nahm sich schon Zeit für eine Arbeitspause? Gefährlich wirkte er auch nicht. Eher heruntergekommen mit seinem schmutzstarrenden blauen Umhang und seiner fleckigen Leinenhose. Ein Obdachloser? Er ließ den Kricket-Schläger zurück in die Sporttasche sinken und räusperte sich.

„Was tun Sie hier?"

Mühsam erhob sich der Alte und wandte ihm den Kopf zu. Ein blauer Schlapphut verbarg den oberen Teil seines Gesichts. Mit einer Stimme, die er aus einem tiefen Brunnen zu holen schien, sagte er:

„Ich will deine Antwort, Junge."

Verständnislos sah Adrian den Alten an.

„Antwort worauf?"

„Stell dich nicht dumm!" Der Fremde stemmte die Fäuste in die Hüften. „Auf die Frage, die man dir gestellt hat!"

Offensichtlich ein Verrückter. Adrian wich einen Schritt zurück und bemühte sich um einen beruhigenden Tonfall:

„Es tut mir leid, Sir. Vielleicht haben Sie sich in der Adresse geirrt? Zu wem wollten Sie denn?"

Nun richtete sich der Fremde zu seiner vollen Größe auf.

„Du weißt wohl nicht, mit wem du es zu tun hast."

Mit einer herrischen Geste riss er den Schlapphut vom Kopf und warf ihn auf den Küchentisch.

Adrian erschrak beim Anblick des Gesichts, das sich als ebenso grau erwies wie der struppige Vollbart. Wo das linke Auge hätte sein sollen, bedeckten Narben eine leere Augenhöhle. In Stirn und Wangen hatte die Zeit tiefe Furchen gekerbt. Ein Gesicht wie Eichenrinde.

„So behandelt man mich nicht. Und jetzt sagst du mir, ob du es tun wirst."

„Ich weiß nicht, wovon Sie reden." Adrian holte tief Luft und deutete zur Tür. „Bitte gehen Sie!"

Zorn blitzte aus dem unversehrten Auge des Alten.

„Du sagst mir nicht, wann ich zu gehen habe. Ein letztes Mal: Wie lautet deine Antwort?"

Langsam verließ Adrian die Geduld. Er biss sich auf die Unterlippe.

„Aber auf welche Frage?"

Der Alte verengte das verbliebene Auge zu einem Schlitz und mahlte mit den Kiefern – ein Vulkan, kurz vor dem Ausbruch. Plötzlich riss er die Arme in die Luft und rief:

„Ja, verdammt! Ich hab's vergessen! Aber ich kann mir schließlich nicht alles merken."

Adrian seufzte. Eine Welle des Mitleids spülte seinen Ärger hinweg. Ob verrückt, dement oder beides, er durfte den hilflosen Greis nicht einfach vor die Tür setzen. Nein, er würde ihm ein Frühstück anbieten und danach Altenheime,

Krankenhäuser und Sanatorien abtelefonieren. Irgendwer würde ihn bestimmt schon vermissen.

„Soll ich jemanden für Sie anrufen? Vielleicht irgendeine … Einrichtung? Wie ist Ihr Name, Sir?"

Das unversehrte Auge des Fremden zuckte unsicher. Er sah zur Küchendecke, als stünde dort die Antwort. Schließlich sagte er mit hoheitsvoller Würde:

„Gangrad, der Wanderer."

Eine Pause trat ein, in der sich sein entschlossenes Nicken in ein Kopfschütteln verwandelte. „Nein, warte. Gimnir, der Maskierte."

Aber auch das schien ihn nicht zu befriedigen. Adrian unterdrückte ein Stöhnen und öffnete den Kühlschrank.

„Ich wollte gerade Frühstück machen. Wie wäre es mit einem Kräuteromelett?"

Der Alte zauste nachdenklich den Bart. „Nein, der war es auch nicht. Ich hab's! Bölverk, der Übelstifter! Oder war es Svipall, der Launenhafte?"

Adrian fand weder frischen Schnittlauch noch Petersilie. Er runzelte die Stirn. „Vielleicht lieber *Eier Benedikt?*"

„Jetzt weiß ich's: Yggr, der Schrecken!"

„Vielleicht …"

„Vidurr, der Zerstörer!"

Schweigen.

Adrian schloss den Kühlschrank und wandte sich dem Alten zu. „So kommen wir nicht weiter. An *was* erinnern Sie sich?"

Der Alte sank auf den Stuhl zurück, als sei alle Kraft aus seinem Körper gewichen. Er starrte auf die Tischdecke und murmelte gedankenverloren:

„Ich erinnere mich an Mimirs Brunnen der Weisheit, aus dem ich trank und ein Auge als Pfand gab. An magische Runen, die Krankheiten heilten und Gehängte zum Leben erweckten. An den achtbeinigen Sleipnir, den schnellsten aller Hengste, den allein ich zu reiten vermochte."

In Adrian stieg eine dunkle Ahnung auf. All die Namen, die der Alte aufgezählt hatte, kannte er aus dem Buch seines Vaters. Und sie alle gehörten ein und derselben Person. Er wollte etwas sagen, doch der Fremde ließ sich in seinem Redefluss nicht unterbrechen.

„An Walküren erinnere ich mich, die ich zu Jünglingen in die Schlacht entsandte, auf dass sie den glimmenden Heldengeist in ihnen entfachten. An Könige und Krieger, die ich als Streiter in Walhall sammelte, gegen Loki und seine Brut. An meinem Hochsitz in Asgard, von dem aus ich die mittlere Welt überblickte."

Adrian starrte ihn an. „Jetzt sagen Sie nicht, Sie halten sich für ..."

„... Odin", beendete der Alte den Satz. Seine Haltung straffte sich und ein Anflug vergangener Macht und Würde füllte die Küche. „Der Oberste des Göttergeschlechts der Asen. Gott des Krieges, Schirmherr der Helden und Vater der Gefallenen, Stammvater aller angelsächsischen Könige."

Adrian beschloss, das Frühstück zu überspringen und sofort die Notrufzentrale zu verständigen. Doch der Glanz im Auge des Fremden erlosch, sein Gesicht verfinsterte sich.

„Vorbei ist alle Pracht, vergangen unser Ruhm." Seine Stimme klang tonlos und niedergeschlagen. „Kein Met fließt mehr in Walhalla, geraubt sind die goldenen Kelche und Efeu überwuchert die Ruinen meines Palastes. Schlangen nagen an den Wurzeln des Weltenbaums Yggdrasil. Vergessen haben die Erdensöhne uns und unsere Taten. Und ich, ich habe sie vergessen."

Er vergrub das Gesicht in den Händen, ein Beben zuckte durch seinen Körper. Adrian sah ihn hilflos an. Plötzlich sprang der Alte von seinem Stuhl auf, als habe er etwas gehört. Er schob das Fenster hoch und trat einen Schritt zurück. Ein Rabe von ungewöhnlicher Größe landete auf dem Fensterbrett und ordnete das schwarzblau schimmernde Gefieder. Der Alte fasste den riesigen Vogel streng ins Auge.

„Was hast du unnützes Tier ihm erzählt?"

Der Rabe breitete seine Flügel aus, warf sich in die Höhe und sprang mit einem Krächzen auf die Schulter des Alten.

„Natürlich hatte ich es dir befohlen, du elender Aasfresser."

Der Rabe antwortete mit einem weiteren Krächzen.

„Was weiß ich! Vermutlich gestern!" Der Alte gestikulierte nun derart wild, dass der Rabe mit ausgebreiteten Schwingen um sein Gleichgewicht kämpfte.

„Munin ist tot", fuhr er fort. „Es wäre seine Aufgabe, mich zu erinnern. Alle sterben sie. Oder verlassen mich. Wo soll das enden?"

Wieder krächzte der Rabe.

Der Name Munin ließ Adrian aufhorchen. So hieß der Rabe, der in Odin die Erinnerung wach hielt. Bei dem Raben, der jetzt auf den Küchentisch sprang, musste es sich also um Hugin handeln, der den Göttervater zu neuen Entschlüssen anregte.

Der Alte klopfte sich auf die Brust und sprach weiter zu dem Raben: „Mächtige Könige und tapfere Krieger beschirmte ich einst. Wie soll uns ein Junge helfen? Du hast ihn in seiner Schule gesehen. Er läuft davon. Und er wird immer davonlaufen."

Adrian spürte einen kalten Stich, dann kochenden Ärger. Er hatte den Alten höflich behandelt, ihn sogar zum Frühstück eingeladen. Aber jetzt ging er zu weit.

„Sir, es tut mir wirklich sehr leid …"

Der Alte fuhr herum und schnippte mit dem Zeigefinger gegen Adrians Stirn. Es tat nicht weh, kam aber so unerwartet, dass es Adrian sprachlos machte. Im gleichen Moment zuckte ein Blitz durch sein Bewusstsein, als habe sich in seinem Gehirn etwas neu verschaltet. Der Rabe sprang aufs Fensterbrett und musterte den Alten über die Schulter hinweg.

„Er ist hier nicht mehr sicher", hörte Adrian den Raben mit krächzender Stimme sagen. „Und das weißt du, alter Mann. Thor wird wissen, was zu tun ist."

Ohne eine Antwort abzuwarten, breitete der Rabe seine Schwingen aus und flog davon.

Mit offenem Mund sah Adrian dem Vogel nach, bis er am wolkenlosen Morgenhimmel seinem Blick entschwand. Als er sich schließlich nach dem Alten umdrehte, war auch er verschwunden.

KAPITEL VIER

Adrian trat aus dem Geschäft. Die Einkaufspassage hallte wider vom lärmenden Gewimmel der Passanten. Familien drängten sich an den Schaufenstern vorbei. Er überlegte, ob er die Plastiktüte mit der neuen Hose im Rucksack verstauen sollte, ließ es aber, um nicht vom Strom der Menschen mitgerissen zu werden. In wenigen Wochen würden die Ladeninhaber die Weihnachtsdekoration aus dem Lager holen. *Das erste Weihnachten ohne Dad.* An ein Weihnachtsfest allein mit Helen mochte er gar nicht denken. Plötzlich trat ihm eine riesenhafte Gestalt in den Weg.

„Adrian Blackwell."

Das klang nicht nach einer Frage, sondern wie eine Feststellung.

Adrian rang nach Luft.

Der Barbarenkrieger!

Zwischen den Schaufenstern der Einkaufspassage wirkte der Fremde nicht weniger fehl am Platz als im Blumenbeet des Kreisverkehrs. Wie eine Felseninsel überragte er den Menschenstrom, der ihn und Adrian umstrudelte. Er trug eine Hose aus einfachem, grünen Leinentuch. Der Umhang aus grob zusammengenähten Tierfellen bedeckte den ansonsten nackten Oberkörper. Er hätte einer amerikanischen Wrestling-Arena entstiegen sein können.

Der Riese runzelte zweifelnd die Stirn.

„Du bist nicht gerade das, was ich erwartet habe."

Adrian hätte das Kompliment gern zurückgegeben, aber bevor er seine Gedanken zu einer Erwiderung sortiert hatte, ergriff der Fremde mit einer raschen Bewegung sein Handgelenk. Der Riese begutachtete Adrians nicht sehr muskulösen Arm, als habe er im Kühlschrank eine magere Hühnerkeule entdeckt und überlege nun, ob sie genießbar sei. Der resignierte Ausdruck in seinem Gesicht verstärkte sich.

„He, was soll das?", empörte sich Adrian.

Er riss sich los, was ihm wohl nicht gelungen wäre, wenn der Fremde ihn ernsthaft hätte festhalten wollen.

„Und woher kennen Sie meinen Namen?"

Er nahm den Fremden genauer in Augenschein. Dessen Alter zu schätzen gelang ihm nicht. Das lag nicht an den grauen Strähnen, die sich in das wallende rote Haar und in den Bart gewoben hatten. Auch nicht an den eisblauen Augen, die früher einmal von leuchtender Strahlkraft gewesen sein mochten. Nein, es lag an dem Ausdruck unendlicher Müdigkeit in seinem Gesicht. Er erinnerte ihn an Mr. Benson, seinen Lehrer in Oxford, der erfolglos versucht hatte, Generationen von Schülern französische Grammatik einzutrichtern, bevor man ihn endlich in den Ruhestand verabschiedet hatte.

Adrian stemmte die Arme in die Seiten und bedachte den Fremden seinerseits mit einem zweifelnden Blick. Nach dem Vorfall in der Küche heute Morgen ahnte er, was jetzt kommen würde.

„Lassen Sie mich raten", sagte er gedehnt, „Sie halten sich für Thor, Gott des Donners und Beschützer Midgards."

Der Fremde nickte ernst und deutete auf die Café-Stühle neben einer Buchhandlung.

„Setz dich. Wir haben nicht viel Zeit."

Einen Verrückten am Tag konnte Adrian akzeptieren. Aber ein Zweiter, dessen Wahnsinn dem gleichen Muster folgte, ließ ihn an einem Zufall zweifeln. Und hatte er nicht den Raben sprechen gehört, nachdem der Alte ihn an der Stirn berührt hatte? Adrian warf einen raschen Blick auf den kurzstieligen Vorschlaghammer, der lässig in der eisenbehandschuhten Rechten des Riesen baumelte. Schließlich nahm er widerwillig Platz. Der Muskelmann folgte seinem Beispiel. Auf dem Café-Stuhl wirkte der Fremde wie ein Erwachsener beim Elternsprechtag, der es sich auf einem Kindergartenstuhl bequem zu machen versuchte. Den Tierfellen um seine breiten Schultern entströmte ein Geruch nach ranzigem Fett und kaltem Schweiß. Tapfer ignorierte Adrian den Gestank.

„Sie wollten mir gerade erklären, woher Sie meinen Namen kennen."

Gedankenverloren starrte der Fremde ins Leere und raufte sich den roten Bart.

„Tut mir leid wegen meines Vaters. Hugin hat mir von seinem Auftritt erzählt. Ungeduldig und herrisch war der Alte schon immer, aber seit er mit seinen Erinnerungen auch seine Zauberkraft verliert ..."

Er verstummte.

Also kennen die beiden sich. Laut sagte Adrian: „Aber warum lauern Sie mir auf? Was wollen Sie von mir?"

Die Kellnerin erschien. Adrian bestellte eine Cola. Fragend sah er den Fremden an, doch der schüttelte den Kopf. Nachdem die Kellnerin gegangen war, sagte der Riese:

„Als Odin vor langer Zeit in den Brunnen der Weisheit blickte, offenbarten ihm die raunenden Stimmen der Tiefe das Geheimnis der Götterdämmerung, des Endes der Welt. Aber die Prophezeiung von der letzten Schlacht der Götter gegen meinen Halbbruder Loki und seine Verbündeten erfüllte sich nicht. Statt des großen Weltenbrandes ist langsamer Verfall das Schicksal Asgards."

Adrian gähnte verstohlen und setzte eine verständnisvolle Miene auf. Doch der Riese schien sein mangelndes Interesse zu spüren und hieb mit der Faust auf den Tisch.

„Und nicht mal du hörst mir zu. Ihr Sterblichen vergesst eure alten Mythen. Und deshalb versinken die prächtigen zwölf Paläste Asgards und seine Mauern in Unkraut und den eigenen Trümmern. Wie Schatten streifen wir durch unsere zerfallene Welt. Wir verlieren unsere Körperlichkeit und lösen uns schließlich ganz auf."

Die Augen des Riesen röteten sich.

„Balder, Tyr, Frigg, Heimdall, Höd, Idun und meine geliebte Siff sind bereits tot. Verweht ist die Erinnerung an sie wie Blätter im Wind. Mein Vater und ich sind die Letzten unseres Geschlechts."

Die Namen der Götter Asgards, die der Riese aufgezählt hatte, waren Adrian so vertraut wie den anderen Jungen in seiner Klasse die Spielernamen der englischen Fußballnationalmannschaft. Alle Abenteuer, Anekdoten, Intrigen und Eifersüchteleien, die sich um sie rankten, kannte er. Seine Mitschüler wussten oft nicht einmal, dass sich die Namen der Wochentage von ihnen ableiteten.

„Aber was rede ich", sagte Thor kopfschüttelnd. „Du musst es selbst sehen." Er schob seine Pranken über den Bistrotisch. „Reich mir deine Hände."

Adrian begriff nicht, worauf das hinauslaufen sollte.

„Heißt das, wir sollen jetzt Händchen halten?"

Thors eisblaue Augen schienen ihn zu durchbohren. Widerwillig folgte Adrian der Aufforderung. Im gleichen Moment stolperte hinter Thor die Kellnerin über die Einkaufstasche, die ein Gast neben seinem Stuhl abgestellt hatte. Das Tablett rutschte ihr aus der Hand. Doch der Schrecken in ihrem Gesicht gefror, genau wie der Arm, mit dem sie das fallende Tablett zu halten versuchte, das schwerelos in der Luft hing. Auch die Passanten hielten in der Bewegung inne, als hätten sie sich zu einem *Flashmob* verabredet. Die Welt um ihn herum hatte sich in ein Standbild verwandelt.

***

Das alles dauerte nur einen Sekundenbruchteil. Das Standbild verschwand in einem blendenden Weiß. Eine Macht zerrte an Adrian, wie eine starke Strömung, die einen Schwimmer aufs offene Meer zu ziehen drohte. Entsetzt schrie er auf, aber der Sog riss ihn unerbittlich fort. Panik trieb ihm den Schweiß aus den Poren. Wie durch Nebel gedämpft drang Thors sich entfernende Stimme an sein Ohr.

„Hab keine Angst. Du tauchst jetzt ein in meine Erinnerung. Dir wird nichts geschehen."

Adrian hatte das Gefühl zu fallen. Sein Herz raste. Endlich landete er unsanft auf dem Rücken. Der Nebel zog sich weiter zurück, Farben und Konturen traten an seine Stelle. Hoch über ihm wölbte sich ein schuppenartiges Dach.

„Willkommen in Asgard, mein Junge. Willkommen in der Vergangenheit."

„Vergangenheit?", wiederholte Adrian verständnislos und richtete sich auf.

Er traute seinen Augen kaum, als er sich in einer hell erleuchteten Halle von monumentalen Ausmaßen wiederfand.

Unzählige Schwerter bedeckten die goldgetäfelten Wände und Säulen. Die auf Hochglanz polierten Waffen reflektierten das Licht einer riesigen Feuerstelle in der Mitte der Halle. Darüber war im Dach eine Öffnung ausgespart, die als Rauchfang diente. Unter dem Dach hingen nordische Rundschilde wie Schindeln übereinandergeschichtet.

„Was du hier siehst, ist meine Erinnerung." Thors Stimme klang wie aus weiter Ferne.

„Du wirst nacherleben, was geschehen ist. Aber du kannst nicht eingreifen. Niemand wird dich sehen oder hören."

„Warum hast du mich hergebracht?"

Thor überging die Frage.

„Wir sind in der Großen Versammlungshalle. Es ist der Tag, an dem Loki zu einem Gott Asgards wurde."

Allmählich gewann Adrian seine Fassung wieder und trat näher an die versammelten Götter heran. Diese hatten sich auf thronartigen, runenverzierten Stühlen im Halbkreis um eine Gestalt in einem weißen Gewand gruppiert. *Das muss Loki sein*, schoss es Adrian durch den Kopf. Mit seinem roten Haar hätte man ihn für einen Bruder Thors halten können. Doch der Gott des Donners fehlte in der Versammlung, wie Adrian jetzt feststellte. Von seinem Hochsitz aus blickte Odin mit wachsender Ungeduld auf den einzigen freien Stuhl neben seinem Thron herunter. Über der Rückenlehne Odins kreuzten sich zwei geschnitzte Drachenhäupter, auf denen die Raben Hugin und Munin saßen. In dem hoheitsvollen Göttervater, der jetzt einen goldenen Flügelhelm und einen pelzbesetzten Umhang trug, erkannte Adrian nur mit Mühe den zerlumpten Obdachlosen in der Küche.

Odin

Adrian wagte sich ein paar weitere Schritte an die Szene heran. Er stand jetzt zwischen Loki und der Götterversammlung. Wie Thor gesagt hatte, nahm ihn niemand zur Kenntnis.

Am anderen Ende der Halle flog krachend ein zweiflügeliges Tor auf. Adrian fuhr erschrocken zusammen. Missmutig stapfte der Gott des Donners zu seinem Platz. Ohne die grauen Strähnen in dem roten Bart und Haar wirkte er viel jugendlicher.

Alle Augen richteten sich wieder auf den Allvater, doch dieser verengte sein einziges Auge zu einem Schlitz und schwieg. Erst als Thor sich auf seinen Stuhl fallen gelassen hatte, erhob sich der oberste der Götter Asgards.

„Seit langer Zeit nun streift Loki mit mir durch die Welten der Menschen, der Riesen und der Götter. An seinen Streichen und seiner Klugheit habe ich Gefallen gefunden. Daher habe ich beschlossen, ihn in unseren Kreis aufzunehmen, ihn zu einem der Unsrigen zu machen. Zu meinem Wahlsohn."

Thor sprang von seinem Stuhl auf. Sein Bart sträubte sich vor Zorn.

„Wie kannst du das in Erwägung ziehen, Vater? Er ist der Sohn eines Riesen. Er ist ein Abtrünniger seines Volkes. Weißt *du,* welche Ränke er in seinem verräterischen Herz gegen uns schmiedet?"

Loki hob verächtlich das Kinn. Adrian glaubte, ein boshaftes Funkeln in seinen Augen zu bemerken.

„Ich verstehe", sagte Odin kühl, „dass du eifersüchtig bist auf seinen Scharfsinn und Einfallsreichtum, der du dich mit Bauern und dem einfachen Volk Midgards abgibst."

„Jedenfalls hat mich der Umgang mit Fürsten und Kriegern nicht blind gemacht für Hinterlist und Verrat. Du wiegelst die Stämme und Völker gegeneinander auf, um ihre tapfersten

Kämpfer nach ihrem Tod in dein Endzeitheer einzureihen. Wir sollten den Menschen helfen, ihren Sinn für Gerechtigkeit zu schärfen, statt sie zu Mördern zu machen."

„*Ich* sammle Streiter gegen die Mächte der Finsternis für die Zeit des Weltenbrands. Wenn die Zeit gekommen ist, wirst du mir noch dafür dankbar sein."

Adrian fragte sich, wie Thor sich fühlen musste, wenn sein Vater ihm so unmissverständlich zeigte, dass er sich einen anderen Sohn als ihn wünschte.

Dann begriff er: *So wie ich!*

Unterdessen warf die Göttin, die zur Linken Odins saß, diesem einen besorgten Blick zu. An ihrem Kleid aus Falkenfedern erkannte Adrian sie als Odins Gemahlin Frigg, die Königin der Götter und Menschen, die Beschützerin von Ehe und Familie. Odin fing ihren Blick auf und seine Haltung entspannte sich.

„Genug davon! Was haben die anderen zu sagen?"

Unter den anwesenden Göttern erhob sich ein mächtiger Krieger und warf seinen Umhang zurück. Darunter funkelte im Schein des Feuers eine Kettenrüstung. Das musste Tyr sein, der Gott des Krieges. Tyr legte die Hand an den Knauf seines mächtigen Breitschwertes an seinem Gürtel.

„Ich sage, es wird uns in unserem Kampf gegen Bergtrolle und Frostriesen helfen, einen Verbündeten zu haben, der ihren Reihen entstammt. Trotz all seiner Streiche gegen Thor hat Loki seine Loyalität mehr als einmal bewiesen. Ich bin dafür, ihn aufzunehmen."

Odin sah zu einer weiblichen Gottheit, deren blondes Haar zu einem langen Zopf geflochten war. Sie trug ein einfaches, laubgrünes Kleid mit einer goldenen Schärpe.

„Warum schüttelst du den Kopf, Idun?"

Die angesprochene Göttin der Jugend und Unsterblichkeit blieb sitzen und senkte den Blick.

„Habt ihr nicht gesehen, mit welch begehrlichen Blicken er meine goldenen Lebensäpfel betrachtet? Es ist unsere Unsterblichkeit, die er wirklich will."

Thor mischte sich erneut ein: „Und wenn er sie erst hat, wird er Zwietracht unter uns säen. Das ist ihm schon jetzt gelungen."

Odin ignorierte den Einwand seines Sohnes.

„Was hat der kluge Balder zu sagen?"

Balder war Thors jüngerer Bruder, Gott des Lichts, des Frühlings und der Fruchtbarkeit. Er galt als freundlich, redegewandt und weise. Ein Leuchten schien von ihm auszugehen, als er sprach.

„Tyr hat recht. Wir sollten Loki zu einem der Unsrigen machen. Aber nicht, um mit ihm die Riesen zu bekämpfen, denen er entstammt, sondern um den Frieden mit ihnen zu suchen. Lasst uns Loki aufnehmen."

Beifälliges Gemurmel erfüllte die goldglänzende Halle. Loki neigte vor Odin ergeben das Haupt, aber Adrian entging nicht der triumphierende Blick, den er Thor zuwarf.

Die Szene verschwand in einem wirbelnden Nebel. Wieder fühlte Adrian sich fortgerissen von einem Strudel aus Zeit und Raum.

Diesmal fand er sich wieder auf dem Pfad an der Flanke eines Bergrückens. Zwischen den Abbruchkanten der Granitfelsen wucherten hüfthohe Farnfelder. Unter ihm weitete sich ein mit Krüppelkiefern bestandenes Tal wie eine klaffende Wunde.

Oberhalb des Pfades krallten sich Gewitterwolken an die Bergspitzen.

Hinter einer Biegung erklangen Stimmen. Adrian folgte dem Pfad und erkannte Thor und den Kriegsgott Tyr. Thor legte gerade seinen Kraftgürtel um und schloss die Schnalle.

„Was gibt es Neues vom Fenriswolf?"

„Er wächst", dröhnte die Stimme aus dem Eisenhelm Tyrs, hinter dessen Sehschlitz Adrian finster blickende Augen vermutete. Der Wind bauschte seinen wallenden Umhang.

Thor lachte freudlos.

„Du fütterst ihn zu gut, Bruder."

„Ich bin der Einzige, den er in seine Nähe lässt. Was ist mit seinen Geschwistern?"

Thor warf sich ein Bärenfell über die mächtigen Schultern.

„Odin warf die Schlange Jörmungand in die Tiefe des Meeres. Dort mag sie wachsen, bis sie alle Länder Midgards umspannt und die Welt mit ihrem Leib erstickt. Das zweifarbige Frauenwesen Hel aber hat der Alte in die Unterwelt verbannt, wo es nun die Aufsicht über die Toten führt."

Tyr schüttelte zweifelnd den Kopf. „Ich sage dir, am Tag des Weltenendes werden die drei gemeinsam mit ihrem Vater Loki über uns kommen und uns alle vernichten. Heimdall hatte recht. Wir hätten die ganze verdammte Brut töten sollen."

Wie um seine Worte zu unterstreichen, zog Tyr sein Breitschwert zwei Handbreit aus der Scheide. Sanft, aber bestimmt legte Thor ihm die Hand auf den Schwertknauf und drückte die Waffe in die Schwertscheide zurück.

„Du vergisst, dass ich von Anfang an dagegen war, Loki zu einem der Unseren zu machen. Und du weißt, dass es unmöglich ist, seine Bastarde zu töten. Asgard ist ein Heiligtum und eine Friedensstätte. Wir dürfen es nicht mit Blut besudeln."

Dann wandte Thor sich ab. „Außerdem hofft unser Vater immer noch, den Wolf zu zähmen und ihm zum Kampf gegen die Riesen abzurichten."

„Zähmen?", donnerte Tyr. „Die letzten beiden Ketten, die wir ihm anlegten, zerriss er wie Seidenfäden."

In diesem Moment erbebte die Erde unter den sich nahenden Hufen eines gewaltigen Schlachtrosses. Der achtbeinige *Sleipnir* bäumte sich auf. Seine Mähne wehte wirr, die Nüstern stießen heißen Atem aus. Odin stieß seinen Speer *Gungnir* in den Boden und glitt aus dem Sattel. Er setzte seinen goldenen Flügelhelm ab, wischte sich den Schweiß von der Stirn und zog ein dünnes Seil unter seinem Umhang hervor.

„Das Beste, was Zwergenkunst zuwege bringt."

Tyr lachte donnernd unter seinem Helm. „Dieser Faden soll den mächtigen Fenriswolf binden? Woraus ist er gemacht?"

Odin betrachtete versonnen das Seil in seiner Hand. „Aus dem Geräusch, das eine Katze beim Gehen verursacht, aus dem Atem der Fische und dem Speichel der Vögel."

Tyr machte eine wegwerfende Handbewegung.

„Das sind Dinge, die es nicht gibt."

Ein boshaftes Glitzern trat in Odins Auge. „Eben deshalb ist das Seil so dünn und unzerreißbar."

Die drei Götter ließen den grasenden Hengst zurück und stiegen den Pfad bergan. Adrian bemühte sich, Schritt zu halten. Nach kurzer Zeit erreichten sie einen Höhleneingang. Bernsteinfarbene Augen leuchteten in die Dunkelheit. Der Kopf eines gigantischen Wolfes reckte sich aus der Öffnung im Fels. Adrian fuhr zusammen.

Das Wesen aus meinem Traum!

Auch die Götter schienen bei seinem Anblick um Fassung zu ringen. Das Untier legte den Kopf schief.

„Bist du der Kraftproben nicht langsam müde, Allvater?"

Odin hielt das Seil in die Höhe. „Alle Welt wird dich rühmen als den Unbändigen, wenn du auch diese Fessel sprengst."

Fenris besah sich das dargebotene Seil. „Mit so einem Faden sind wenig Ruhm und Ehre zu gewinnen."

„Und doch ist er stärker als eiserne Ketten."

Der Wolf verengte die Augen zu Schlitzen.

„Da ist doch ein Trick dabei? Sollte es mir nicht gelingen, mich zu befreien, werdet ihr mir die Fessel dann wieder abnehmen?"

Odin lächelte. „Natürlich!"

Fenris wiegte den mächtigen Kopf. „Schwörst du es?"

Gerade als Odin ansetzte, den rechten Arm zu heben, legte Thor ihm die Hand auf die Schulter.

„Auf ein Wort, Vater!"

Odin verkniff sich einen Fluch, folgte aber seinem Sohn ein paar Meter abseits. Adrian blieb ihnen auf den Fersen, um das Gespräch zu belauschen. Thor fixierte seinen Vater mit glashartem Blick.

„Eine List ist eine Sache, aber ein Meineid entweiht nicht nur diesen heiligen Ort, sondern auch dich."

Odin reckte sein Kinn empor. „Glaubst du, dein Halbbruder Loki wäre so zimperlich?"

„Nenn ihn nicht so! Er ist *dein* Wahlsohn und dafür …", er deutete auf den Höhleneingang, „überhaupt erst verantwortlich!"

„Du begreifst nicht, was auf dem Spiel steht", erwiderte Odin kalt und ließ seinen Sohn stehen, um zu Fenris zurückzukehren.

„Nun?“, fragte das Untier.

Odin hob den rechten Arm. „Ich schwöre, dass wir dir die Fessel wieder abnehmen, sollte es dir nicht gelingen, sie zu zerreißen.“

„Dann möge mir Tyr, der in der Welt für Recht und Gerechtigkeit steht, seine Schwurhand in den Rachen legen, während ihr mich bindet.“

Tyr wich zunächst einen Schritt zurück, folgte aber nach einem strengen Blick seines Vaters der Aufforderung. In Windeseile schlang Odin die Fessel um die Vorderpfote des Untiers, während Thor nach kurzem Zögern das andere Ende um einen Felsen verknotete.

Fenris hob die Pfote, als erwartete er, dass diese Bewegung genügen würde, um das Seil zu zerreißen.

Aber es riss nicht.

So sehr er sich knurrend mühte, gelang es ihm nicht, die Fessel zu sprengen. Tyrs Arm steckte die ganze Zeit über im Rachen des Untiers. Endlich schien Fenris zu begreifen, dass die Götter ihn überlistet hatten.

„Macht mich los!“, knurrte der Wolf durch die geschlossenen Zähne hindurch.

Mit verschränkten Armen betrachtete Odin ungerührt das Schauspiel, während Thor seinem Bruder zu Hilfe sprang. Gemeinsam versuchten sie, den Arm Tyrs aus dem Rachen des Wolfes zu ziehen. Blankes Entsetzen malte sich auf den bleichen Zügen Tyrs, der bei all dem Gezerre seinen Helm verloren hatte. Das widerwärtige Geräusch brechender Knochen und ein Aufschrei des Schmerzes ließen Adrian zusammenfahren. Tyr hielt sich den blutenden Stumpf, aus dem weiß der Knochen hervorstach.

Angewidert wandte Adrian den Blick ab und fühlte sich im gleichen Moment fortgerissen, von jenem Strudel, der ihn bereits zwei Mal an einen anderen Ort der Erinnerung Thors gebracht hatte.

Diesmal landete er mit dem Rücken auf weichem Moos. Dumpfe Axtschläge störten die Waldesstille. Sonnenlicht brach durch das dichte Laub des Eichenwaldes. Vor ihm lag eine Lichtung, deren Mitte ein mächtiger Baum beherrschte, wie Adrian ihn noch nie gesehen hatte. Goldene Äpfel wuchsen in seinen Zweigen. Am Fuße des Stamms erkannte er Loki in seinem weißen Gewand, wie er unerbittlich die Axt schwang. Neben dem Baum lag die Gestalt einer Frau, deren Gesicht vom hohen Gras verdeckt wurde. Erst traute Adrian sich nicht, das schützende Dickicht des Waldes zu verlassen. Dann fiel ihm ein, dass er sich in der Erinnerung Thors bewegte und dass Loki ihn nicht sehen würde. Im Näherkommen erkannte er die Göttin Idun aus der Ratsversammlung an ihrem laubgrünen Kleid. Während Loki ungerührt die Axt schwang, lag Idun zu seinen Füßen. Ihr Schädel war gespalten.

KAPITEL FÜNF

Das Geräusch scheppernden Geschirrs brachte ihn in die Gegenwart zurück. Thor hatte Adrians Hände losgelassen und so den Kontakt zu seiner Erinnerung unterbrochen. Einige Gäste waren aufgesprungen, um der Kellnerin beim Aufsammeln der Scherben zu helfen. Die Reise in die Vergangenheit Asgards hatte nur einen Sekundenbruchteil gedauert. Was hätte sein Vater darum gegeben, all das sehen zu können! Benommen schüttelte Adrian den Kopf und betrachtete den Donnergott.

„Und was geschah mit den Äpfeln?"

„Vor seiner eigenen Auslöschung brachte Loki sie in Hels Reich."

„Hel, die unheimliche Herrscherin über das Totenreich?", fragte Adrian nach.

Der Riese nickte. „Lokis Tochter. Ohne die Kraft der Äpfel werden auch mein Vater und ich vergehen. Das ist Lokis Rache. Jemand muss hinunter ins Totenreich steigen und die verbliebenen Äpfel zurückholen."

Adrian schwieg. Natürlich klang das alles zu fantastisch, um wahr zu sein. Andererseits hatte er den Raben heute Morgen sprechen gehört.

„Warum sollte ich Ihnen das alles glauben?"

„Weil der Fenriswolf dir bereits auf der Spur ist. Weil er dich nicht nur durch deine Träume jagen wird, sondern bald schon auch hier."

Adrian erstarrte. Der Traum der letzten Nacht stand ihm wieder vor Augen. Ein unangenehmes Prickeln fuhr ihm über den Rücken.

„Woher wissen Sie …" Aber da fiel ihm eine wichtigere Frage ein. „Was will er von mir? Was habe ich mit der ganzen Sache zu tun?"

Trotz seiner inneren Unruhe bemerkte Adrian, wie vorbeigehende Passanten ihn irritiert ansahen. *Ihn* ansahen und nicht etwa Thor, dessen Barbaren-Outfit weit mehr Anlass zur Verwunderung bieten sollte als Adrians Jeans und Kapuzenpullover.

„Mein Vater", begann Thor, „hat fast alle seine Zaubersprüche vergessen, und ohne Runenzauber gelangen weder Gott noch Sterblicher ins Reich der Hel. In glücklicheren Tagen ritzte er jedoch in eine Schiefertafel jene Runen, die ein Tor ins Reich der Toten öffnen. Diese Tafel war ein Geschenk für einen mächtigen Häuptling, eine Grabbeigabe."

Adrian stöhnte.

„Aber was hat das mit *mir* zu tun?"

„Dein Vater war bei der Öffnung dieses Grabes auf der *Isle of Man* dabei. Bevor Fenris die Tafel stahl, hat dein Vater die Runen abgeschrieben. Fenris weiß, dass es eine Abschrift in einem Notizbuch gibt."

Das Notizbuch. Das Wort traf ihn wie ein Stromstoß. *Davon* hatte der Fenriswolf in dem Traum gesprochen.

„Hat er … hat Fenris etwas mit dem Tod meines Vaters zu tun?"

„Was glaubst du?"

„Das beantwortet nicht meine Frage."

„Und wenn es so wäre, würdest du uns dann helfen?"

Thor versuchte also, seinen Vater Odin zu retten, wie launenhaft und dement der auch sein mochte. All die Albträume fielen Adrian ein, in denen er hilflos mit angesehen hatte, wie sein Vater verunglückte. *Wenn ich eine Möglichkeit gehabt hätte, Dad zu retten, hätte ich auch alles versucht.*

„Ich soll ein Tor zum Totenreich öffnen, hinabsteigen und Ihnen die Äpfel der Idun bringen?“

„Du?“ Thor lachte dröhnend, der mächtige Oberkörper bebte. „Einen hübschen Pagen für Hel würdest du gewiss abgeben. In die Unterwelt spaziert man nicht hinein und wieder hinaus wie in eine Teestube. Besorg mir nur das Notizbuch, den Rest erledige ich selbst. Was weißt du darüber?“

Adrian zuckte die Schultern und versuchte, sich die Kränkung nicht anmerken zu lassen.

„Dad benutzte schwarze, kunstledergebundene Kladden, nicht größer als ein Taschenkalender, um sich Ideen für wissenschaftliche Veröffentlichungen zu notieren.“

Wo er ging und stand, hat er Notizen gemacht. Manchmal hat er mitten im Gespräch innegehalten, um einen Gedanken zu notieren.

„Irgendwann tippte er dann alles in den Laptop und warf das vollgeschriebene Notizbuch fort, um ein neues zu beginnen.“

„Weißt du, wo sein letztes Notizbuch abgeblieben ist?“

Adrian kniff die Augen zusammen und dachte nach.

„Es war nicht in unserem Haus in Oxford. Da bin ich mir sicher, weil ich mit meinem Onkel die Umzugskartons gepackt habe. Auch nicht in den Kartons mit den Büchern und Unterlagen aus seinem Büro, die uns die Universität geschickt hat. Er muss es bei sich gehabt haben, als er …“

Thor schüttelte den Kopf, dass der rote Bart wehte.

„Dann wäre Fenris nicht so wild darauf, dich zu erwischen. Vielleicht hat er es jemandem vor seinem Tod gegeben?“

Die Kellnerin unterbrach sie und fragte Adrian, ob er noch etwas wünsche.

„Wir hätten nur gern die Rechnung."

„Wir?" Die Frau sah sich belustigt um. „Dann werde ich eilen, Eurer Majestät die Rechnung zu bringen." Ihre Stimme troff vor Ironie. Kopfschüttelnd verschwand sie im Laden. Adrian sah Thor verwirrt an. Der zuckte mit den Schultern.

„Ihr Erdensöhne glaubt nur, was ihr seht. Und da wunderst du dich, dass ihr nicht seht, woran ihr nicht glaubt?"

Endlich begriff Adrian, warum die amüsierten Blicke der Passanten nicht Thor, sondern ihm galten. Das Blut schoss ihm in die Wangen.

„Heißt das, nur ich kann dich sehen?"

Ein kleines Mädchen sah ihn verwundert an, bevor die Mutter es eilends weiterzog.

Adrian senkte die Stimme:

„Die Leute hier glauben, dass ich Selbstgespräche führe. Mich halten doch eh schon alle für verrückt! Musste das sein?"

Thor überging die Frage. Die Kellnerin erschien mit der Rechnung. Adrian kniff die Lippen zusammen und zahlte schweigend. Nachdem sie gegangen war, fragte Thor:

„Könnte deine Mutter das Buch haben?"

Vor ein paar Tagen hätte er diese Frage sicher verneint. Aber seit er den Umschlag mit der Diagnose gefunden hatte, wusste er, dass auch Helen Geheimnisse vor ihm hatte. Trotzdem glaubte er nicht, dass sie das Notizbuch besaß. Adrian schüttelte den Kopf.

„Wenn mein Vater gewusst hätte, dass ihm jemand deshalb nach dem Leben trachtete, hätte er gewiss nicht seine Familie in Gefahr gebracht, indem er das Buch seiner Frau gab."

„Hatte er Freunde?“

Wieder schüttelte Adrian den Kopf. „Dad hat für die Arbeit gelebt. Er war nicht der Typ, der nach Feierabend Freunde im Pub traf.“

„Dann wird Fenris glauben, dass du das Buch hast – oder weißt, wo du es suchen musst. Der Niedergang hat auch ihn nicht verschont und ihn zum Gestaltwandler schrumpfen lassen. Aber er besitzt noch immer genügend Macht, um dir seinen Willen aufzuzwingen.“

Adrian schnürte sich der Magen zusammen.

„Wie?“

„Na denk mal scharf nach.“

Doch dazu ließ Thor ihm keine Zeit. „Du darfst ihm das Notizbuch auf keinen Fall geben. Ohne Iduns Äpfel werden mein Vater und ich zugrunde gehen, bevor der Letzte von euch Sterblichen uns und unsere Taten vergessen hat. Wenn du es gefunden hast, werde ich dir Hugin schicken.“

In diesem Augenblick wurde Thor durchscheinend wie ein Gespenst und begann, phasenverschoben zu flimmern.

„Meine Zeit läuft ab. Hüte dich vor …“, hörte Adrian ihn noch sagen, bevor er verschwand.

„Na super“, stöhnte er.

Inzwischen kümmerten ihn die irritierten Blicke der Passanten nicht mehr. Er saß allein an dem Bistrotisch und versuchte, seine widerstreitenden Gedanken und Gefühle zu ordnen. Das Handy meldete sich. Textnachricht von Alison: *War nett gestern. Vielleicht machen wir das mal wieder?*

***

Die Kellnerin riss ihn aus seinen Gedanken. Ob er noch etwas bestellen wolle. Adrian lehnte ab, warf den Rucksack über die Schulter und griff nach seiner Einkaufstüte. Auf der anderen Seite des sich dahinwälzenden Besucherstroms leuchteten die grellbunten Farben einer Fastfood-Filiale. Familien machten sich über Hamburger und Pommes her, Kinder stritten um die Spielzeuge ihrer Happy Meals. Nur an einem Tisch saß ein einzelner Mann ohne ein Plastiktablett. Eine aufgeschlagene Zeitung verdeckte sein Gesicht. Aber als er sie kurz senkte, kam ein Paar bernsteinfarbener Augen zum Vorschein, die Adrian böse anfunkelten.

Die Einkaufstüte glitt ihm aus der Hand, er taumelte einen Schritt zurück.

Fenris! Das Monster aus meinem Traum! Das unbändige Wolfswesen, das selbst die Götter nur mit List und Betrug an die Kette zu legen vermocht hatten. Thor hatte die Wahrheit gesagt! Welchen Anteil hatte dieses Wesen am Tod seines Vaters? Ein eiskalter Schauder überlief ihn.

Vermutlich hatte Fenris ihn und Thor schon eine ganze Weile beobachtet und nur darauf gewartet, dass der Gott des Donners endlich verschwand. Nun faltete er die Zeitung zusammen, betont langsam und ohne den Blick von Adrian zu lassen. Da hörte Adrian eine raumlose, rauchige Stimme in seinem Kopf:

„Worauf wartest du? Wir wollen ein wenig Spaß haben."

Adrian rutschte der Magen in die Knie.

„Lauf!"

Blindlings sprintete er los und wäre fast über einen Terrier gestolpert, den eine ältere Dame an der Leine führte. Die Stimme in seinem Kopf lachte. Ein tiefes Lachen, das sich steigerte und in wölfisches Geheul überging. Adrian hätte sich am liebsten die Ohren zugehalten, aber dafür blieb keine Zeit. Warum hörte niemand außer ihm dieses Geheul?

Er rannte. Der Andere folgte ihm, das spürte er, auch ohne sich umzudrehen. Auf der Rolltreppe wühlte er sich nach oben und ignorierte missbilligende Blicke und empörte Ausrufe.

Erst in der vierten Etage hielt er inne, um nach seinem Verfolger zu sehen. Aber auf der Rolltreppe unter ihm stieß sich niemand einen Weg frei. *Wo ist er hin?* Dass Fenris seine Verfolgung aufgegeben hatte, glaubte Adrian keinen Moment. Seine Panik wuchs. *Verdammt, wo ist er?*

Sein Blick suchte den hinteren Teil der Galerie ab. Er hatte die Fahrstühle vergessen! In der zweiten Etage entließ eine gläserne Gondel gerade ihre Fahrgäste. Aber die andere Gondel schob sich aufwärts. Und mit ihr Fenris.

Adrenalin flutete seinen Körper und trieb ihn, sich durch die Menschenmenge der nächsten Rolltreppe hinaufzukämpfen. Die oberste Galerie erreichte er zeitgleich mit dem Fahrstuhl. Aber noch besaß er einen Vorsprung. Und den würde er nutzen.

Hektisch sah er sich um. *Wohin?*

Vor einem Skater-Shop lungerten ein paar Jungen mit ihren Boards. Im Vorbeirennen entriss er einem das Skateboard.

„Du kriegst es zurück!“, rief er, ohne sich umzusehen.

Er stürmte vorbei an den Kassenautomaten des Parkhauses, prallte fast ungebremst gegen die schwere Metalltür, riss sie auf, warf das Skateboard auf den Betonboden des Parkdecks und stieß sich ab.

„Ohoho!“, höhnte die Stimme in seinem Kopf. *„Du schummelst. Du bist ja ein ganz unartiger Junge. Weißt du, was ich mit unartigen*

Jungen mache? Ich zerbreche ihre Knochen und sauge ihnen das Mark heraus."

Von nacktem Entsetzen gepeitscht, raste er mit dem Skateboard die Rampe hinunter, die sich spiralförmig die Parkdecks zum Ausgang hinab wand. Jahre des Trainings in Oxford zahlten sich nun aus. Das dritte Deck hatte er bereits hinter sich gelassen.

„Jetzt hole ich dich. Bist du bereit? Erst wirst du mir das Notizbuch geben – und dann schicke ich dich zu Hel."

Ein Motor heulte auf, Reifen quietschten auf Beton. Der nachtblaue BMW-Roadster war ihm dicht auf den Fersen.

„Gleich hab ich dich!"

Die Stimme sagte das im Ton so freudiger Erwartung, als wäre dies ein Spiel, das Adrian genauso unterhaltsam empfand wie er.

Endlich erreichte Adrian die Ausfahrt und raste auf die verschlossene Schranke zu. Er sprang vom Skateboard, ließ es einfach weiterrollen. Auf offener Straße hätte er keine Chance, damit dem BMW zu entkommen. Stattdessen setzte er auf seine langen Beine und seine Schnelligkeit als Sprinter. Er wollte seinen Verfolger dazu zwingen, das Auto zu verlassen. Der Fahrer besaß bestimmt eine schlechtere Konstitution. Hoffte er zumindest.

Hinter der Schranke schlug er sich seitlich in die Büsche und rannte in den Schatten einer menschenleeren Gasse zwischen zwei hohen Lagerhäusern.

Am Ende der engen Gasse hielt er kurz inne, keuchend vor Angst und Erschöpfung. Sein Verfolger hatte den Wagen mit offener Tür in der Ausfahrt stehen gelassen und folgte ihm zu

Fuß. Aber plötzlich blieb Fenris stehen. Knapp hundert Meter lagen zwischen ihnen.

„Och, du bist langweilig", stöhnte die Stimme. *„Du machst es mir zu einfach. Ich sag dir was, ich zähle bis zehn.*

Und dann komme ich.

Eins, zwei …"

Mit Entsetzen beobachtete Adrian, wie die Gestalt des Mannes den Umriss eines riesenhaften Wolfes annahm, ganz so wie in seinem Albtraum. Die Szenerie unterschied sich, aber die Verwandlung vollzog sich auf die gleiche Weise.

„… drei, vier …"

Ohne den Blick von dem Wesen zu lassen, wich Adrian zurück. Er bemühte sich, die aufsteigende Panik niederzukämpfen, und versuchte, einen klaren Gedanken zu fassen.

„… fünf, sechs …"

Gegen dieses Monster hatte selbst ein guter Läufer wie er keine Chance. Auf gerader Strecke würde es ihn innerhalb von Sekunden einholen.

„… sieben, acht …"

In diesem Moment begriff er seinen Fehler. Fenris würde es nicht wagen, ihn vor unzähligen Zeugen anzugreifen, die er um Hilfe bitten konnte. Deshalb hatte er geplant, ihn an einem Ort wie in dieser verlassenen Gasse zu stellen.

„… neun …"

Es folgte eine Pause, die ihm endlos vorkam.

„Zehn. Jetzt hole ich dich."

Nur fünfzig Meter trennten ihn von seinem Verfolger, der nun in einen leichten Trab fiel und rasch die Distanz verkürzte.

Retten kann mich nur eine Menschenmenge. Das Einkaufszentrum hätte ihm die größte Sicherheit geboten. Der Wolf hatte seine

Beute nur von der Herde trennen wollen. Adrian verfluchte seine unüberlegte Flucht.

Als er aus der Dunkelheit der Gasse auf einen breiten Gehweg stolperte, blendete ihn die Abendsonne.

Eine Menschenmenge. Weit und breit sah er nur Banken und Bürogebäude, die er am Samstagnachmittag verlassen und verschlossen finden würde. Dichter Verkehr rauschte auf der vierspurigen Schnellstraße Richtung Stadtzentrum.

Also gut, wenn es keine Menschenmenge gibt, dann werde ich für eine sorgen.

Mit ausgebreiteten Armen trat er auf die Fahrbahn, einem weißen Volvo in den Weg. Das Hupen hörte er, noch ehe er das entsetzte Gesicht der jungen Fahrerin sah, die bremsend das Steuer herumriss. Reifen quietschten. Der Volvo brach seitlich aus, und Adrian sprang zur Seite. Trotzdem erwischte ihn das Heck des Wagens, ein dumpfer Schlag gegen Hüfte und Oberschenkel.

Für einen Augenblick hing der Asphalt dort, wo der Himmel hätte sein sollen. Zeitgleich hörte er den Aufprall zweier nachfolgender Fahrzeuge auf den Volvo. Metall krachte, Glas splitterte. Fahrzeuge bohrten sich ineinander, schoben den quer zur Fahrbahn stehenden Volvo ein ganzes Stück weiter. Wäre er nicht ausgewichen, hätte ihn der Volvo nun doch noch erwischt. Dann gingen die Lichter aus. Er musste nur kurz das Bewusstsein verloren haben, denn noch immer strömten Menschen heran und bildeten einen Kreis um ihn.

Von dort, wo er lag, sah er die Fahrerin, eine blonde Frau, nur wenig älter als er, mit kreideweißem Gesicht auf dem Rinnstein sitzen, die Arme um die Knie geschlungen. Eine ältere Frau hatte ihr den Arm um die Schultern gelegt und redete beruhigend auf sie ein. Das tat ihm leid, aber er hatte keinen anderen Ausweg gesehen.

„Kannst du dein Bein bewegen?", fragte eine Stimme.

Er versuchte es. Hüfte und Oberschenkel schmerzten, aber nicht so, als ob etwas gebrochen wäre. Aber die Abschürfungen am Handballen brannten höllisch. Besorgte Gesichter versperrten die Sicht auf die Gasse, aus der er geflüchtet war. *Das zweite Mal innerhalb von zwei Tagen,* dachte er bitter, *dass man mich für einen Selbstmordkandidaten hält.*

Aus der Ferne näherte sich rasch die Sirene eines Krankenwagens. Plötzlich tat sich eine Lücke in dem Kreis der Menschen um ihn herum auf. In der verschatteten Dunkelheit der Seitenstraße glommen die Augen des Wolfes wie zwei goldene Flammen.

„Du kannst mir nicht entkommen. Und du hast nichts, um mich zu bekämpfen. Egal, wohin du auch gehst, ich werde dort bereits auf dich warten. Morgen bei Sonnenuntergang bringst du mir das Notizbuch, oder ich töte deine Mutter."

Das Glühen erlosch.

Adrian versuchte, sich aufzurichten, und belastete probeweise sein Bein. Jemand stützte ihn. Es tat weniger weh, als er erwartet hatte. Der Kreis lichtete sich, zwei oder drei der Helfer eilten den Rettungssanitätern entgegen. Er durfte nicht hierbleiben. Man würde ihn in die Notaufnahme bringen und dann in ein Krankenzimmer oder Schlimmeres sperren.

Dies war der Moment, in dem er sich losmachte, um davonzurennen. Ein älterer Mann versuchte, ihn an seinem Rucksack festzuhalten, doch Adrian riss sich los, ignorierte den Schmerz in seinem Bein und rannte den breiten Bürgersteig entlang. Der Mann machte ein paar Schritte hinter ihm her. Aber die allgemeine Überraschung war zu groß, als dass jemand ernsthaft den Versuch unternahm, ihm zu folgen.

KAPITEL SECHS

Am Nachmittag erreichte er müde und zerschlagen sein Viertel. Zur Einkaufspassage zurückzukehren, um sein Fahrrad zu holen, hatte er nicht gewagt. Das linke Bein schmerzte, aber die Schürfwunde an der Hand verschorfte bereits. Mechanisch setzte er einen Fuß vor den anderen. Zu Hause würde er ein heißes Bad nehmen und entscheiden, was zu tun sei. Er bog um die Straßenecke.

Der Anblick des nachtblauen BMW-Roadsters am Straßenrand ließ ihn erstarren. *Helen ist in Gefahr!* Sein Puls raste, bevor ihm einfiel, dass sie sich in Glasgow und dort in Sicherheit befand. Zumindest vorerst.

Nur ein Tag. Und dann? Instinktiv griff er in die Hosentasche, um sie anzurufen. Wie sollte er ihr das alles erklären? Aber so weit kam es nicht.

Das Handy war fort.

Er musste es bei dem Unfall verloren haben. *Dads letztes Weihnachtsgeschenk.* Adrian schloss die Augen und kämpfte gegen das Gefühl von Verlassenheit an. Fenris' Worte kamen ihm in den Sinn: *„Du kannst vor mir nicht davonlaufen. Egal, wohin du auch kommst, ich werde dort bereits auf dich warten."* Das Ungeheuer würde nicht ruhen, bis es das Notizbuch in die Hände bekam.

Nur ein Tag.

Er ließ den Kopf hängen, machte auf dem Absatz kehrt und wanderte ziellos durch die Straßen. Sollte er die Polizei verständigen? Würde sie ihm glauben, dass ein mythologischer Wolf ihn durch Manchester hetzte? Die Polizisten würden sich eher für seine Rolle bei dem Verkehrsunfall heute Nachmittag interessieren. Das entsetzte Gesicht der jungen Fahrerin stand ihm vor Augen. Ein Stich durchfuhr ihn.

Nach einer Weile fand er sich in der Straße wieder, in der Alison wohnte. Die Adresse hatte sie ihm gestern genannt. Vor dem Haus mit der Nummer 17 blieb er stehen. Alles an der Doppelhaushälfte im Tudorstil verströmte die Behaglichkeit eines richtigen Zuhauses: die schwarzen Fachwerkbalken und bleigefassten Rautenfenster, die gepflegten Hortensiensträucher und Stockrosen, die den Erker säumten.

Ein Tag. Was soll ich tun? Ich brauche Zeit, um nachzudenken. Gerade wollte er seinen Weg fortsetzen, da öffnete sich die Haustür und heraus trat Alison mit einem Müllbeutel. Nachdem sie ihn in die Tonne geworfen hatte, streifte ihr Blick flüchtig die Straße. Als Alison ihn erkannte, blühte in ihrem Gesicht ein Lächeln auf. Es wärmte Adrian wie ein Kaminfeuer.

Ein wenig humpelnd überquerte er die Straße. Ihr Lächeln wich einem Stirnrunzeln.

„Was ist passiert? Du siehst aus, als wärst du gegen einen Lastwagen gelaufen!"

Er schüttelte den Kopf. „Nur gegen einen Volvo."

Verwirrt sah sie ihn an. Ihr Blick fiel auf seine verletzte Hand.

„Das muss behandelt werden."

Ohne seinen Einwand abzuwarten, ergriff sie seine unverletzte Hand und zog ihn ins Haus.

„Mum, Dad, ich habe Besuch", rief sie in Richtung Wohnzimmer und schob ihn die Treppe hinauf. Im Bad versorgte sie die Wunde mit einer Mullbinde. Danach bugsierte sie ihn in ihr Zimmer, um gleich darauf mit der Ankündigung zu verschwinden, ihm etwas zu essen zu besorgen.

Adrian stieß die Luft aus und ließ sich auf das altmodische Sofa fallen, das Alison vermutlich von ihrer Großmutter geerbt hatte. Ansonsten wirkte die Einrichtung modern, aber nicht wie aus dem Prospekt eines schwedischen Möbelhauses. Das lag vor allem an den unzähligen Bildern, vor allem Aquarelle und Kohlezeichnungen, die jede freie Stelle an den Wänden und zum Teil sogar den Fußboden bedeckten. Nun erst bemerkte er die Staffelei neben dem Fenster und die Wassergläser mit Pinseln, die Stifte und Farben auf ihrem Schreibtisch. Gestern beim Kochen hatte sie erzählt, dass sie ein wenig male. Eine leichte Untertreibung, fand Adrian.

Schließlich lenkte er seine Gedanken auf das Notizbuch. *Wo soll ich danach suchen? Wäre es bei Dads Unfall vernichtet worden, dann wäre Fenris mir nicht auf den Fersen. Und zu Hause ist es auch nicht, so viel ist sicher. Ob Fenris das weiß?* Adrian setzte sich kerzengerade auf. *Der Einbruch vor drei Wochen. Natürlich. Fenris hat das Haus durchsucht und nichts gefunden. Bestimmt hat er auch im verschlossenen Zimmer nachgesehen. Wenn er in meine Träume eindringen kann, wird ein einfaches Türschloss erst recht kein Hindernis für ihn sein.*

Alison trat mit einem Tablett herein.

„Du hast dir meine Bilder angesehen?“

Die ungelesene Geburtstagskarte mit der Zeichnung in seinem Rucksack fiel ihm ein. Vermutlich, nein bestimmt, hatte sie die Karte selbst gestaltet. Und er hatte sie kaum eines Blickes gewürdigt. Alison stellte das Tablett auf dem Schreibtischstuhl ab und setzte sich ihm gegenüber aufs Bett. Adrian warf einen sehnsüchtigen Blick auf das Hühnchen-Sandwich und das Glas Milch.

„Ich finde, deine Bilder sind echt gut. Ich verstehe jetzt, warum du Kunst studieren willst."

„Nett, dass du das sagst." Sie seufzte. „Ich wünschte nur, meine Eltern würden das auch so sehen. Ich hoffe, dass sie meine Entscheidung eines Tages akzeptieren werden."

Wie um das Thema zu wechseln, deutete sie auf das Sandwich.

„Bis zum Abendessen dauert es noch eine Weile. Aber bestimmt hast du jetzt Hunger."

Dankbar griff er zu und biss hinein. Sie schob die Brille zurück auf die Nasenwurzel und sah ihn interessiert an.

„Also, was ist heute passiert?"

Die Frage überrumpelte ihn. Er tat, als hindere ihn das Kauen am Sprechen und überlegte, was er ihr erzählen sollte. *Die Wahrheit? Damit sie mich für einen von Doktor Pembertons hoffnungslosen Fällen hält? Ich habe nichts, womit ich meine Geschichte beweisen kann.*

„Kleiner Unfall mit dem Skateboard", brachte er endlich hervor. Das schlechte Gewissen betäubte er, indem er sich einredete, dass er nicht log. Ein Skateboard hatte bei seiner Flucht vor Fenris schließlich eine Rolle gespielt.

Alison strich sich eine Strähne aus der Stirn und blickte schweigend zu Boden. Offensichtlich glaubte sie ihm nicht. Schlimmer noch, sein fehlendes Vertrauen schien sie zu bedrücken. *Alle in der Schule halten mich seit gestern für verrückt. Warum ist es mir so wichtig, was* sie *von mir denkt?*

Den letzten Rest des Sandwiches spülte er mit einem Schluck Milch hinunter.

„Ich kann heute nicht nach Hause."

„Probleme mit deiner Mutter?"

„So was in der Art."

„Du kannst hierbleiben", bot sie sofort an. „Das Zimmer meines Bruders steht seit Semesterbeginn leer." Sie lächelte gequält. „Ted hat es mit einem Vollstipendium an die *London School of Economics* geschafft. Natürlich freue ich mich für ihn. Aber er hat damit die Latte für Lucy und mich ziemlich hoch gelegt."

„Lucy ist deine jüngere Schwester?"

Alison nickte.

Kurz stand ihm die Erinnerung an den letzten Streit mit seinem Vater vor Augen, doch er schob sie energisch beiseite.

„Ich verstehe, was du meinst."

Sie sah ihn irritiert an. „Aber du bist doch ein Einzelkind."

Adrian stellte den leeren Teller zurück auf das Tablett und starrte in das leere Milchglas in seiner Hand.

„Man braucht keine Geschwister, um zu wissen, wie Eltern einen mit ihren Erwartungen unter Druck setzen können. Für meinen Vater muss ich eine ziemliche Enttäuschung gewesen sein."

Das hatte er bisher niemandem erzählt. Alison setzte zu einer Erwiderung an, schwieg dann aber. Zum Glück vermied sie es, mit einer Floskel zu antworten wie *„Dein Vater war ganz bestimmt stolz auf dich"*.

Mit ihr zu schweigen war nicht peinlich. Die meisten Menschen redeten unentwegt belangloses Zeug, um den Abgrund zu überspielen, der sie voneinander trennte. Aber wenn er mit Alison schwieg, füllte sich die Stille mit einer Bedeutung, die schwerer wog als alle Worte. Einer Bedeutung, die den Abgrund überbrückte und nur sie beide betraf. *Gibt es ein Wort dafür?*

Ist das Freundschaft? Das Wort hallte in seinem Kopf nach wie ein Gongschlag. *Freundschaft, Freunde …*

Plötzlich durchzuckte ihn eine Erinnerung. Thors Frage nach einem Freund seines Vaters hatte er verneint. Aber es *gab* einen Freund! Damals, vor vier Jahren auf ihrem Weg nach Brighton, hatten sie im Britischen Museum einen Studienfreund seines Vaters besucht. Adrian erinnerte sich nicht an das Gesicht des Mannes, aber an den Namen. *Chambers? Chapman? Nein, Chandler! Britisches Museum – London. Und von London aus ist Dad nach Norwegen geflogen. Ob er vorher diesem Chandler einen Besuch abgestattet hat, um ihm das Notizbuch zu geben?* Das Blut rauschte ihm in den Ohren.

Alison erhob sich vom Bett und setzte sich neben ihn aufs Sofa.

„Alles in Ordnung? Du wirkst plötzlich so aufgeregt."

Er konnte ihr Parfüm riechen. Ein seltsames Prickeln kroch ihm den Rücken hinauf, bis über die Schultern und in die Arme.

„Entschuldige, ich habe gerade an etwas gedacht."

„Adrian, was stimmt nicht mit dir?"

Die Frage erwischte ihn wie ein Eimer kaltes Wasser.

Sie machte eine hilflose Geste. „Ich meine, wir kennen uns erst seit gestern. Du tauchst hier auf, bist verletzt und steckst in Schwierigkeiten, von denen du mir nichts erzählen kannst – oder willst. Warum kommst du ausgerechnet zu *mir*?"

Adrian ließ die Schultern sacken. Vielleicht hatte er sie falsch eingeschätzt. Er fühlte sich wie ein Ballon, aus dem die Luft entwich. Immer wenn er einen Tiefpunkt erreichte und dachte, es konnte nicht schlimmer werden, belehrte ihn das Schicksal eines Besseren.

Kühl sagte er: „Du hast recht. Ich sollte wirklich nicht hier sein."

„Bleib sitzen! Versteh mich nicht falsch. Ich … ich freue mich, dass du da bist."

Sie wand sich. „Ich will nur wissen, warum du gerade zu *mir* gekommen bist."

Da begriff er, wie weit sie sich aus der Deckung gewagt hatte. Plötzlich sah er sie in ihrer ganzen Verletzlichkeit. Ihre Hand lag auf der Sitzfläche des Sofas, dicht neben seiner eigenen, unverletzten Hand. Zögernd legte er seine Hand auf ihren Handrücken. Eine Welle von Wärme stieg in ihm auf. Das Herz flatterte in seiner Brust wie ein aufgescheuchter Vogel. Mit einem Ausdruck unsicherer Erwartung sah sie ihn an.

In diesem Moment riss jemand die Tür auf. Erschrocken rutschten sie voneinander ab. Bevor Alison protestieren konnte, schob sich ein blonder Lockenkopf durch den Türspalt. Spöttisch funkelnde Augen erfassten die Situation mit einem Blick.

„Oh, der Fassadenkletterer! Verlässt du uns nachher durch die Haustür, oder brauchen wir ein Sprungtuch?"

Alison fuhr hoch.

„Lucy, du bist so gemein!"

„Was denn?", fragte ihre Schwester mit gespielter Unschuld und setzte dann eine verschwörerische Miene auf.

„Und? Wie geht's voran? Hat er dich schon geküsst?"

Die Tür schlug zu, ehe das Sofakissen sie treffen konnte, das Alison nach ihr warf.

Noch einmal öffnete sich die Tür und Lucys Gesicht erschien.

„Du hattest übrigens recht. Er *sieht* gut aus."

Sie wartete nicht, bis das zweite Kissen geflogen kam.

Alison lief tiefrot an. „Manchmal könnte ich sie umbringen."

In Adrian tobte ein Sturm der Gefühle. Den Zauber des Moments hatte Alisons Schwester zwar zerstört, aber wie ein Blitz hatte ihn eine Erkenntnis durchzuckt, die jede Zelle seines Körpers elektrisierte: Er mochte Alison!

Und er schien ihr zumindest nicht gleichgültig zu sein. Sein Mund fühlte sich zu trocken an, um zu sprechen, selbst wenn er die richtigen Worte gefunden hätte. Stattdessen nahm er wieder ihre Hand. An ihrem Gegendruck spürte er, dass er sich nicht irrte. Es konnte kein Zufall gewesen sein, der seine Schritte zu ihrem Haus gelenkt hatten. Gewiss, er hatte Fenris damit ungewollt ein neues Druckmittel an die Hand gegeben. Aber er wusste jetzt, was er zu tun hatte. *Ich werde nach London fahren und das Notizbuch finden. Ich werde nicht zulassen, dass dieses Monster Helen oder Alison etwas antut. Auf keinen Fall. Niemals.*

Er räusperte sich, um den Kloß im Hals loszuwerden.

„Ich brauche deine Hilfe, aber …"

„Ich soll keine Fragen stellen, richtig?"

Schweigen.

Sie seufzte. „Okay, was soll ich tun?"

Er deutete auf den PC-Monitor. „Ich brauche ein paar Informationen."

Alison setzte sich an den Schreibtisch und förderte unter dem wilden Durcheinander von halb fertigen Bildern, Farbpaletten und Pinseln eine Tastatur zutage. Über die Schulter fragte sie: „Worum geht's?"

„Um einen alten Freund meines Vaters. Ich muss ihn finden. Er arbeitet fürs Britische Museum in London. Sein Name ist Chandler. Doktor Chandler. Mehr weiß ich nicht über ihn."

Adrian trat neben sie, so dicht, dass er wieder ihren Duft roch. Mit ein paar Klicks hatte sie die Telefonnummer des Britischen Museums gefunden und reichte ihm ihr Handy. Aber es meldete sich nur eine Bandansage mit den Sprechzeiten der Museumsverwaltung.

„Vielleicht seine Privatnummer?", schlug sie vor.

Auf der Internet-Seite von *British Telecom* erzielte der Name Chandler in London siebenundzwanzig Treffer. Um die Suche einzugrenzen, brauchten sie den Vornamen. Die Seite des Britischen Museums führte die Namen seiner Mitarbeiter aber nicht auf. Also nahmen sie sich einige wissenschaftliche Datenbanken vor, in der Hoffnung, der richtige Chandler habe durch entsprechende Veröffentlichungen Spuren im Netz hinterlassen. Tatsächlich fanden sie einen *Paul Chandler,* der zwei Aufsätze über assyrische Wandfriese verfasst hatte, und einen *Jason Chandler,* der offenbar ein Experte für keltische Siedlungsformen war. Adrian entschied sich für den Letzteren. Das Telefonbuch verzeichnete drei *J. Chandler.*

Bei der ersten Telefonnummer meldete sich eine Frau, *Joan* Chandler, die von einem Jason Chandler noch nie gehört hatte. Auch die anderen beiden Nummern erwiesen sich als Fehlschlag.

Alison lehnte sich zurück.

„Vielleicht wohnt dein Doktor Chandler nicht mal in London. Du weißt schon, wegen der hohen Mieten im Stadtzentrum. Die meisten Leute pendeln täglich bis zu zwei Stunden hinein und abends wieder heraus."

„Wenn wir den Suchradius so weit vergrößern, telefonieren wir das ganze Wochenende." Er dachte an die Frist, die Fenris ihm gesetzt hatte. „Wann geht der nächste Zug nach London?"

Ihre Finger huschten über die Tastatur.

„In einer halben Stunde. Wenn du dich dort beeilst, schaffst du es, bevor das Museum schließt. Und mit dem Nachtzug kannst du noch heute wieder zurück in Manchester sein. Wie gesagt, Teds Zimmer steht leer."

Damit war die Sache entschieden. Sie begleitete ihn zur Tür. Adrian sah an sich herunter. Über dem rechten Knie klaffte ein Riss in der Jeans. *Die zweite Hose in zwei Tagen.* Er trat hinaus in die Dämmerung und dachte an den Moment, kurz bevor Lucy sie gestört hatte.

„Adrian?" Ihre Stimme klang weich. „Was immer du in London vorhast. Lauf bitte nicht mehr gegen einen Lastwagen."

„Einen Volvo", korrigierte er.

Ein Lächeln verscheuchte ihren besorgten Gesichtsausdruck.

Einen Moment lang herrschte Schweigen, und Adrian spürte wieder jene Verbundenheit, für die er kein Wort fand. Er fasste noch einmal nach ihrer Hand, die sich warm und weich anfühlte, und er begriff, dass jedes weitere Wort überflüssig war.

KAPITEL SIEBEN

„Nächster Halt *Euston*. Dieser Zug endet hier."

Die Lautsprecherdurchsage riss Adrian in die Wirklichkeit zurück. Er hielt die Augen geschlossen, um die entfliehenden Traumfetzen festzuhalten und mit ihnen den sanften Gegendruck von Alisons Lippen, den er im Traum verspürt hatte. Für ein paar Sekunden gönnte er sich das Gefühl stillen Jubels. Was wäre geschehen, wenn Alisons Schwester nicht ins Zimmer geplatzt wäre? Wie ein Lichtstrahl hatte Alison die finstere Einsamkeit und Verbitterung der letzten Monate erhellt. Und doch hätte er sie nicht in die Sache hineinziehen, sie nicht in Gefahr bringen dürfen.

Widerwillig öffnete er die Augen und starrte in die vorbeirasende Dunkelheit. Seine Stimmung verdüsterte sich. Er würde diesen Chandler finden, ihn um das Notizbuch bitten und mit dem Nachtzug nach Hause fahren. *Und dann? Wird Fenris uns wirklich in Ruhe lassen, wenn er das Notizbuch hat? Sein Hass auf alles und jeden ist grenzenlos. Und was ist mit Thor? Ohne den Runenspruch wird er nicht in Hels Reich hinabsteigen können, um die Äpfel der Idun zurückzuholen. Dann bin ich verantwortlich für den Untergang der letzten Götter Asgards. Aber ist Thor wirklich mächtig genug, um Alison und Helen vor Fenris' Rache zu schützen?*

Auf den letzten Kilometern kroch die Zeit dahin. Graue Vorortsiedlungen flogen am Fenster vorbei und kündigten die Hauptstadt an. Um halb sechs würde das Museum schließen. Natürlich hatte der Zug Verspätung. Die Leuchtanzeige im Mittelgang zeigte bereits Viertel nach fünf.

Er faltete den Londoner Stadtplan zusammen, den er vor der Abreise kurz entschlossen an einem Zeitungsstand gekauft hatte. Der Zug endete in *Euston Station,* knapp eine Meile vom Britischen Museum entfernt. Im Sportunterricht legte er die Strecke in weniger als sieben Minuten zurück. Vorausgesetzt, er verlor keine Zeit. Route und Straßennamen hatte er sich eingeprägt. Er griff seinen Rucksack und bewegte sich zum Ausgang. Eingekeilt zwischen anderen Fahrgästen, ihren Rollkoffern und Taschen wartete er, dass der Zug hielt und ihn auf den Bahnsteig entließ. Endlich öffneten sich die Türen, und Adrian sprintete los.

Auf dem Bahnsteig teilte sich der Menschenstrom in zahlreiche Rinnsale, die den Drehkreuzen zuströmten und sich dort stauten. Er schlängelte sich durch die Masse hindurch. Wie Ameisen auf unsichtbaren Pfaden strebten die Menschen den Ausgängen und Rolltreppen zur U-Bahn entgegen, manchmal paarweise, selten in Gruppen, am häufigsten aber einzeln. Jüngere Angestellte liefen leicht, als ob sie nichts an sich zu tragen hätten, doch die meisten bewegten sich träge wie die Teile einer unbegreiflichen Maschine. Er nahm sich nicht die Zeit, die finsteren oder kummervoll verzerrten Gesichter zu beachten, sondern hastete vorbei an den Blumenständen, Zeitungsläden und Fastfood-Filialen der Bahnhofshalle.

Draußen, auf dem weitläufigen Vorplatz, lichtete sich das Gedränge. Die Uhr am Taxistand erinnerte ihn daran, dass ihm nur noch acht Minuten blieben. Im Schein der Straßenlaternen rannte er los. Die Kette der Autos schob sich nur stockend durch den Feierabendverkehr. Auf dem Gehweg entlang einer geschlossenen Häuserfront aus Coffee-Shops, Brasserien, Restaurants und Hotels drängten sich die Passanten. Zeitungsverkäufer, Fußgänger mit Einkaufstüten und Touristen bremsten ihn aus. *Die Straßenseite wechseln!*

Durch den Verkehr der überfüllten Straße bahnte er sich einen Weg zwischen Taxis und Lieferwagen. Mit weit ausgreifenden Schritten lief er nun an einer Grünanlage entlang, überholte mehrere Jogger und zahllose Spaziergänger. Der Rucksack klebte am schweißnassen Rücken.

Ein roter Doppeldeckerbus hielt am Straßenrand und spie eine Schar müde wirkender Fahrgäste aus. Der Verkehr ruhte jetzt. Adrian wich auf die Straße aus. Ein Fahrradkurier schrammte an ihm vorbei, bevor er wieder den Gehweg unter den Füßen hatte.

Er nahm die Abkürzung durch den *Russel Square Park,* scheuchte Tauben auf und rannte, dass der Kies spritzte. Auf der anderen Seite des Parks verdichtete sich vor einem Supermarkt die Menschenmenge, und erneut wechselte er auf die Straße, bevor wildes Gehupe ihn auf den Bürgersteig zurücktrieb. Ein Stapel schwarzer Säcke wartete auf die Müllabfuhr. *Na gut, dann also Hindernislauf!*

Er setzte zum Sprung an und bemerkte zu spät, dass gerade jemand um die Straßenecke bog. Der Aufprall raubte ihm fast die Sinne. Im nächsten Moment fand er sich auf dem Gehweg wieder, verwickelt in ein Knäuel aus Armen und Beinen. Er versuchte, Ordnung in das Durcheinander von Gliedmaßen zu bringen. Ein Mädchen, ungefähr in seinem Alter, stieß ihn fluchend von sich.

Adrian erhob sich, stammelte ein paar unbeholfene Entschuldigungen.

„Jaja", unterbrach sie ihn und schlug die dargebotene Hand beiseite. „Dir tut's leid, mir tut's leid – allen tut's leid."

Der Ärger über die verlorene Zeit schnürte ihm den Magen zusammen.

„Ich habe echt keine …"

Er brach ab. Ihr Blick traf ihn wie ein Geschoss. Aber was ihn faszinierte, waren nicht ihre grünen Augen, die ihn im Licht der Bogenlampen böse anfunkelten. Auch nicht das blond gewellte und zu einem Pferdeschwanz gebändigte Haar. Nein, was ihm als Erstes an ihr auffiel, war ihre Stirn oder genauer gesagt die kleine Zornesfalte, die sich dort in die schneeweiße Haut grub. Sie drückte eine Missbilligung aus, die unmöglich nur von seiner Ungeschicklichkeit herrühren konnte. Es kam ihm vor, als richte sie ihren Zorn gegen die ganze Welt.

Für einen Augenblick vergaß er die Zeit. Fieberhaft suchte er nach Worten.

„Wir haben den gleichen Rucksack", brachte er schließlich hervor und wünschte, ihm wäre etwas Intelligenteres eingefallen.

Sie riss ihm den Rucksack aus der Hand, den er ihr hinhielt.

„Und damit endet die Liste unserer Gemeinsamkeiten."

Sie wandte sich zum Gehen, hielt aber kurz inne, als bedauere sie ihre Schroffheit. Schließlich drehte sie sich um. Wachsame grüne Augen musterten ihn.

„Zum ersten Mal in London, was? Pass besser auf. Hier gibt's Taschendiebe."

Instinktiv griff er an seine Gesäßtasche und bereute es sogleich.

Sie schnaubte verächtlich.

„Nur weil ich obdachlos bin, heißt das nicht, dass ich stehle."

Hitze schoss ihm in die Wangen. Er warf einen verstohlenen Blick auf ihre abgetragenen roten *All Stars,* die ausgewaschene Armeehose und den fadenscheinigen Kapuzenpullover. Erst jetzt fiel ihm auf, dass ihre Aufmachung sauber, aber unübersehbar schäbig wirkte.

Ein mitleidiges Lächeln verzog ihre Lippen und entblößte einen kleinen Spalt zwischen den oberen Schneidezähnen.

„*Erstens,* wenn ich dich beklauen wollte, würde ich dich wohl kaum vorher warnen. *Zweitens* wüsste mein Komplize jetzt, wo deine Geldbörse ist. Und *drittens* solltest du nicht so leichtsinnig sein, sie in der hinteren Tasche zu tragen."

Noch mehr Hitze stieg ihm in die Wangen. Er hatte sie nicht verdächtigen wollen, und schon gar nicht wegen ihrer Armut. Das war ihm erst aufgefallen, als sie ihn mit der Nase draufgestoßen hatte. Sie hingegen hatte nur ein paar Sekunden gebraucht, um ihn in die Schublade mit der Aufschrift „harmlos" zu sortieren.

„Tut mir leid", murmelte er.

„Das sagtest du schon."

Für so was hatte er jetzt keine Zeit. Kopfschüttelnd warf er den Rucksack über die Schulter und hastete weiter, ohne sich ein letztes Mal nach ihr umzudrehen. *Nur noch die eine Straße und ich hab's geschafft!* Der Feierabendverkehr ebbte bereits ab. Der Atem rasselte ihm in der Lunge. Weiße Fassaden mit Souterrain-Wohnungen und Blumenkästen an den Fenstern säumten die Straße. Bereits von Weitem sah er das Museum. Mit seinem Säulenvorbau wirkte es wie ein antiker Tempel. Ein dramatisches Kreuzfeuer aus Scheinwerferkegeln hob das Gebäude aus der Dunkelheit heraus.

Adrians Blick fiel auf den großzügig dimensionierten Vorplatz. Er war menschenleer. Mit wachsender Besorgnis näherte er sich rasch dem Zaun aus schwerem Gusseisen, dessen Enden in vergoldete Speerspitzen ausliefen. Die Zufahrt hatte man bereits verschlossen. Beim Pförtnerhäuschen entließ ein Mann mit neongelber Warnweste gerade die letzten Besucher in die Dunkelheit.

Adrian rang mühsam nach Luft. „Ich muss zu Doktor Chandler!“

„Aber nicht mehr heute, mein Junge“, erwiderte der Pförtner und verschloss das Tor von innen.

„Es ist dringend!“

In aller Ruhe klopfte der Mann eine Zigarette aus seiner Schachtel. Ein Feuerzeug flammte auf.

„Die Öffnungszeiten sind täglich von zehn bis siebzehn Uhr dreißig.“

Er verschwand in der Dunkelheit und hinterließ nichts als eine Rauchfahne. Adrian trat gegen den Sandsteinsockel des Eisenzaunes. Doktor Chandler saß jetzt bestimmt in einem Vorortzug auf dem Weg in den Feierabend.

Er fluchte innerlich. Heute würde er nicht mehr und schon gar nicht mit dem Notizbuch nach Manchester zurückkehren. Stattdessen hatte er sechzehn Stunden totzuschlagen, bis das Museum wieder öffnete. Die Rückfahrkarte galt zwar auch morgen, aber er brauchte eine Unterkunft für die Nacht. Ziellos wanderte er durch die Straßen und dachte über das Problem nach. Nicht einmal für eine einfache *Bed-and-Breakfast*-Pension reichte sein Geld.

Vermutlich würde er später in einem Hauseingang ein paar Stunden schlafen.

Mit hängendem Kopf schlenderte er zu einem Imbiss-Stand, in der Hoffnung, dem jungen Mann, der bereits den Grill reinigte, einen letzten Hotdog abzuringen. Er zog seine Geldbörse aus der Gesäßtasche. Kurz kam ihm die Warnung des Mädchens in den Sinn. Wenn sie ihn nicht aufgehalten hätte, wäre er jetzt vielleicht schon im Besitz des Notizbuches. Da spürte er, dass er mit der Geldbörse noch etwas anderes aus der Hosentasche gezogen hatte. Gerade segelte es auf den regenfeuchten Bürgersteig. Rasch hob er den zusammengefalteten Zettel auf, um ihn vor der Nässe zu schützen, und faltete ihn auseinander.

Helens Hotelreservierung!

***

Die Aussicht auf die nächtliche Skyline ließ ihn für einen Moment vergessen, was ihn nach London geführt hatte. Vor dem nachtblauen Himmel vergoldeten Scheinwerfer *Big Ben* und die Kathedrale von Westminister. Die Lichter des Riesenrades *London Eye* spiegelten sich in der unergründlichen Schwärze der Themse. Doch Adrians Stimmung verdüsterte sich bei dem Gedanken daran, wie er die Suite mit Panoramafenster erschwindeln wollte.

Der Glanz des *Savoy Hotels* hatte ihn zunächst beinahe geblendet. In der Lobby warfen Kristalllüster diskretes Licht von der Kassettendecke auf den Marmorfußboden im Schachbrettmuster. Großformatige Ölgemälde prangten an holzgetäfelten Wänden. Aus der Hotelbar schwebten die unaufdringlichen Jazz-Klänge des Barpianisten. In Sitzecken mit dicken Teppichen und Stilmöbeln unterhielten sich Gäste in kostspieligen Outfits. Adrian wich den Blicken aus, die sich bei seinem Eintreten auf ihn gerichtet hatten, und sah an seiner zerschlissenen Jeans herunter. Am liebsten wäre er auf dem Absatz umgekehrt.

Aber er brauchte eine Unterkunft. Das Bild des obdachlosen Mädchens schob sich vor seine Augen und festigte seinen

Entschluss. Er würde die Nacht nicht in einem Hauseingang zwischen Mülltonnen und Pappkartons verbringen.

Und so holte er tief Luft und marschierte zum Empfangsschalter, hinter dem eine asiatische Concierge gerade den Telefonhörer aus der Hand legte. Mit einem professionellen Lächeln wandte sie sich ihm zu.

Adrian räusperte sich.

„Meine Mutter verspätet sich."

Er legte die E-Mail mit der Reservierungsnummer und seinen Ausweis auf den Tresen.

„Welches Zimmer haben wir?"

Helens Kreditkartennummer kannte er vom Online-Shopping auswendig. Ohne zu zögern, hatte die junge Frau die Daten an ihrem Terminal geprüft und ihm die Schlüsselkarte ausgehändigt.

Jetzt saß er auf einem *King-Size*-Bett und versuchte nicht daran zu denken, was Helen zu ihrer nächsten Kreditkartenabrechnung sagen würde. Am meisten ärgerte ihn die verlorene Zeit. Erst in sechzehn Stunden würde das Museum öffnen – mehr als ein halber Tag. Er griff nach der Fernbedienung und stellte fest, dass der übergroße Plasmaschirm nicht nur als Fernseher diente, sondern auch über einen Internet-Zugang verfügte. Adrian nahm die Tastatur zur Hand und erweiterte die Suche nach Doktor Chandler um den Großraum London. Er begann im Nordosten und arbeitete sich im Uhrzeigersinn um die Stadt herum vor. Zwei Stunden und unzählige Telefonate später standen nur noch vier Namen auf seiner Liste, die er telefonisch nicht erreicht hatte, verteilt auf die Vororte *Richmond, Wembley, Tottenham* und *Bromley*. Mehr als einen oder zwei dieser Orte würde er heute nicht mehr aufsuchen können. Und wenn es der falsche Chandler wäre? Dann säße er für den Rest der Nacht in einem Vorort Londons fest. Adrian beschloss, die Nacht im Hotel zu verbringen und morgen früh zum Museum zu fahren.

Was Alison wohl gerade macht? Ob sie an mich denkt? Nach all den frustrierenden Telefongesprächen hätte er sie zu gern angerufen, nur um ihre Stimme zu hören. *Aber was soll ich ihr erzählen? Und ihre Fragen kann ich ohnehin nicht beantworten.*

Die Geburtstagskarte fiel ihm ein. Er griff in seinen Rucksack, um sie endlich zu lesen, förderte aber nur einen Bogen Karton zutage, aus dem jemand Buchstaben herausgeschnitten hatte. Verwundert hielt er die Schablone gegen das Licht der Wandbeleuchtung.

„Meat is murder. UVA."

Nun schüttelte er den restlichen Inhalt auf die Tagesdecke. Das Buch seines Vaters fehlte. Stattdessen fand er eine Rolle mit großformatigen Fotografien, die abstoßende Szenen aus Schlachthöfen zeigten.

Das obdachlose Mädchen auf dem Bahnhof!

Nach dem Zusammenprall hatte er ihr den Rucksack gereicht – *seinen* Rucksack.

Er schleuderte den leeren Rucksack gegen die Zimmertür und ließ sich auf das Doppelbett fallen. Das Handy verloren zu haben, hatte ihn geärgert. Aber der Verlust der *„Nordischen Göttersagen"* erschien ihm unverzeihlich. Natürlich gab es das Buch in jeder Buchhandlung zu kaufen, nicht aber den Erstdruck, den sein Vater für ihn signiert hatte. So etwas ließ sich nicht ersetzen. *Wegen ihr habe ich Doktor Chandler verpasst. Und nun das!* Schließlich begann er, das nutzlose Zeug wieder in den Rucksack zu stopfen. Die aufgenähte Außentasche beulte sich aus. Er öffnete sie und zog einen schweren Briefumschlag hervor.

Er enthielt Geld.

Viel Geld.

Mehr als siebenhundert Pfund, zumeist in kleinen, zerknitterten Scheinen. Nie zuvor hatte er eine solche Summe in der Hand gehabt.

Mit einer Cola aus der Minibar setzte er sich in den Polstersessel und betrachtete die Geldscheine auf dem Bett. *Wie kommt eine Obdachlose an so viel Geld? Drogengeschäfte? Diebesgut? Und dabei hat sie die Frechheit besessen, mich vor Taschendieben zu warnen. Und was soll ich jetzt mit dem Geld anfangen?*

Ärgerlich stieß er die Luft aus und beschloss, zum Bahnhof zurückzukehren und sie zu finden. Wenn sie die legale Herkunft des Geldes nicht beweisen konnte, würde er es einem Polizisten geben, sobald er die Sache mit dem Notizbuch geregelt hatte. Er steckte die Geldscheine zurück in den Umschlag, bevor er ihn im Zimmer-Safe einschloss.

***

Die Drehtür beförderte ihn aus der glitzernden Hotellobby in die kalte Abendluft. Der Mond schien hoch über den Dächern zwischen einzelnen Wolkenfetzen hindurch. Im Licht der Bogenlampen folgte Adrian der vierspurigen Straße *The Strand,* vorbei an geschlossenen Banken und Boutiquen. Fremde Gesichter blitzten in der Menge auf und verschwanden wieder, Gesichter aller Hautfarben und in unterschiedlichen Stadien der Müdigkeit. Vom Bahnhof *Charing Cross* nahm er die U-Bahn nach *Euston Station.*

Vor dem Bahnhofsplatz fand er die ersten Obdachlosen. Bei seiner Ankunft waren sie ihm nicht aufgefallen. Jetzt aber bemerkte er, wie viele von ihnen an den Hauswänden kauerten, umringt von Plastiktüten und manchmal Einkaufswagen mit ihren Habseligkeiten. Menschen jeden Alters hatten ihre Pappen vor geschlossenen Ladeneingängen ausgebreitet und schliefen in Schlafsäcken oder waren in schmutzige Decken gehüllt. Jugendliche, nicht älter als er selbst, unrasierte Männer, Frauen mit strähnigen Haaren – allen gemeinsam war der glanzlose Blick der Hoffnungslosen.

Vor seinem inneren Auge blitzten die Bilder der Hotellobby und seiner Luxussuite auf. Ein unangenehmes Ziehen meldete sich in seinem Magen. Schließlich hockte er sich zu einem alten Mann und beschrieb ihm das Aussehen des Mädchens. Der Alte schüttelte schweigend den Kopf. Adrian ließ ihn zurück mit dem, was er an Münzen in der Hosentasche hatte.

Rund um den Bahnhof sprach er einen nach dem anderen an, mied aber jene, die bereits schliefen oder allzu offensichtlich nach Alkohol rochen. Niemand schien das Mädchen zu kennen. Er ging die Strecke ab, die er vorhin entlanggehetzt war, und suchte in den Seitenstraßen nach ihr.

Endlich beschloss er, zum Hotel zurückzukehren. Sobald er die Sache mit dem Notizbuch geregelt hatte, würde er das Geld über die Hotelrezeption an die Polizei weiterleiten. Wirklich leid tat es ihm um die *Nordischen Göttersagen* mit der handschriftlichen Widmung seines Vaters.

Die Suche nach einer U-Bahn-Station führte ihn in eine schmale Nebenstraße. In der geschlossenen Häuserfront aus viktorianischen Ziegelbauten klaffte eine Lücke, die ein Garten mit zwei oder drei uralten Bäumen und verwilderten Büschen ausfüllte. Ein eiserner, von Efeu überwucherter Gitterzaun friedete das Grundstück ein.

„He, Junge! Hast du Zigaretten?"

Adrian sah sich nach dem Sprecher um. In dem Gebüsch hinter dem Zaun kauerte eine Gestalt.

„Tut mir leid, ich rauche nicht."

Er wollte schon weitergehen, da fiel ihm noch etwas ein.

„Ich suche ein Mädchen, sie …"

„Bist du von der Regierung?"

„Nein, ich …"

Jetzt sprang die Gestalt auf, ein junger Mann mit *Dreadlocks* unter einer Wollmütze.

„Die toten Augen! Sie sind überall. Eine halbe Million! Auf Bahnhöfen, in Banken, Bussen, Ampeln. Überall!"

Obwohl der Zaun sie trennte, wich Adrian vor dem wild gestikulierenden Mann einen Schritt zurück.

„Tote Augen?", wiederholte er, ehe er begriff, dass der Unbekannte die öffentlichen Überwachungskameras meinte. Nirgendwo auf der Welt gab es mehr als in London.

„Mach dein Handy aus! Damit kontrollieren sie unsere Gedanken."

„Ich habe kein Handy."

Die Haltung des Mannes entspannte sich.

„Wirklich nicht? Komm näher, damit ich dein Gesicht sehen kann."

Widerwillig folgte er der Aufforderung. Der andere musterte ihn einen Moment, dann streckte er ihm durch die Gitterstäbe die Hand entgegen.

„Kannst Ben zu mir sagen. Hast du Zigaretten?"

Adrian schüttelte den Kopf und leierte den Satz herunter, von dem er an diesem Abend bereits ausgiebig Gebrauch gemacht hatte:

„Ich suche ein obdachloses Mädchen. Blonder Pferdeschwanz, Armeehose, roter Kapuzenpullover, trägt einen Rucksack so wie meiner."

Bens Augen wurden schmal.

„Du bist doch von der Regierung, stimmt's? Sie hat mich gewarnt, dass man sie suchen würde. Aber ich verrate nichts. Egal wie viele Zigaretten du mir gibst."

Adrians Puls beschleunigte sich. *Er kennt sie! Und anscheinend ist sie in irgendwas verwickelt. Daher das viele Geld!* Mit einiger Mühe gelang es ihm, sich zur Ruhe zu zwingen.

„Hör zu, ... Ben. Ich habe etwas, das ihr gehört."

„Was? Zigaretten?"

„Nein, Geld."

Er wartete einen Augenblick, um die Wirkung dieser Worte zu beobachten, doch Ben zeigte keine Regung. Adrian betrachtete seine Fingernägel und bemühte sich, seiner Stimme einen beiläufigen Klang zu geben.

„Natürlich musst du nicht darüber nachdenken, was sie von dir hält, wenn sie erfährt, dass sie wegen dir ihr Geld nicht zurückbekommen hat."

Bens Gesicht spiegelte den inneren Kampf, den er mit sich ausfocht, bis es aus ihm herausplatzte: „Das hier ist nicht ihr Revier. Meist treibt sie sich am Ufer der *Themse* herum. In der Nähe der U-Bahn-Station *Aldwych*."

Adrian bedankte sich und hatte die Nebenstraße schon fast verlassen, da rief Ben ihm hinterher: „Wenn du sie siehst, sag ihr, sie soll mir Zigaretten mitbringen."

***

Ben hatte gelogen! Der U-Bahn-Plan, den Adrian an der *Russel Square Station* unter die Lupe nahm, verzeichnete keine Station mit dem Namen *Aldwych.* Adrian seufzte. Er hatte sein Möglichstes getan, um das Mädchen zu finden. Morgen gab es Wichtigeres zu tun.

Er nahm die U-Bahn Richtung *Charing Cross.* Einem Impuls folgend stieg er dort jedoch nicht aus, sondern erst an der nächsten Station *Embankment,* die in unmittelbarer Nähe des *Themse*-Ufers lag. Dichter Nebel stieg vom Fluss auf, hüllte die Straßen in graue Watte, kroch in seine Kleider und ließ ihn frösteln. Dem Lärm der Hauptverkehrsadern entfloh er in eine Seitenstraße. Im Schein der Straßenlaternen folgte er der abschüssigen Gasse zum Flussufer. In ein paar Stunden würde Chandler ihm das Notizbuch geben.

Und dann?

An das Geländer der Uferpromenade gelehnt, blickte er hinunter auf den schwarzen Fluss. Wie flüssiger Teer wälzte er sich an ihm vorbei und nahm die Hoffnung mit in die Dunkelheit, Helen und Alison vor Fenris' Nachstellungen schützen zu können. *Was werde ich tun, wenn ich das Notizbuch habe?* Die Sorge legte sich wie ein Schatten auf seine Seele. Lange starrte er in die Finsternis.

Mit einem tiefen Atemzug löste er den Blick vom tintenschwarzen Wasser und schlenderte flussabwärts. Er fand die Promenade belebter, als er es um diese Zeit erwartet hatte. Verbissen blickende Jogger tauchten aus dem Nebel auf und überholten Händchen haltende Pärchen und Touristen auf ihrem Weg in die Theater des *Westends*. Jeder schien eine genaue Vorstellung zu haben, wohin er seine Schritte am Samstagabend lenken sollte. Jeder, außer Adrian, dem die Frage keine Ruhe ließ, wem er morgen das Notizbuch aushändigen sollte: Fenris oder Thor?

Gedankenversunken verließ er den hell erleuchteten Uferweg und fand sich im Zwielicht einer Schlucht aus schmutzig grauen Backsteinfassaden wieder. Gerade als seine Hoffnung zu bröckeln begann, dass ihn dieser Weg zum Hotel führen würde, hörte er aus der Einfahrt zu einem Hinterhof ein ungewöhnliches Geräusch. Ein rasch wiederholtes Klicken, gefolgt von einem anhaltenden Zischen.

Neugierig schob er sich in die unheimliche Finsternis. Allmählich gewöhnten sich seine Augen an die Dunkelheit. Zwischen einem Müllcontainer und einer Feuerleiter erkannte er jetzt eine Gestalt. Wieder die Geräusche, das Klicken und das Zischen. Endlich begriff er, was er da aufgespürt hatte.

Schon wollte er sich umdrehen – der Sprayer ging ihn nun wirklich nichts an –, als er in der Finsternis gegen eine leere Dose trat. Ein Scheppern zerriss die Stille, ließ ihn erschrocken zusammenfahren, und sein Herzschlag schien für ein paar Takte auszusetzen. Ein zweites Scheppern ertönte, verursacht von der Spraydose, die der andere hatte fallen lassen – vor Schreck oder um lästiges Beweismaterial loszuwerden.

Überrascht blieb Adrian stehen. Bevor er begriff, dass er den einzigen Fluchtweg blockierte, hatte ihm der andere mit beiden Händen einen kräftigen Stoß vor die Brust versetzt, der ihm den Atem raubte. Rücklings schlug er aufs Pflaster. Im fahlen Licht der Straßenlaterne erkannte er, wer ihn zu Boden geworfen hatte. Eine Armeehose, ein roter Kapuzenpullover und ein wehender blonder Pferdeschwanz entfernten sich mit schnellen Schritten.

Nachdem er sich von seinem Schrecken erholte hatte, schoss ihm ein einziges Wort durch den Kopf: *Rucksack!*

Im nächsten Moment sprang er auf und lief ihr nach.

KAPITEL ACHT

Innerhalb weniger Augenblicke hatte der Nebel sie verschluckt. Adrian blieb ihr auf den Fersen. An der Straßenecke bog sie in die Hauptstraße, tauchte unter im Strom der Passanten. Er verringerte den Abstand, um sie nicht aus den Augen zu verlieren. *Warum läuft sie davon? Wegen des Graffitis?*

Jetzt blieb sie im Schein einer Straßenlaterne stehen und blickte suchend in seine Richtung, doch ihr Blick streifte ihn nur und blieb nicht an ihm haften.

Sie hat mich in der Dunkelheit nicht erkannt. Und selbst wenn, hat sie unsere Begegnung vorhin bestimmt vergessen. Vielleicht hat sie nicht mal bemerkt, dass wir die Rucksäcke vertauscht haben.

Tatsächlich entspannte sich ihre Haltung. Sie verschwand um die nächste Straßenecke. Er folgte ihr in eine menschenleere Einbahnstraße mit erdrückenden Betonfassaden, *The Strand,* Ecke *Surrey Street.* Ganz in der Nähe befand sich das Hotel.

Milchige Nebelschwaden trieben die Straße entlang. Nach einer Weile blickte sich das Mädchen erneut um. Er fand gerade noch Zeit, sich an die rot gekachelte Wand einer geschlossenen U-Bahn-Station zu drücken.

Als der Nebel aufriss, war sie verschwunden.

Er rannte zu der Stelle, an der er sie zuletzt gesehen hatte. Ein Durchgang gähnte wie ein riesiges Maul in der Backsteinfassade. Das Schild über dem Torbogen wies den Weg zu einem römischen Bad. Uringeruch schlug ihm entgegen und weckte in ihm eher das Bild einer Bahnhofstoilette als das eines antiken Bades. Kaum zu glauben, dass Touristen sich hierher verliefen.

Adrian überwand seinen Ekel und trat in die stinkende Dunkelheit. Der Durchgang mündete in eine verrußte Gasse. Eine Katze suchte dicht an die Hauswand gedrängt das Weite. Nach links stieß die Schlucht aus moosbewachsenen Backsteinen in einiger Entfernung auf eine Hauptstraße. Er folgte der Gasse nach rechts, wo er das römische Bad vermutete, vorbei an Abflussrohren und vergitterten Fenstern.

Immerhin ließ hier der Gestank nach. Nach wenigen Metern erreichte er eine Biegung.

Kaum hatte er sie erreicht, sprang ihn etwas an, umklammerte ihn mit Armen und Beinen, brachte ihn aus dem Gleichgewicht und schließlich zu Fall.

Mit dem verletzten Handballen fing er sein Gewicht und das des Angreifers auf den nackten Steinplatten ab. Da wurde sein rechter Arm auf den Rücken gerissen und sein Kopf zu Boden gedrückt. Er wehrte sich. Ein flammender Schmerz schoss durch seine Schulter. Der Polizeigriff machte ihn bewegungsunfähig.

Im gleichen Moment nahm er eine Bewegung über sich wahr. Ein Rabe landete auf der Mauerkrone.

Hugin! Ausgerechnet jetzt!

Adrian presste die Zähne zusammen.

„Was tust du denn hier?"

Statt des Raben antwortete sein Angreifer – oder besser gesagt, seine *Angreiferin.*

„Wonach sieht's denn aus? *Ich* wohne hier! Die Frage ist: Was tust *du* hier?"

Nun meldete sich Hugin zu Wort:

„Ich habe noch nie Menschen bei der Paarung gesehen. Tut mir leid, wenn ich störe."

Adrian stöhnte unter dem Schmerz.

„Ich paare mich nicht!“

Das Knie seiner Angreiferin bohrte sich in seinen Rücken.

„Was glaubst du, was ich von dir will, Blödmann!“

Blitzartig ging ihm auf, dass sie den Raben nicht verstand, sondern nur ein Krächzen hörte, dem sie offensichtlich keine Beachtung schenkte.

„Rucksäcke!“, presste er hervor.

Der Druck gegen seinen Arm lockerte sich, was ihm Luft zum Sprechen verschaffte.

„Wir haben unsere Rucksäcke vertauscht. In der Nähe des Bahnhofs.“

In ihm kochte die Wut über den unfairen Angriff – und über sich selbst, weil er sich hatte überrumpeln lassen. Endlich schien das Mädchen zu begreifen, wen sie da wie eine Wildkatze angefallen hatte.

„*Du* bist der Dieb! Und *ich* warne dich vor Taschendieben! Ich will mein Geld zurück!“

Erneut mischte sich Hugin ein: „Thor lässt fragen, wie es mit der Suche vorangeht. Wo ist das Notizbuch?“

Adrian machte einen erfolglosen Versuch, sich aus dem Griff zu befreien.

„Ich habe es noch nicht.“

Sie verstärkte den Druck.

„Was soll das heißen? Hast du es verloren? Wo ist es?“

Eine neue Schmerzwelle durchzuckte ihn.

„Im Hotelsafe.“

Hugin hüpfte aufgeregt auf der Mauerkrone.

„Großartig, der Rotbart wird sich freuen, das zu hören. Der Alte war ja anfangs skeptisch, was dich angeht, aber …“

Adrian unterbrach ihn: „Nein! Morgen habe ich es. Bestimmt!“

„Also was jetzt? Ich will mein Geld. Sofort!

Mit schief gelegtem Kopf starrte Hugin ihn an.

„Könntest du dich mal entscheiden?“

Adrian wusste nicht, was ihn wütender machte, die Furie auf seinem Rücken oder das dumme Federvieh.

„Du siehst doch, dass ich gerade andere Probleme habe.“

Jetzt kugelte sie ihm fast das Schultergelenk aus. Adrian beherrschte sich, um nicht laut aufzuschreien. Ganz dicht an seinem Ohr zischte sie:

„Und deine Probleme können noch viel schlimmer werden.“

Der Rabe plusterte das Gefieder auf.

„Das ist ja so, als versuchte man, von Odin eine vernünftige Antwort zu bekommen. Wenn dir eingefallen ist, ob du das Notizbuch nun hast oder nicht, komme ich wieder. Viel Glück noch bei der Paarung!“

Mit wenigen Flügelschlägen warf er sich in die Luft und verschwand aus Adrians Sichtfeld. Wut brannte in seinem Bauch.

„Wenn du nicht aufhörst, mir die Nase aufs Pflaster zu drücken, kannst du dein Geld vergessen.“

Der Schmerz in Arm und Schulter ließ nach, endlich fühlte er sich von der Last des Mädchens befreit. Adrian erhob sich. Sie wich ein paar Schritte zurück. Ein Ausdruck des Wiedererkennens flackerte über ihr Gesicht und glättete für einige Sekunden die Zornesfalte auf ihrer Stirn. Ohne ein Wort verschwand sie hinter der Biegung. Widerwillig folgte er ihr. Schon nach wenigen Metern endete der Weg vor einem vergitterten Tor. Ein roter Schlafsack lag dort, ordentlich ausgebreitet auf einer Unterlage aus Pappe. An der stockfleckigen

Wand lehnte ein zerschlissener Trecking-Rucksack. Adrian massierte sich die schmerzende Schulter.

„Vorausgesetzt, es gehört dir überhaupt."

Sie warf den Kopf herum. Die Zornfalte vertiefte sich erneut, die meergrünen Augen verengten sich zu Schlitzen.

„Was willst du damit sagen?"

„Dann erkläre mir mal, wie jemand wie du an so viel Geld kommt."

Sie sah aus, als würde sie am liebsten gleich wieder auf ihn losgehen.

„*Jemand wie ich* hat einen Job. Als Hundesitter im *Hyde Park*, wenn du es genau wissen willst."

Mit vorgerecktem Kinn deutete er auf die Schlafstelle.

„Und warum schläfst du dann in einem urinverseuchten Hinterhof?"

Statt zu antworten, griff sie unter den Schlafsack, zog seinen Rucksack hervor und pfefferte ihn Adrian entgegen, der ihn gerade noch auffing.

„Willst du nicht nachsehen, ob was fehlt?"

Er wich ihrem forschenden Blick aus, machte aber keine Anstalten, ihrer Aufforderung zu folgen. Bei ihrer ersten Begegnung hatte er sie für eine Taschendiebin gehalten. Als er das Geld gefunden hatte, für etwas Schlimmeres – beides zu unrecht. *Warum fühle ich mich schuldig? Schließlich hat sie mich wie ein Profi-Ringer angefallen.* Unschlüssig stand er da und überlegte, ob er sie bemitleiden oder wütend auf sie sein sollte. Die zerschundene Handfläche pochte. Unterdessen rollte sie mit geübten Handgriffen die Isomatte ein und stopfte den Schlafsack in die Schutzhülle.

Adrian starrte sie ratlos an.

„Was tust du da?"

„Ich begleite dich zu deinem Hotel. Damit du das Wiederkommen nicht vergisst."

Gerade hatte er angefangen, Mitgefühl für sie zu empfinden, da stieß sie ihn erneut vor den Kopf.

Sie schulterte den Trecking-Rucksack.

„Keine Sorge. Ich werd nicht bei dir einziehen. Aber ich kann mein Zeug hier nicht allein lassen." Mehr zu sich setzte sie hinzu: „Schlimm genug, dass ich wegen dir meine Aktion verschieben musste."

„Aktion?"

Ihr Gesicht verschloss sich, als bereute sie die letzten Worte. *Was für eine Aktion kann man mit den abstoßenden Fotos von Schlachthöfen machen? Und verdammt, was geht mich das Ganze überhaupt an? Ich will nur das Geld loswerden und dieser Furie niemals wieder begegnen. Als ob ich nicht genug Probleme hätte! In zwölf Stunden öffnet das Museum und in zwanzig läuft Fenris' Frist ab.*

Da fiel ihr Blick auf seine Hand. Seufzend wuchtete sie den schweren Rucksack zurück auf den Boden, zog eine zerknitterte Plastikflasche hervor und goss Wasser über seine Hand. Willenlos ließ er es geschehen, dass sie den Schmutz aus der Wunde wusch. Vor ein paar Stunden hatte Alison das Gleiche getan.

„Tut mir leid", murmelte sie, ohne den Blick zu heben. „Ich muss vorsichtig sein."

***

Adrian folgte dem Mädchen schweigend die Straße hinunter zur *Themse*. Eine Treppe führte sie auf eine Terrasse, die das Dach der U-Bahn-Station *Temple* bildete und Ausblick auf den nebelverhangenen Fluss bot. Kalte Nachtluft wehte herauf und kündigte eine rauere Jahreszeit an. Die Parkbänke entlang der altmodischen steinernen Balustrade belegten Obdachlose, in ihre Schlafsäcke eingerollt oder in Unterhaltungen vertieft. Da und dort glommen Zigaretten in der Dunkelheit auf. Leises Gemurmel ertönte von mehreren Seiten. Vom hinteren Ende der Dachterrasse winkte ihnen jemand zu.

Im Näherkommen erkannte Adrian im Licht einer Laterne eine grauhaarige Dame, die ihr Strickzeug beiseitelegte und sie über den Rand ihrer Lesebrille hinweg betrachtete.

„Bo, Schätzchen! Wir haben gerade von dir gesprochen. Wo hast du gesteckt?"

Der Mann, der neben ihr auf der Parkbank saß, sah sie spöttisch über den Rand der *Times* hinweg an.

„Wieder eine deiner Aktionen gegen die Fleischindustrie?"

Ohne die Antwort abzuwarten, verbarrikadierte sich das graustoppelige, wettergegerbte Gesicht hinter der Zeitung. Zu Adrians Überraschung ließ sich das Mädchen jedoch nicht provozieren. Wofür mochte *Bo* die Abkürzung sein?

„Das hier ist …"

Sie brach stirnrunzelnd ab, als fiele ihr erst jetzt ein, dass sie seinen Namen nicht kannte.

„Adrian", half er ihr aus.

Die alte Dame lächelte ihm zu. „Ich bin Charlotte. Und dieser unhöfliche Mensch ist mein Mann Phil."

Hinter der Zeitung ertönte ein unverständliches Brummen. Adrian wusste nicht, was er darauf sagen sollte. Charlotte schenkte ihm ein freundliches Lächeln, doch entging ihm nicht, dass sie ihn einen Moment lang musterte. Schließlich hob sie eine Augenbraue und sagte an Bo gewandt:

„Macht einen netten Eindruck."

Der helle Teint des Mädchens färbte sich rot. Sie setzte bereits zu einer Erwiderung an, da kam Charlotte ihr zuvor:

„Entschuldige. Du willst bestimmt wieder deine Sachen bei uns unterstellen."

Sie zwinkerte Adrian zu. „Bo legt Wert darauf, nicht als Obdachlose aufzufallen. Mit ihrem Trecking-Rucksack und der Isomatte geht sie als Touristin durch."

Bo stellte den schweren Rucksack neben die Bank der beiden Alten.

„Ich schäme mich nicht für das, was ich bin. Du weißt genau, warum ich nicht auffallen darf. Außerdem brauche ich nicht viel Zeug. Je weniger man mit sich herumschleppt, desto ungebundener ist man."

Charlotte nahm ihr Strickzeug auf.

„Lass uns nicht wieder davon anfangen, Liebes. Ich respektiere deine Entscheidung. Aber billigen kann ich sie nicht."

Unter dem Klappern der Stricknadeln verließen sie die Dachterrasse.

Schweigend gingen sie die *Surrey Street* bergan und passierten den Torbogen, der den Eingang zu Bos Versteck hinter dem römischen Bad bildete. Es gelang ihm nicht, seine Neugier länger zu beherrschen.

„Das waren jetzt nicht deine Eltern, oder?"

Abrupt blieb sie stehen. Ihre Augen verengten sich. Die Zornesfalte zwischen ihren Brauen erinnerte ihn an ein Ausrufezeichen.

„Die beiden", begann sie mit einer Stimme kühl wie der Wind unten am Fluss, „haben mich vor zwei Jahren aufgenommen, als ich aus dem Heim geflohen bin und niemanden in London kannte. Sie haben mir alles beigebracht, was man wissen muss, wenn man auf der Straße überleben will. Also steck dir deine Überheblichkeit ..."

Adrian schnitt ihr das Wort ab. „Das habe ich nicht gemeint. Warum rastest du eigentlich immer gleich aus? Die beiden sind bestimmt nette Menschen. Ich frage mich nur, warum du auf der Straße lebst, statt ganz normal zur Schule zu gehen und ...", er machte eine hilflose Geste, „das zu tun, was Mädchen halt so tun."

Die siebenhundert Pfund fielen ihm ein, aber er vermied es, das Thema anzuschneiden.

Bo verschränkte die Arme.

„Meine Eltern sind tot. Mehr gibt es darüber nicht zu sagen. Wir gehen jetzt zu deinem Hotel, und du gibst mir mein Geld. Morgen besuchst du *Madame Tussauds,* machst ein paar Selfies mit *Big Ben* und kehrst zurück in deine Vorstadtidylle."

Adrian schäumte vor Wut. „Was bildest du dir eigentlich ein? Du weißt gar nichts über mich. Lass uns die Sache hinter uns bringen. Dann kann sich jeder wieder um seine eigenen Probleme kümmern."

Er kehrte ihr den Rücken zu und marschierte die Straße bergan. Der Nachtnebel verwischte alle Konturen. Sie passierten die rot gekachelte Fassade. Für einen Augenblick streifte sein Bewusstsein die Frage, warum eine zentral gelegene U-Bahn-

Station bereits am frühen Abend geschlossen hatte. Ein Graffiti fiel ihm auf.

„Was heißt eigentlich UVA?“

„Urbane Veganerinnen Allianz.“

Schweigen.

„Und was bitte ist die Urbane Veganerinnen Allianz?“

„Das bin ich.“

Er wollte schon fragen, ob zu einer Allianz nicht mehr als eine Person gehöre, ließ es aber bleiben. Mehr als Beleidigungen und schnippische Antworten waren von ihr nicht zu erwarten.

***

Ein leichter Nieselregen setzte ein. Er schlug die Kapuze seines Sweatshirts hoch und vergrub die Hände in den Taschen. Schweigend setzten sie ihren Weg fort. Trotz der späten Stunde wälzte sich der Verkehr unvermindert durch die Hauptstraße *The Strand,* an der das Hotel lag. Hin und wieder suchte Adrian die Gegend nach einem nachtblauen BMW ab. Vor der Hoteleinfahrt verlangsamte Bo ihre Schritte.

Eine schwarze Luxuskarosse mit Diplomatenkennzeichen fuhr vor. Ein Portier mit Zylinder und weißen Handschuhen spannte einen Regenschirm auf, bevor er die Wagentür öffnete. Durch die Drehtür drang Licht aus der Hotellobby. Auf dem regennassen Asphalt glänzte es wie flüssiges Gold. Bo betrachtete die Lichtpfützen.

„Okay, mach nicht zu lange.“

„Kommst du nicht mit rein?“

Mit einer schwungvollen Geste wies sie auf ihr schäbiges Outfit.

„Mein Cocktail-Kleid muss ich wohl bei Charlotte und Phil vergessen haben."

Daran hatte er nicht gedacht. In dieser Aufmachung würde man sie zum Ausgang komplimentieren, noch ehe sie die Rezeption erreicht hatte. Er presste die Lippen zusammen. *Was ist das für eine Welt, in der Menschen wie sie angebissene Sandwiches aus Mülltonnen fischen, während andere im Whirlpool Champagner trinken?* Eine Welle des Zorns stieg in ihm auf, bis im einfiel, dass er ebenfalls auf der Sonnenseite des Lebens stand. Immerhin hatte er ein Dach über dem Kopf und ging zur Schule, selbst wenn er das bisher nicht als Privileg betrachtet hatte. Aber Bo besaß nichts, keine Eltern, kein Zuhause, keine Perspektiven. *Wenn jemand anständige Behandlung verdient, dann dieses Mädchen.*

„Das ist mir egal. *Du* kommst mit rein."

Vielleicht lag es an seinem Tonfall, der keinen Widerspruch duldete, vielleicht war sie es nicht gewohnt, andere für sich entscheiden zu lassen. Jedenfalls musterte sie ihn für einen Augenblick mit hochgezogenen Augenbrauen, als habe sie etwas entdeckt, das sie bisher übersehen hatte. Ein Lächeln entspannte ihr Gesicht.

„Also gut. Eine heiße Dusche wäre toll."

In Adrian erwachte eine Wärme, die ihn die regenfeuchte Kleidung vergessen ließ. Anscheinend hatte sie seinen Gesichtsausdruck falsch gedeutet.

„Aber komm bloß nicht auf dumme Gedanken."

Es lag etwas Verletzendes in ihrer letzten Äußerung, aber bevor er eine Antwort fand, schüttelte sie den Kopf.

„Nein, dafür bist du nicht der Typ. Aber was ist mit deinen Eltern? Kriegst du keinen Ärger, wenn du eine stinkende Obdachlose anschleppst?“

„Ich bin allein.“

Bo forschte nicht weiter. Stattdessen fragte sie ihn nach der Zimmernummer. Er sagte sie ihr. Das feuchte Haar klebte ihr in blonden Strähnen auf der Stirn.

„Wir treffen uns dort. Ich nehme den Lieferanteneingang.“

Adrian machte den Mund auf, aber sie ließ ihn nicht zu Wort kommen. „Ich kenne da eine Spülhilfe, die mich manchmal mit Gemüseresten versorgt. Wir müssen nicht mehr Aufsehen erregen als notwendig.“

Mit erhobenem Kinn ging sie am Hoteleingang vorbei und verschwand um die Hausecke.

Adrian zuckte die Schultern und wollte gerade die Straße zum Hotel überqueren, da schreckte ihn ein flatterndes Geräusch auf. Auf einem Müllcontainer am Straßenrand ließ sich Hugin nieder.

„Nun?“, krächzte der Vogel.

Adrian sah sich nach allen Seiten um. Aus seinen Begegnungen mit Thor und Hugin hatte er gelernt. Diesmal würde es keine Zeugen der ungewöhnlichen Unterhaltung geben. Zum Glück hatte der Regen die Passanten von dieser Straßenseite vertrieben. Aufgeregt hüpfte der Rabe auf schwarzen Müllsäcken und Bauschutt herum.

„Hast du es?“

„Heute konnte ich nichts mehr erreichen. Aber morgen ...“

Der Rabe schlug so heftig mit den Flügeln, dass Adrian zurückwich.

„Vielleicht solltest du dich ein wenig mehr auf deine Aufgabe konzentrieren."

„Was meinst du?"

Mit dem Schnabel wies der Vogel in Richtung Hotel.

„Du bist hier, um das Notizbuch zu beschaffen. Nicht um Mädchen aufzugabeln. Hattest du nicht schon eine Freundin? Wie heißt sie noch? Alison?"

Adrian traute seinen Ohren nicht. Ein Gefühl, das er nicht zu deuten wusste, presste ihm den Magen zusammen.

„Was geht dich das an? Ich habe nicht darum gebeten, in diese Sache hineingezogen zu werden. Das Ganze ist euer Streit, nicht meiner."

Zwei Spaziergänger näherten sich unter einem Regenschirm, ein junges chinesisches Touristenpärchen. Adrian riss sich zusammen und schwieg. Sobald sie vorbei waren, hüpfte Hugin auf den Rand des Containers.

„Nun mal langsam. Hack nicht auf dem Boten rum."

Im Licht der Laterne schimmerte das schwarze Gefieder beinahe blau. Mit schräg gelegtem Kopf betrachtete ihn der Rabe.

„Aber ich entnehme deiner Aufregung, dass du mit Fenris Bekanntschaft gemacht hast. Ein Grund mehr, so schnell wie möglich das Notizbuch zu beschaffen."

Adrian verschränkte die Arme.

„So, glaubst du? Vielleicht gelingt es Thor, mit diesem Runenspruch in Hels Reich einzudringen und seine lebensverlängernden Äpfel zu retten. Aber was wird aus Helen und mir? Wer wird Fenris daran hindern, sich an uns zu rächen?"

Es lag ihm auf der Zunge zu sagen: *Fenris kann sich in dieser Welt ungehindert bewegen. Thor kann nicht mal eine Viertelstunde sichtbar bleiben. Und Odin fällt ganz aus.* Doch er ließ die Worte unausgesprochen. Vielleicht teilte der Rabe seine Bedenken, denn er schwieg eine Weile. Schließlich fragte das Tier:

„Was soll ich Thor von dir ausrichten?"

Adrian schloss kurz die Augen und atmete tief durch.

„Erst wenn er mich von einem Plan überzeugt hat, der unsere Sicherheit garantiert, bekommt er das Notizbuch. Sag das deinem Donnergott."

Ohne eine Erwiderung abzuwarten, wandte er sich ab und überquerte mit großen Schritten die Straße.

***

Adrian kniete vor dem Zimmer-Safe und tippte die Zahlenkombination ein. Bo trommelte ungeduldig mit den Fingern gegen die Tür des Kleiderschranks. Wortlos riss sie ihm den Umschlag aus der Hand, drehte ihm den Rücken zu und zählte das Geld.

Ein Stich durchfuhr ihn.

„Was hast du eigentlich erwartet?"

Statt zu antworten, wanderte ihr Blick durch die Suite. Weder das bodentiefe Panoramafenster noch der Plasmafernseher oder die *Chippendale*-Möbel schienen sie zu beeindrucken. Im Gegenteil. Missbilligend sah sie ihn an.

„Wir leben einfach in verschiedenen Welten."

Geräuschvoll verschloss sie die Badezimmertür und ließ ihn allein mit dem Gefühl, gekränkt worden zu sein. Nach einer Weile rauschte die Dusche. *Warum glaubt sie, dass alle Menschen gegen sie sind? Und warum benimmt sie sich, als wäre sie vor jemandem auf der Flucht?* Er zwang seine Gedanken in eine andere Richtung. *Morgen Mittag bin ich wieder in Manchester. Und dann ist dieser Albtraum beendet. Wie Thor wohl meine Antwort aufnimmt?*

Er schob den Sessel an den Mahagonitisch, rief die Website von *British Rail* auf und suchte die Bahnverbindungen nach Manchester für den morgigen Vormittag.

Nach einer Weile trat Bo aus dem Badezimmer. Dampfwolken und der Geruch von Hotelshampoo folgten ihr. Obwohl sie ihre abgerissene Kleidung trug, wirkte sie verändert. Befreit vom Schmutz der Großstadt, zeigten sich feine Gesichtszüge. Die wohlige Wärme der Dusche schien auch die Kratzbürstigkeit weggespült zu haben. *Wie hübsch sie ist!*

Bo schien seine Gedanken zu erraten. Sie wandte sich ab, zog ein Zopfgummi vom Handgelenk und bändigte die Haare zu einem Pferdeschwanz.

„Ist Alison deine Freundin?"

Adrian fiel die Kinnlade herunter.

„Woher weißt du …?"

Vor seinem inneren Auge erschien Alison. Was würde sie sagen, wenn sie ihn mit Bo hier sehen könnte? Wie sollte er ihr die Situation erklären? Hitze kroch ihm über Hals und Wangen.

Bo band sich unbekümmert die Schuhe zu.

„Die Geburtstagskarte. In deinem Rucksack. Du willst mir doch nicht erzählen, dass du mein Zeug nicht auch unter die Lupe genommen hast."

Die abstoßenden Fotos vom Schlachthof verdrängten das Bild einer aufgebrachten Alison. Er räusperte sich.

„Aber was du mit diesen Sachen vorhast, kapiere ich nicht."

Bo überhörte das. „Du hast mir noch gar nicht erzählt, was du ganz allein in London tust."

Die Frage traf ihn unvorbereitet. Natürlich würde er ihr die Geschichte nicht erzählen, aber belügen wollte er sie auch nicht. Bevor er eine ausweichende Antwort gefunden hatte, unterbrach sie das Schweigen:

„Schon gut, jeder hat so seine Geheimnisse."

Mit einiger Mühe gelang es ihr, eine rote *Basecap* so aufzusetzen, dass der Pferdeschwanz aus dem Druckknopfverschluss an der Rückseite hervorschoss wie eine Wasserfontäne.

„Wie hast du mich eigentlich gefunden?"

Der Themawechsel befreite ihn von einer Antwort.

„Viele Grüße von Ben."

„Ben Gunn?"

Bo lachte auf.

„Du hast ihm hoffentlich keine Zigaretten gegeben?"

Er schüttelte den Kopf.

„Aber vielleicht hätte er mich nicht belogen, wenn ich es getan hätte."

Auf ihren ratlosen Blick hin setzte er hinzu: „Er sagte, ich würde dich in der Nähe einer U-Bahn-Station finden, die es gar nicht gibt. Hab den Namen vergessen."

„Du meinst *Aldwych?* Doch, die gibt's. Wurde aber schon vor Urzeiten aufgegeben und ist in keinem aktuellen U-Bahn-Plan verzeichnet. Mein Versteck liegt genau hinter dem Haupteingang. Wir sind daran vorbeigekommen. Die roten Kacheln. Erinnerst du dich nicht?"

Sie griff ihren Rucksack und wandte sich zur Tür.

„Ich muss los."

Adrian sprang vom Sessel.

„Hast du Hunger?"

Er hätte sich am liebsten auf die Zunge gebissen. Dass sie kein Mitleid wollte, hatte sie mehr als deutlich gemacht. Schließlich hatte sie sich bewusst für ihre Art zu leben entschieden.

„Tut mir leid. Ich meine, hast du Lust, mit mir zu Abend zu essen? Im Hotel-Restaurant sollten wir uns besser nicht blicken lassen, aber es gibt einen Zimmerservice."

Helens Kreditkartenabrechnung kümmerte ihn nicht. Er wollte mehr über Bo erfahren. Und er hasste die Vorstellung, in wenigen Minuten allein zu sein.

Kopfschüttelnd sah sie ihn an.

„Wir leben in verschiedenen Welten, Adrian."

„Aber warum?"

Sie machte eine Geste, die die gesamte Suite zu umfassen schien.

„Schau dich um. Wenn du dir die Frage nicht selbst beantworten kannst."

„Was soll diese ganze *Veganismus*-Sache eigentlich?"

Für einen Moment schloss Bo die Augen und holte tief Luft, als setze sie zu einer längeren Erklärung an.

„Also gut. Ist dir eigentlich klar, dass allein in den USA jedes Jahr mehr als zehn Milliarden Tiere für die Fleischerzeugung getötet werden? Ich kämpfe gegen eine Massentierhaltung, die Tiere als Ware empfindet und nicht als individuelle, fühlende Lebewesen."

Ihre Stimme bekam einen kämpferischen Tonfall. Er hatte einen Nerv getroffen. *Dass ich vielleicht Koch werde, erzähle ich ihr besser nicht*. Bo fuhr ungebremst fort:

„Fast ein Fünftel aller globalen Treibhausgase gehen auf die Viehhaltung zurück. Das sind mehr als alle Autos und Flugzeuge zusammen produzieren …"

Die Worte drangen wie ein Wasserfall aus ihrem Mund. Je mehr sie sich in ihre Argumentation hineinsteigerte, desto stärker überzog ein rosiger Glanz ihre Wangen. Ein leises Prickeln fuhr Adrian über den Rücken.

„... der Futtermittelanbau fördert die Abholzung des Regenwaldes ..."

Wenn das Licht in einem bestimmten Winkel auf ihr blondes Haar fiel, schimmerte es kupferfarben. Zusammen mit ihrer Haut, die so weiß glänzte wie der Marmor in der Hotelhalle, erinnerte sie ihn an die *Renaissance*-Schönheit aus seinem Geschichtsbuch.

„... ein einziger Hamburger verwandelt fünf Quadratmeter Regenwald in Wüste ..."

Ihm gefiel, wie die meergrünen Augen beim Sprechen zornige Funken sprühten. Die Luft im Hotelzimmer schien elektrisch geladen. Jedenfalls bekam er eine Gänsehaut.

„... die Nutztierhaltung verbraucht mehr Mais und Getreide als ..."

Sie gestikulierte zunehmend ausgreifender, aber nicht theatralisch, zählte Argumente an den Fingern ab, hob mahnend die Hand, ging beim Sprechen auf und ab. Ihr Gesicht glühte vor Erregung.

Im Geiste verglich er sie mit Alison. Bo hatte ihre Überzeugungen und engagierte sich für ein Ziel, das alle Menschen betraf. Alison hatte zwar die Absicht, Kunst zu studieren, aber wem außer ihr nützte das? Bo hingegen trat für ihre Werte ein, wollte etwas bewegen, um die Welt zu einem besseren Ort zu machen. Und sie brannte für das, was sie tat. Adrians Gefühle fuhren Karussell. Und wie melodisch ihre Stimme klang. Eine Stimme, der man stundenlang zuhören konnte.

„Hörst du mir eigentlich zu?“

Die Zornesfalte hätte ihn warnen sollen. Ihm klopfte das Herz im Hals.

„Wie? Ja, Nutztierhaltung verbraucht … irgendwas.“

Bo seufzte und griff zur Türklinke.

„Dir ist echt nicht zu helfen.“

Sie hatte die Tür bereits geöffnet, da fiel ihm noch eine Frage ein:

„Wofür ist Bo die Abkürzung?

Sie verdrehte die Augen.

„Vergiss es.“

KAPITEL NEUN

Die Fahrstuhltüren schlossen sich. Adrian war allein in der Kabine. Er drückte die Taste für die Hotellobby. Sanfte *Chillout*-Musik drang aus unsichtbaren Lautsprechern, verscheuchte aber nicht das beklemmende Gefühl, das er jedes Mal empfand, wenn er einen Fahrstuhl betrat. Langsam setzte sich die Kabine in Bewegung. Rote Leuchtziffern über der Tür zählten die Stockwerke rückwärts. Plötzlich beschleunigte sich die Fahrt. Die Musik brach ab.

Eine schreckliche Ahnung sickerte in sein Bewusstsein. Immer schneller wechselten jetzt die Ziffern. Ein eiskalter Schauder überlief ihn. Verzweifelt drückte er die Notstopptaste, hämmerte wie wahnsinnig auf sie ein, aber der Fahrstuhl reagierte nicht. Das Herz schlug ihm gegen die Rippen. Das Erdgeschoss hatte er längst verfehlt. Im freien Fall raste er mit Höllentempo in eine ungewisse Tiefe, weit unterhalb der Erdoberfläche.

Das Licht erlosch, Finsternis umgab ihn. Angst weichte die Knochen in seinen Beinen auf. Das Geräusch kreischenden Metalls übertönte sein Schreien. Er sank auf den Boden des Fahrstuhls und erwartete den unvermeidlichen Aufschlag.

Plötzlich verlangsamte sich die Fahrt, bis die Kabine quälend langsam zum Stehen kam. Aber sein Herz wollte sich nicht beruhigen. Das Licht ging an, die Türen öffneten sich mit einem hellen Glockenton, der die durchlebte Todesangst zu verhöhnen schien.

Nebelschwaden waberten in die Kabine. Adrian wischte sich kalten Schweiß von der Stirn und versuchte, das Zittern unter Kontrolle zu bekommen. Gerade hatte er mit dem Leben abgeschlossen, da öffnete das Schicksal ihm buchstäblich eine Tür. Mit weichen Knien zog er sich an der Kabinenwand hoch und trat hinaus in die Dunkelheit.

Endlich begriff er.

Ein Traum!

Noch einmal ertönte der Glockenton. Er wirbelte herum. Die Fahrstuhltüren schlossen sich wieder. Die Konturen der Kabine lösten sich auf, bis der Nebel sie vollständig verschluckte. Tastend bewegte er sich zurück, aber nichts Greifbares gelangte in Reichweite.

Kein Zweifel: ein Albtraum.

Doch bevor er einen klaren Gedanken gefasst hatte, umdrängten ihn Stimmen, körperlos in der Dunkelheit. Stimmen von Männern und Frauen, von Kindern und Greisen. Sie alle bestürmten ihn, forderten, flehten, jammerten, drohten. So viele Leben, so viel Unerledigtes, so viel Verzweiflung drängte mit der Macht eines Tsunamis auf ihn ein, drohte ihn hinwegzuspülen, in einen namenlosen Abgrund. Er hielt sich die Ohren zu, aber die Stimmen ließen ihn nicht in Ruhe, überlagerten und überboten sich mit ihren Forderungen und Vorwürfen.

Mit wackligen Beinen stolperte er in eine unbestimmte Richtung, hoffte ihnen zu entkommen. Dunkelheit und Nebel umfingen ihn wie ein klebriges Spinnengewebe. Nach einer Zeit, die ihm endlos erschien, erreichte er die Ausläufer eines entlaubten Waldes. Der Raureif seines Atems mischte sich mit dem Nebel. Erst jetzt fühlte er die Kälte, zunächst nur auf den Wangen, bis sie ihm stärker in die Glieder drang, je tiefer er in den blattlosen Wald vorstieß.

Plötzlich ertönte eine bekannte, rauchige Stimme:

„Böser Junge! Du strengst dich nicht genug an."

Adrian erstarrte in der Bewegung.

Fenris!

Sein Herz hörte beinahe auf zu schlagen. Hektisch blickte er sich nach allen Seiten um.

„Was … was meinst du?"

„Hast du mich vergessen? Seit gestern bist du dem Notizbuch keinen Schritt nähergekommen. Du verschwendest deine Zeit. Und du verhandelst mit meinen Feinden. Glaubst du, ich wüsste das nicht?"

Adrian beschleunigte seine Schritte. *Er ist hinter mir!* Aber er wagte es nicht, sich nach dem Verfolger umzusehen. Im dichten Nebel hätte er ihn ohnehin erst gesehen, wenn es zu spät gewesen wäre. Keine Chance, sich zu verstecken. Er versuchte, den Abstand zwischen sich und dem Verfolger zu vergrößern oder zumindest nicht kleiner werden zu lassen.

„Morgen habe ich es. Bestimmt!"

Fenris lachte wölfisch. *„Oh, bestimmt hast du es dann. Sonst werde ich dir Faser für Faser die Nerven aus dem Körper reißen und auf ihnen spielen wie auf einer Harfe. Und du wirst die Musik machen. Oh, mein Junge, du ahnst nicht, zu welchen Tönen du fähig sein wirst."*

Eisiges Entsetzen durchflutete Adrian. Die Stimme kam jetzt von links. Abrupt wechselte er die Richtung. Dichter standen jetzt die Bäume mit ihren gezackten, blattlosen Ästen. Trotz der Finsternis erkannte er, dass es keine Farbschattierungen gab, keine Übergänge von verschiedenen Braun- oder Grüntönen. Im fahlen Licht schimmerten die Bäume ausnahmslos im gleichen, stumpfen Grau.

„Kannst du dir vorstellen, welche Musik ich deiner Mutter und deiner Freundin entlocken werde? Oh, du wirst es hören, bevor du selbst an der Reihe bist.“

Nun schien die Stimme von vorn zu kommen. Fenris hatte bereits seinen Vater auf dem Gewissen. Tränen traten ihm in die Augen vor hilfloser Wut. *Helen und Alison darf nichts geschehen!* Er biss sich auf die Lippe. *Aber wie soll ich einen Gegner bekämpfen, dessen Macht ich nicht einmal verstehe?*

Erneut wechselte er die Richtung und streifte die Rinde eines mächtigen Eichenstammes. Da begriff er, was ihm an dem Wald seltsam erschien. So unterschiedlich die Bäume in ihrer natürlich gewachsenen Gestalt wirkten, bestanden sie doch allesamt aus *Eisen*. Deshalb wiegten sich nicht einmal die dünnsten Zweige im Wind. Aber ihm blieb keine Zeit, sich über den Eisenwald zu wundern. Er riss sich zusammen.

„Ich will eine Garantie, dass du uns in Ruhe lässt, wenn du das Notizbuch hast.“

Seine Stimme überschlug sich fast.

Fenris antwortete mit einem ortlosen Lachen.

„Endlich beziehst du Stellung. Aber vergiss nicht: Du kannst nicht davonlaufen. Wohin du auch fliehst, ich werde dort auf dich warten. Morgen bei Sonnenuntergang hast du das Notizbuch.“

Adrian hatte den Waldrand erreicht und stolperte durch dichten Bodennebel ein abschüssiges Gelände hinab. Die Nähe des Ufers spürte er, bevor er die Böschung hinunter auf den schmalen Kiesstrand fiel. Vor ihm dehnte sich die schwarze Fläche eines Sees, dessen jenseitiges Ufer er in der Ferne nicht auszumachen vermochte. Dafür entdeckte er, dass sich kein nächtlicher Himmel über ihm spannte, sondern das gezackte Gewölbe einer Höhle von gigantischen Dimensionen.

In der Mitte des Sees erhob sich eine Insel.

„Adrian!"

Die Stimme einer Frau, sphärisch und schön, ließ ihn für den Moment Kälte und Angst vergessen. Obwohl er wusste, dass er sie nur in seinem Kopf hörte, schien sie doch von der Insel zu kommen.

„Hab keine Angst. Komm zu mir, mein Lieber. Und du wirst nie wieder davonlaufen müssen."

Hinter ihm ertönte ein Knurren. Von der Uferböschung über ihm funkelten zwei bernsteinfarbene Augen in der Dunkelheit.

Fenris hatte ihn endlich eingeholt.

„Du begreifst es nicht, oder?"

Verzweifelt blickte Adrian zum See. Der Nebel teilte sich und gab den Blick frei auf einen schwarz geteerten Kahn. Ohne nachzudenken, sprang er hinein und stieß sich mit dem Ruder vom Ufer ab.

***

Es dauerte ein paar Augenblicke, bis er begriff, warum er in einem fremden Bett erwachte. In seinem Kopf spulten sich die Ereignisse des gestrigen Tages ab und setzten sich zu einem sinnvollen Ganzen zusammen. Er schloss die Augen und rief sich widerwillig den Albtraum ins Gedächtnis. Fenris hatte keinen Zweifel daran gelassen, was nach Ablauf der Frist geschehen würde. *Welche Wahl habe ich denn? Ich werde ihm das Notizbuch geben und einfach hoffen, dass er uns danach in Ruhe lässt.*

Die Dusche befreite ihn vom nächtlichen Angstschweiß. Auf dem Badezimmerboden lag das Handtuch, das Bo benutzt hatte.

Wie mochte sie die Nacht verbracht haben? *Für welches Ideal wäre ich bereit, so zu leben? Wem würde sie das Notizbuch geben?*

Obwohl ihm der Verstand sagte, das einzig Richtige zu tun, suchte ein Teil von ihm nach einem Argument, das sein schlechtes Gewissen betäuben würde. Ärgerlich stopfte er seine Sachen in den Rucksack. *Was hat Thor bisher getan, um uns zu schützen? Oder mir bei der Suche zu helfen? Ich bin kein Superheld, sondern ein normaler Junge, der in eine Sache hineingeraten ist, die er sich nicht ausgesucht hat. Und ich muss an Helen und Alison denken.*

Er warf einen letzten Blick aus dem Fenster. Die *Themse* glitzerte im Licht der tief stehenden Herbstsonne. Es würde ein spätsommerlicher Tag werden. Seine Stimmung hob sich ein wenig.

Auf dem Flur zögerte er kurz, bevor er den Fahrstuhlknopf drückte. Der Glockenton, mit dem sich die Tür öffnete, ließ ihn zusammenzucken. Ein älterer indischer Herr im Business-Anzug blickte von seinem Handy auf und lächelte ihm aufmunternd zu. Mit einem mulmigen Gefühl betrat er die Kabine. Der Fahrstuhl setzte ihn sicher in der Lobby ab. Auf der Straße wartete kein dunkelblauer Roadster auf ihn. Für einen Moment schloss er die Augen und genoss die Morgensonne. *In ein paar Stunden ist alles vorbei.*

***

Der Vorplatz des Museums hatte sich bereits mit Touristen gefüllt. Adrian stieg die Treppen des Säulenportikus hinauf und betrat das Innere. Gebäudetrakte, die wie antike Tempel wirkten, umsäumten einen weitläufigen Innenhof. Eine moderne Lichtkuppel verwandelte den Hof in eine geschlossene Halle von gigantischen Ausmaßen. Weiß glänzender Marmorboden verstärkte den Eindruck einer alles durchdringenden Helligkeit.

Trotz der frühen Stunde drängten sich Besucher, einzeln oder in Gruppen, orientierten sich anhand von Handzetteln oder Reiseführern, machten sich mit den Audio-Führern vertraut oder reihten sich geduldig in die Schlange der Cafeteria ein. Ein Gewirr von Sprachen aus aller Welt erfüllte die Luft.

Adrian fragte eine uniformierte Aufseherin nach Doktor Chandler. Die dunkelhäutige Frau mit Afro-Frisur machte ein bekümmertes Gesicht.

„Es ist Sonntag, mein Junge. Ich glaube kaum, dass jemand vom wissenschaftlichen Personal heute im Hause ist."

Daran hatte er nicht gedacht. Er ließ die Schultern hängen. Aber so leicht würde er sich nicht abwimmeln lassen.

„Könnten Sie es nicht trotzdem versuchen? Es ist wichtig. Wirklich."

Einen Moment lang rang sie mit sich und verdrehte schließlich die Augen. Er folgte ihr zu einem Info-Schalter am Rand des Innenhofes, wo sie über den Tresen nach einem Telefon griff. An ihrem überraschten Gesichtsausdruck erkannte er, dass sich jemand am anderen Ende der Leitung gemeldet hatte.

„Doktor Chandler, hier wartet ein Besucher für Sie. Ein Mister …"

Sie hielt die Hand über die Muschel und sah ihn fragend an.

„Blackwell", sagte Adrian.

Sie wiederholte den Namen am Telefon.

Es entstand eine Pause. Die Aufseherin runzelte die Stirn.

„Ja, ganz sicher. Blackwell."

Achselzuckend legte sie den Hörer auf.

„Er ist auf dem Weg."

Damit schien die Sache für sie erledigt. Sie kehrte zu ihrem Posten zurück.

Kurze Zeit später erschien ein Mann mit kurz geschnittenen Haaren in einem grünen Tweed-Sakko, ungefähr im Alter seines Vaters. Sein kantiges Gesicht wirkte blass und angespannt. Mit suchendem Blick näherte er sich dem Tresen. Als er Adrian erblickte, entspannte sich seine Haltung ein wenig.

„Du bist sein Sohn." Er streckte Adrian die Hand entgegen. „Nach all den Jahren hätte ich dich nicht wiedererkannt. Adrian, richtig? Als ich Christophers Namen hörte, dachte ich …"

Er verstummte.

Adrian schluckte und schüttelte die dargebotene Hand. Doktor Chandler setzte ein gezwungenes Lächeln auf.

„Eigentlich wäre ich heute gar nicht hier, aber auf meinem Schreibtisch türmt sich die Arbeit. Sei's drum. Ich führe dich ein wenig herum, und du erzählst mir, wie ich dir helfen kann."

Adrian folgte ihm in eine Sonderausstellung mit Artefakten aus keltischer Zeit. Doktor Chandler erklärte die Besonderheiten von Schildbuckeln, Helmfragmenten und seltenen Münzfunden. Je länger er die Ausstellungsstücke erklärte, desto mehr verlor er seine Befangenheit. Schließlich hielten sie vor einer Vitrine, die mit Runen verzierte Tierknochen zeigte. Adrian las einige der Worte laut vor.

Doktor Chandler hob anerkennend eine Augenbraue.

„Hat dein Vater dir das beigebracht?"

„Was bedeuten die Worte?"

Der Kurator zuckte die Schultern. „Manche Inschriften können wir nicht deuten. Vermutlich haben die Worte keine Bedeutung und sind rein magischen Charakters. Manchmal wurden sie auch von rechts nach links gelesen."

Adrian beschloss, auf den Grund seines Besuchs zu sprechen zu kommen.

„Ich bin hier wegen Dads Notizbuch. Ich vermute, er hat es Ihnen vor seinem Tod gegeben?"

Doktor Chandler krauste die Stirn.

„Ich hatte schon seit Jahren keinen Kontakt mehr mit Christopher."

Adrian starrte ihn an. Es dauerte einen Moment, bis die Worte ihn erreichten.

„Er … er hat Sie also nicht besucht, bevor er nach Norwegen geflogen ist?"

„Tut mir leid, mein Junge. Aber ich habe kein Notizbuch."

Die Worte trafen ihn wie eine Abrissbirne. Er schwankte ein wenig. Für einen Moment verschlug es ihm die Sprache.

„Vielleicht hat er es Ihnen mit der Post geschickt?"

Doktor Chandler schüttelte den Kopf.

Adrian überlief es eiskalt, ihm schwirrte der Kopf. *Sagt er die Wahrheit? Vielleicht hat er die Bedeutung des Runenspruchs begriffen. Oder jemand setzt ihn unter Druck. Aber wer? Warum hat er vorhin so schuldbewusst gewirkt?*

Doktor Chandler musterte ihn besorgt.

„Geht es dir gut? Möchtest du ein Glas Wasser?"

Adrian winkte ab und versuchte, einen klaren Gedanken zu fassen.

„Gab es sonst jemanden, der ihm … nahegestanden hat? Vielleicht jemand, den Sie aus Ihrer gemeinsamen Studienzeit kannten?"

Erneut schüttelte der Kurator den Kopf.

„Du weißt ja, wie dein Vater war. Aber vielleicht erzählst du mir, was so wichtig an dem Notizbuch ist."

Adrian zögerte, fand jedoch keinen Grund, ihm das zu verheimlichen.

„Es geht um die Schiefertafel von der *Isle-of-Man*."

Doktor Chandler rieb sich am Kinn.

„Die Tafel, die zerstört wurde. Ein beispielloser Akt von Vandalismus, nicht wahr? Täter und Motiv liegen im Dunkeln. Die Polizei hat die Ermittlungen irgendwann eingestellt. Aber warum beschäftigt dich das?"

Adrian sprach mit tonloser Stimme: „Weil ich glaube, dass Dad die Runen vorher abgeschrieben hat."

„In sein Notizbuch, ich verstehe. Der Verlust der Tafel war schon schlimm genug. Aber der Täter hat außerdem die gesamte Dokumentation gelöscht. Alle Berichte, Zeichnungen und sämtliche Fotos der Grabung. Wer macht sich die Mühe, etwas zu zerstören, was nur für eine Handvoll Forscher einen wissenschaftlichen Wert darstellt?"

Das wusste Adrian nur zu gut.

Sie traten von der Vitrine mit den Runen-Knochen zurück, um anderen Besuchern Platz zu machen, und gingen Richtung Eingangshalle. Der Kurator ließ ihm den Vortritt.

„Du hast mir noch nicht erzählt, warum dich die Arbeit deines Vaters interessiert. Weiß deine Mutter, dass du hier bist? Wie geht es ihr?"

Adrian überlegte, welche Frage er zuerst beantworten sollte, und entschied sich für die letzte.

„Helen geht's gut."

Doktor Chandler wirkte betreten. Nach einer Weile unterbrach er das lastende Schweigen.

„Es tut mir leid, dass ich nicht zur Beerdigung gekommen bin. Aber ich hatte meine Gründe."

Abrupt blieb Adrian stehen.

„Welche?"

Bevor der Kurator antwortete, betrachtete er ihn eine Weile mit einem Blick, der mehr nach innen als nach außen gerichtet zu sein schien.

„Bevor Helen deinen Vater kennengelernt hat, ist sie ein paar Mal mit mir ausgegangen. Du verstehst, warum sich danach das Verhältnis zwischen Christopher und mir auf berufliche Fragen beschränkt hat."

Adrian stockte der Atem. Kaum vorstellbar, dass Helen vor seinem Vater andere Bekanntschaften gehabt hatte. Da traf ihn ein anderer Gedanke. Vielleicht würde sie eines Tages einen neuen Partner finden? Rasch schob er die Vorstellung eines Stiefvaters beiseite. Wichtiger schien ihm, dass Doktor Chandler und sein Vater sich anscheinend nicht nahe genug gestanden hatten, als dass er ihm das Notizbuch anvertraut hätte. Es gab also keinen Grund, an den Worten des Kurators zu zweifeln. Adrian versank in brütendes Schweigen.

Doktor Chandler warf einen Blick auf die Uhr.

„Tut mir leid, dass ich dir nicht helfen konnte. Grüß bitte deine Mutter von mir."

***

Niedergeschlagen durchquerte Adrian den Lichthof. Er hatte den Ausgang fast erreicht, da erblickte er Thor. Adrian stöhnte. *Der hat mir gerade noch gefehlt!*

Der Donnergott stand vor einer ägyptischen Götterstatue, die ihn an Größe kaum überragte. Er strich über seinen roten Bart und beugte sich vor, um die Erklärungen auf der Hinweistafel zu entziffern. Beim Lesen bewegte er tatsächlich die Lippen. Neben ihm stand ein junges Pärchen, das sich eng umschlungen küsste.

Thor richtete sich auf und ein Ausdruck des Erkennens erhellte sein Gesicht.

„He, hast du gewusst, dass …“

Adrian schnitt ihm das Wort ab.

„Nicht hier! Das ist wohl kaum der passende Ort.“

Das Pärchen ließ erschrocken voneinander ab und sah ihn mit großen Augen an.

Doch Adrian winkte ab und stapfte hinaus. Er hatte genug von solchen Missverständnissen. Thor folgte ihm mit eiligen Schritten.

***

Vom *Speaker's Corner* gingen sie durch den *Hyde Park*. Schnurgerade Wege zerschnitten die Wiesen und boten einen Überblick von mehreren Hundert Metern. Niemand würde sich unbemerkt nähern und sich über einen Jungen wundern, der Selbstgespräche führte. Thor schlenkerte den Hammer wie einen Regenschirm.

„Du bist die Sache falsch angegangen.“

Ärger stieg in Adrian auf. Er wollte eine heftige Antwort geben, nahm sich aber zusammen.

„Du hast mich überhaupt erst darauf gebracht!“

„Dass Chandler das Buch hat? Adrian, das war *deine* Idee.“

Herbstbuntes Laub sprenkelte Rasen und Wege. In einiger Entfernung spielten ein Vater und sein Sohn Frisbee. Der Junge mochte ungefähr so alt sein wie Adrian bei seinem letzten Besuch in London.

Er stieß die Luft aus. Thor hatte recht. *Ich habe mich in die Vorstellung verrannt, Dads einziger Freund müsse das Notizbuch haben. Über andere Möglichkeiten habe ich nicht nachgedacht.* Vielleicht war die überstürzte Abreise nach London ein Fehler gewesen. Vielleicht wäre er besser nach Oxford gefahren und hätte mit ehemaligen Kollegen seines Vaters gesprochen, um einen Anhaltspunkt zu finden. Fest stand, dass sein Vater von London aus nach Oslo geflogen war. Wenn er das Notizbuch nicht Chandler gegeben hatte, wem dann? Dass er es vernichtet hatte, glaubte Adrian keinen Moment. Als Wissenschaftler hätte er das nicht über sich gebracht. Nein, er würde es irgendwo versteckt haben. Aber wo? In einem Bankschließfach? In dem Fall hätte man einen Schlüssel bei ihm gefunden. Oder die Bank hätte mit den Erben, also ihm und Helen, Kontakt aufgenommen. Wo sollte er suchen? In der riesigen Stadt erschien ihm das aussichtslos. Wie sollte er eine Nadel im Heuhaufen finden, wenn er noch nicht mal den richtigen Heuhaufen gefunden hatte?

Am meisten ärgerte ihn, dass er wertvolle Zeit verschwendet hatte. *Nur sieben Stunden bis Sonnenuntergang. Und bald wird Helen sich auf den Weg nach Hause machen und Fenris direkt in die Arme laufen.* Bei dem Gedanken verkrampfte sich sein Magen.

Unter einer Kastanie blieb Thor stehen.

„Ich verstehe, dass du dir Sorgen machst, was hinterher sein wird. Aber wenn wir die Äpfel der Idun nicht bald bekommen, wird Odin verlöschen."

Adrian wusste nur zu gut, was es hieß, den Vater zu verlieren. Er wich Thors Blick aus und beobachtete die beiden

Frisbee-Spieler. Sie lachten jedes Mal, wenn der Wind die dünne Plastikscheibe aus der Flugbahn trug und in weitem Bogen abtrieb. Die meiste Zeit verbrachten sie damit, die Scheibe aufzusammeln. Sie schienen trotzdem Spaß zu haben.

Thor hat erzählt, dass Loki, Fenris` Vater, den Baum der Idun gefällt hat. Wie lange werden die verbliebenen Äpfel die beiden am Leben erhalten? Sind er und Odin nicht ohnehin dem Untergang geweiht? Er sprach den Gedanken nicht aus. Stattdessen fragte er:

„Gibt es etwas, das Helen und mich vor Fenris schützen kann? Eine Waffe, ein Runenzauber, irgendwas?"

Thor raufte sich den roten Bart und schüttelte den Kopf. Adrian ließ die Schultern hängen.

Vater und Sohn hatten die Lust am Frisbee-Spielen verloren. Gemeinsam häuften sie Laub zusammen. Der Junge warf es mit beiden Händen in die Luft. Der Vater hielt den Moment mit einer Kamera fest. Was würden sie empfinden, wenn sie das Foto in einigen Jahren gemeinsam betrachteten?

Adrian blickte zu Thor auf.

„Ich kann dir nicht sagen, wem ich das Notizbuch geben werde. Ich habe es ja noch nicht einmal gefunden."

„Vielleicht solltest du dir Hilfe holen?"

„Ich kenne hier niemanden."

„Bist du sicher?"

Ein junger Mann kam ihnen entgegen, der sich mit einem halben Dutzend Hunde aller Größen und Rassen abmühte. Die Hunde strebten in verschiedene Richtungen und verhedderten die Leinen zu einem unentwirrbaren Knäuel. Ein Hundesitter.

Hundesitter.

Thor legte ihm die schwere, eisenbehandschuhte Hand auf die Schulter.

„Ich bin sicher, du wirst herausfinden, was das Richtige ist."

Adrian schüttelte die Pranke ab.

„Und das heißt für dich, dass ich dir das Notizbuch aushändige, nicht wahr?"

Thor flimmerte wie ein Fernsehbild bei atmosphärischen Störungen.

„Wenn es so weit ist, werde ich dir jemanden schicken, der dich zu mir bringt. Erschrick nicht, wenn du sie siehst."

„Sie?"

Doch Thor war bereits verschwunden.

KAPITEL ZEHN

Adrian passierte den Eingang der aufgegebenen U-Bahn-Station und trat durch den Torbogen, der zu Bos Unterschlupf führte. Nur die Pappe zweier Umzugskartons deutete darauf hin, dass sie hier geschlafen hatte. Enttäuscht verließ er die verschattete Gasse und folgte der Straße hinunter zur *Themse.*

Die Terrasse über der U-Bahn-Station *Embankment* lag im weichen Licht des frühen Nachmittags. Nur wenige Obdachlose hielten sich jetzt hier auf. Charlotte saß allein auf ihrer Bank. Sie blickte von ihrem Roman auf, und ihr Gesicht erhellte sich. Adrian nahm den angebotenen Platz neben ihr an. Wo Bo steckte, wusste sie nicht.

„Hast du es schon hinter der *Aldwych*-Station probiert?"

„Dort ist sie nicht. Und ihre Sachen sind fort."

Charlotte krauste die Stirn.

„Ein seltsamer Ort. Während des Krieges diente ein unvollendeter Tunnel der Station als Lager, um Kunstwerke vor den deutschen Luftangriffen zu schützen. Heute werden dort Filme gedreht. *James Bond* und solche Sachen. Aber ganz ehrlich, ich könnte dort nicht schlafen."

Sie machte eine bedeutungsvolle Pause.

„Viele Leute sagen, dort spukt es."

Ein Lächeln erschien auf ihrem faltigen Gesicht. Hatte sie einen Scherz gemacht? Oder wollte sie sehen, welchen Eindruck ihre Worte bei ihm hinterließen?

„Wo könnte sie sonst sein?"

„Wenn heute Samstag wäre, würde ich dir raten, es auf der Südseite des Flusses zu versuchen. Dort streift sie um die

Gemüsestände am *Borrow Market* herum, um unverkaufte Ware zu ergattern. Aber heute ist Sonntag …"

Sie rieb sich das Kinn.

„Versuch es unter der *London Bridge.*"

***

Dichte Wolken türmten sich im Osten auf. Adrian folgte der Uferpromenade flussabwärts. Er verlangsamte seine Schritte, bis ihn nicht nur Jogger, sondern auch Spaziergänger überholten. Auch wenn es ihm gelänge, Bo aufzuspüren: Wie sollte sie ihm bei seiner Suche helfen?

Nach einer Weile näherte er sich der *London Bridge.* Eine halbe Meile dahinter ragte die *Tower Bridge* mit ihren beiden Türmen in den bleigrauen Himmel. Die Uferpromenade führte unter der Brücke hindurch. Die meisten Spaziergänger stiegen die Treppe zur Straße hinauf. Doch Adrian folgte der Treppe in die entgegengesetzte Richtung in eine dämmrige, unbestimmte Tiefe. Dort machte die Treppe einen Knick. Der Geruch von brackigem Kanalwasser stieg ihm in die Nase. Er wollte schon umkehren, als er im Halbdunkel eine Gestalt erblickte.

Vor einer schweren Metalltür saß sie auf ihrer Isomatte und verstaute gerade etwas in ihrem Rucksack. Anscheinend hatte sie ihn gehört. Sie warf den Kopf herum und der Pferdeschwanz peitschte über ihre Schulter. Als sie ihn erkannte, entspannte sich ihr Gesicht. Aber die Falte zwischen ihren Augenbrauen glättete sich nicht vollständig.

„Was willst du hier?"

Adrian machte eine unbestimmte Geste und blies die Backen auf. Er stellte sich gerade dieselbe Frage. *Soll ich ihr alles erzählen? Nein, bestimmt nicht. Wenn ich Alison nicht eingeweiht habe, warum dann sie? Niemand wird mir glauben.*

Bo wandte ihm den Rücken zu.

„Die Kreditkarte, oder?"

Er sah sie verständnislos an.

Sie ließ von ihrem Rucksack ab und drehte sich um.

„Ich sage dir, was ich denke. Du hast dich mit deinen Eltern gestritten und bist von zu Hause abgehauen. Um ihnen eins auszuwischen, hast du dich im teuersten Hotel der Stadt einquartiert. Mit Papis Kreditkarte. Dämliche Entscheidung. Weil deine Eltern dich über die Kartenfirma gefunden haben. Aber wenn du ehrlich bist, wolltest du genau das."

Adrian machte den Mund auf und schloss ihn. Fassungslos starrte er sie an. Bo sprach ungerührt weiter:

„Was glaubst du, wie viele solcher halbherzigen Ausbruchsversuche behüteter Kinder der Mittelschicht ich hier schon erlebt habe?"

Er ballte die Hände. Das Blut schoss ihm in die Wangen. Wut brannte in seinem Bauch wie glühende Kohlen.

„Wie kannst du nur! Du … du weißt nichts über mich. Gar nichts!"

„Und du? Weißt du, wie es ist, Hunger zu haben? Ich meine nicht Appetit auf eine Pizza. Ich meine einen Hunger, bei dem sich deine Eingeweide zusammenkrampfen, bis dir vor Schmerz schwindelig wird. Kannst du dir vorstellen, wie kalt es hier in den nächsten Monaten wird? Weißt du, wie lange eine Nacht dauern kann, wenn du steifgefroren bist?"

Für einen Augenblick verschlug es ihm die Sprache.

„Das ist total unfair! *Du* hast dir diese Art zu leben ausgesucht."

„Wie ich schon sagte: Wir leben in verschiedenen Welten. Geh zurück zum Hotel und lass dich von deinem Vater einsammeln. Mama schließt dich tränenreich in ihre Arme, und du führst dein Konsumentenleben weiter."

Da platzte es aus ihm heraus:

„Mein Vater ist tot."

Diesen Satz hatte er noch nie ausgesprochen. Hatte er nicht aussprechen müssen. Weil alle Menschen in seinem Leben das wussten und das Thema mieden wie ein Minenfeld. Wie eine Zeitbombe behandelten sie ihn.

Bo sah ihn an mit großen Augen an.

Eine Zeit lang sagte keiner von beiden ein Wort. Nur das dumpfe Poltern der Autos auf der Brücke über ihnen unterbrach die Stille. Endlich beendete Bo das Schweigen.

„Das ändert nichts. Dann geh zurück zu deiner Mutter. Sie braucht dich. Ich kann mich nicht um dich kümmern."

Adrian verschränkte die Arme.

„Du musst dich nicht um mich *kümmern*."

Das letzte Wort hatte er wie etwas Ekliges ausgespuckt. Was bildete sie sich nur ein?

Sie erhob sich von ihrer Isomatte und ging ein paar Schritte auf ihn zu. Ihr Gesicht wirkte jetzt entspannt.

„Tut mir leid, wenn ich zu ruppig war. Anscheinend hat jeder sein Päckchen zu tragen."

Er schüttelte den Kopf. *Es ist ein Fehler gewesen, hierher zu kommen. Was habe ich denn erwartet? Ich kann ihr ja nicht einmal die Wahrheit sagen. Sie würde mich nicht nur für einen verwöhnten Vorstadtjungen halten, sondern auch für verrückt erklären.* Resigniert wandte er sich zum Gehen.

Da fiel ihm etwas ein.

„Wenn du etwas verstecken wolltest, wo würdest du das tun? Wo ist der sicherste Ort in ganz London?“

Sie legte den Kopf schief und sah ihn aus schmalen Augenschlitzen an.

„Den sichersten Ort in ganz London? *Den* kann ich dir zeigen.“

***

„Wohin gehen wir?“

Adrian folgte Bo die Uferpromenade stromabwärts, die sie den beiden Türmen der *Tower Bridge* näherbrachte. Unzählige Passanten nutzten den milden Nachmittag für einen Sonntagsspaziergang. Touristenboote pflügten durch den Fluss.

Bo sah sich nach ihm um.

„Wirst du schon sehen.“

Mit ein paar Schritten hatte er sie eingeholt. Noch fünf Stunden, bis die Frist ablief und er Fenris mit leeren Händen gegenübertreten würde. Bei der Vorstellung rutschte ihm ein Angstkloß in die Kehle. Bo betrachtete ihn forschend.

„Ist dir nicht gut?“

Adrian schluckte und beschloss, dem Gespräch eine andere Richtung zu geben.

„Warum lebst du eigentlich so? Okay, ich hab schon kapiert, du machst das für den Tierschutz und so. Aber findest du den Preis dafür nicht zu hoch?“

Zu seiner Überraschung blieb der Gefühlsausbruch aus. Stattdessen trat sie an das Geländer der Uferpromenade und richtete ihren Blick auf die ruhig dahinfließende *Themse.* Der Fluss hatte Niedrigwasser, vom sandigen Uferstreifen unter ihnen stieg ein fauliger Geruch herauf. Bo lehnte die Unterarme auf das gusseiserne Geländer und ließ eine volle Minute verstreichen, bevor sie antwortete.

„Hast du dir mal die Gesichter der Menschen angesehen, die jeden Morgen mit der U-Bahn zu ihren schlecht bezahlten Jobs in die City pendeln? Müde, ausgezehrt und unzufrieden. Trotz ihrer teuren Business-Klamotten, Handys und Laptops. Und warum?"

Adrian, der zu ihr aufgeholt hatte, lehnte den Rücken an das Geländer und zuckte die Achseln. Bo schien nicht wirklich mit einer Antwort gerechnet zu haben, denn sie sprach leise und wie zu sich selbst:

„Eltern und Lehrer reden ihnen ein, dass sie lernen müssen, damit sie es an die Uni schaffen. Nach dem Studium sitzen sie auf einem Berg Schulden und nehmen den ersten miesen Job an, der sich ihnen bietet. Sie passen sich an und füllen die innere Leere mit teuren Dingen. Sie versuchen sich und den anderen zu beweisen, wie erfolgreich und glücklich sie sind."

Sie deutete auf die Passanten, die an ihnen vorbeischlenderten.

„Schau sie dir an! Die meisten hängen in Berufen fest, die sie hassen. Tag für Tag verkaufen sie ihre Seele für ein Leben in stiller Verzweiflung. Immer in der Angst vor dem Scheitern, vor dem Versagen. Was nichts anderes heißt, als die Erwartungen ihrer Chefs, Kollegen und Ehepartner nicht mehr zu erfüllen. Und eines Tages unter der Brücke zu landen."

Kopfschüttelnd lachte sie auf.

„Ich *lebe* unter der Brücke. Aber ich habe alle Freiheit der Welt. Und du fragst mich, ob der Preis für meine Lebensweise zu hoch ist."

Darauf wusste Adrian nichts zu sagen. Sie lösten sich vom Geländer und setzten ihren Weg fort. Doch ihre Worte arbeiteten in ihm.

„Aber willst du wirklich den Rest deines Lebens in Hinterhöfen schlafen und Parolen an Häuserwände sprühen?"

Bo machte eine Handbewegung, als versuchte sie, eine lästige Fliege zu verscheuchen.

„Das ist nur vorübergehend. Wenn ich genug Geld habe, gehe ich nach Neuseeland und schließe mich den *Sea Shepheards* an."

Auf seinen ratlosen Gesichtsausdruck hin verdrehte sie die grünen Augen.

„Eine Gruppe von Umweltaktivisten, die mit ihren Booten den Kampf gegen japanische Walfänger aufgenommen haben. Sie bringen sich in die Schusslinie der Harpunen oder rammen die Schiffe der Walfänger."

Gemeinsam starrten sie auf den bleigrauen Fluss. Endlich brach Bo das Schweigen.

„Und? Was denkst du jetzt über mich?"

„Ich bin beeindruckt. Du hast etwas, was du wichtiger nimmst als dich selbst. Wie eine Art Kompass. Etwas, das deinem Leben eine Richtung gibt. Einen Maßstab, an dem du deine Entscheidungen messen kannst."

Adrian fuhr sich durchs Haar. *Und ich? In meinem Leben dreht sich alles immer nur um mich. Und das nicht erst seit Dads Tod. Bo sieht eine Verantwortung, die über ihren eigenen Lebenskreis hinausgeht. Und sie geht ihren Weg – geradlinig und kompromisslos.*

Bo schien mal wieder zu ahnen, in welche Richtung seine Gedanken wanderten.

„Und du?“, fragte sie in das sich dehnende Schweigen. „Was treibt dich aus Manchester her? Warum suchst du den sichersten Ort in ganz London?“

„Eigentlich komme ich aus Oxford.“

Und dann berichtete er ihr von seinem früheren Leben in der Universitätsstadt. Zuerst nur zögerlich, aber nach und nach fasste er Zutrauen und erzählte von der Nacht, als die Polizei die Todesnachricht überbrachte. Nicht einmal den Streit kurz vor dem Unfall ließ er aus. Auch nicht, wie wütend er auf seinen Vater gewesen war, weil er ihm durch seinen Tod die Möglichkeit genommen hatte, sich mit ihm auszusöhnen. Zum ersten Mal sprach er aus, wie hilflos er sich gefühlt hatte, als er in der psychiatrischen Abteilung des Krankenhauses Helen besucht und sie ihn wegen der starken Beruhigungsmittel nicht erkannt hatte. Mit Verwunderung hörte Adrian sich von der Beerdigung sprechen, die ihm unwirklich wie ein Traum erschienen war, und von der Leere und Verlassenheit danach. Er begriff nicht, warum er einer fremden Obdachlosen all jene Gefühle offenbarte, die er weder Helen noch Doktor Pemberton, ja nicht einmal Alison, hatte erklären können. Und doch hielt ein dunkler Teil in seinem Innern ihn davon ab, Bo von seiner Begegnung mit Odin, Thor und Fenris zu erzählen.

Bo sagte die ganze Zeit über kein einziges Wort, unterbrach ihn nicht, stellte keine Fragen. Als sein Redefluss schließlich versiegte, nahm sie seine Hand und drückte sie für einen kurzen Moment. Ein warmes Gefühl stieg in ihm auf.

Ihre Frage hatte er zwar nicht beantwortet, aber sie bedrängte ihn nicht. Schweigend setzten sie ihren Weg der Uferpromenade entlang fort.

Mächtige Festungsmauern und Wehrtürme gerieten in ihr Blickfeld. Adrian begriff, wohin sie ihn führte. Das Foto im Hausflur fiel ihm ein, und sein Herz machte einen Sprung. *Ja, der sicherste Ort in ganz England ist der Tower von London.*

***

Je näher sie dem Tower kamen, desto mehr verdichtete sich die Menschenmenge. Und mit jedem Schritt wuchs Adrians innere Unruhe. Endlich erreichten sie den Vorplatz. Beim Anblick der mittelalterlichen Festung, die unmittelbar an die *Themse* grenzte, stürzte eine Flut von Erinnerungen auf ihn ein. Erinnerungen an den Tag, den er hier vor Jahren mit seinen Eltern verbracht hatte.

Jetzt begriff er, warum sein Vater nicht Doktor Chandler das Notizbuch anvertraut hatte. Auch wenn er ein ehemaliger Freund war, hätte er ihn nicht in Gefahr gebracht. *Nein, hierher hat es ihn gezogen nach unserem Streit. Hierher, wo er mit mir ein paar glückliche Stunden erlebt hat.* Ein Hauch von Schuld wehte ihn an. *Es muss eine Art Abschied gewesen sein, als er Fenris möglichst weit von Helen und mir wegzulocken versuchte. Er hat geahnt, dass er nie mehr nach Hause zurückkehren würde.*

Das Herz klopfte ihm bis zum Hals. Die aufkeimende Hoffnung, hier das Notizbuch zu finden, überwältigte ihn. *Wo soll ich mit der Suche beginnen?*

Sein Blick schweifte über die Rasenfläche des ehemaligen Burggrabens zu der mit Zinnen bewehrten Festungsmauer. Dahinter erhob sich eine zweite, größere Mauer. Türme, Dachgiebel und Kaminschlote von Anbauten aus verschiedenen Epochen überragten die beiden Wehrmauern.

In der Warteschlange vor dem Eingang trat Adrian von einem Bein auf das andere.

„Alles sieht noch so aus wie damals."

„Hier werden Veränderungen nicht in Jahren gemessen, sondern in Jahrhunderten."

„Ist der Tower deshalb für dich der sicherste Ort in London?"

Ihr Blick verfinsterte sich.

„Du kapierst gar nichts. Lass uns reingehen. Ich will dir was zeigen."

Sie traten durch das Eingangstor auf eine befestigte Steinbrücke, die zum Haupttor führte. Hier sammelte sich eine Touristengruppe. Menschen aus den verschiedensten Nationen warteten auf die stündliche Führung der *Yeoman Wardens,* der Burgwächter und Touristenführer des *Towers von London.*

Tatsächlich näherte sich bereits einer der *„Beefeater"* in seinem altmodischen, rot-blauen Waffenrock. Als sein Blick auf Bo fiel, riss er die Augenbrauen hoch. Ein Strahlen erhellte das soldatische Gesicht.

„Was für eine Freude!"

Die Stimme schien aus dem Erdinneren zu kommen. Er ignorierte die anderen Besucher, fasste Bo an beiden Schultern und drehte sie hin und her, wie um sie von allen Seiten zu begutachten.

„Mein Gott, bist du groß geworden. Wie lange ist das her?"

Er trat einen Schritt zurück und bedachte sie mit einem strengen Blick.

„Bist du endlich zur Vernunft gekommen?"

Ohne auf eine Antwort zu warten, richtete er seine stahlblauen Augen auf Adrian und nickte wissend.

„Ich habe jetzt eine Führung, aber nachher treffen wir uns im Café. Schön dich zu sehen, Boudicca."

Er klopfte ihr auf die Schultern und wandte sich seinem Publikum zu, das die Szene neugierig beobachtet hatte. Mit einer Stimme, die einen ganzen Kasernenhof beschallen konnte, donnerte er: „Guten Nachmittag, meine Damen und Herren. Herzlich willkommen im *Tower von London*. Treten Sie bitte ein bisschen näher …"

Bo zog Adrian in den inneren Festungsbereich. Sie hatte die ganze Zeit geschwiegen und schien mit widerstreitenden Gefühlen zu ringen. Doch Adrian gluckste vor unterdrücktem Lachen.

„Boudicca? Deine Eltern haben dich echt nach der keltischen Kriegerkönigin benannt, die den Aufstand gegen die Römer angeführt hat?"

Bo führte zwar keinen aussichtslosen Kampf gegen römische Invasoren, aber sie kämpfte nicht weniger verbissen gegen Globalisierung, Kapitalismus und Umweltzerstörung.

Sie fixierte ihn mit einem harten Blick. Wie erwartet, erschien die Zornesfalte auf ihrer Stirn.

„Wenn du mich noch einmal so nennst, breche ich dir den Arm."

Um das Grinsen zu unterdrücken, biss er die Zähne zusammen. Ihre Wutausbrüche beunruhigten ihn nicht mehr. Im Gegenteil, er begann, sie zu mögen. Er folgte ihr die Treppe zum Wehrgang hinauf.

Mit verschränkten Unterarmen lehnte sie auf dem rauen Stein der Befestigungsmauer. Eine Weile betrachtete sie den Verkehr auf der *Tower Bridge* und darunter die Touristenboote, die das Wasser der *Themse* aufschäumten.

Adrian brach das Schweigen.

„Was hat der Wächter vorhin gemeint? Und woher kennst du ihn?"

Bo drehte sich um deutete mit dem Kinn in das Innere der Festungsanlage, deren Zentrum der *White Tower* beherrschte. Er bildete mit seinen vier weißen Rundtürmen eine Festung in der Festung. Auf der vorgelagerten Grünfläche stolzierten die Raben des *Towers,* als setzten sie sich für die Kameras der Besucher in Pose.

„Kennst du die Legende?", fragte Bo.

„Machst du Witze? Jeder lernt in der Grundschule, dass das Königreich untergeht, sollten die Raben den *Tower von London* jemals verlassen."

Die Raben schritten so würdevoll über das frisch gemähte Grün, als wären sie sich ihrer Bedeutung für den Erhalt der Monarchie bewusst. In seiner Phantasie wurden sie zu Ministern im schwarzen Frack. Mit vorgeneigtem Oberkörper und auf dem Rücken verschränkten Armen durchmaßen sie die Kabinettsräume, besorgt über den Zustand des Königreichs.

Bo nickte versonnen.

„Um sie am Wegfliegen zu hindern, hat ihnen der Rabenmeister die Flügel gestutzt. Sie haben keine Wahl. Sie müssen hierbleiben, auch wenn sie vielleicht lieber wegfliegen würden. Verstehst du?"

Sie betrachtete forschend sein Gesicht, als versuchte sie, seine Gedanken zu lesen, schien aber unzufrieden mit dem, was sie dort sah. Ehe er begriff, hatte Bo seine Hand genommen und zog ihn fort. Sie bahnten sich ihren Weg durch die Touristengruppen und eilten durch die Türme, die der Wehrgang miteinander verband. Ausstellungsstücke und Informationstafeln würdigten sie keines Blickes.

Erst als sie die schattige Ostmauer erreichten, ließ Bo seine Hand los und verlangsamte ihren Schritt. Von der erhöhten inneren Mauer überblickten sie die äußere Festungsmauer. An sie lehnten sich Gebäude, die eine durchgängige Fassade aus gelb-grauem Stein bildeten, wie die mittelalterliche Version einer Reihenhaussiedlung. Gartenmöbel und Blumenkübel gaben den Häusern eine persönliche Note. Gotische Bögen überspannten Fenster und Türen. Ein paar Kleinwagen parkten am Rand der schmalen, frisch geteerten Straße. Ein Mädchen von vier oder fünf Jahren fuhr auf einem rosafarbenen Kinderfahrrad mit Stützrädern auf dem engen Bürgersteig. Eine Frau hängte Handtücher auf eine Wäschespinne am Fuß der inneren Mauer auf. Angesichts des dröhnenden Verkehrs, der sich jenseits der Mauer auf die *Tower Bridge* wälzte, wirkte die Szene wie eine Oase der Ruhe.

„Ich wusste nicht, dass hier Menschen leben."

„Fünfunddreißig *Beefeater* und ihre Familien. Alles in allem ungefähr hundertfünfzig Personen. Und jeder kennt jeden."

„Wie in einem Dorf."

„Mitten in der Stadt, mitten im *Tower von London*. Und hier bin ich groß geworden."

Es dauerte einen Augenblick, bevor sich Adrian von seiner Überraschung erholt hatte.

„Dein Vater ist ein *Beefeater?*"

„War", korrigierte sie. „Nach seiner aktiven Militärzeit. Tja, *my home is my castle*. Bei uns passte der Satz wirklich. Aber versuch nur mal, eine Pizza zu bestellen."

Mit gespreiztem kleinen Finger und Daumen deutete sie einen Telefonhörer an und hielt ihn sich ans Ohr.

„Hallo, ich hätte gern eine *Pizza Margherita*. Die Adresse? Der *Tower von London* … Hallo? … Hallo?"

Mit gespielter Resignation legte sie den imaginären Hörer auf. Es klang, als habe sie den Witz nicht das erste Mal erzählt und wolle von etwas ablenken.

Adrian lehnte sich an die Mauer und betrachtete die Straßenszene unter ihnen. Die Frau hatte die Wäsche inzwischen aufgehängt und verschwand in einem der Häuser. Ein *Beefeater* in seiner Parade-Uniform verließ eines der anderen Häuser, vermutlich um seinen Dienst anzutreten.

Nach einer Weile sagte Bo:

„Meine Mutter hat uns kurz nach meiner Geburt verlassen. Ich glaube, sie lebt jetzt irgendwo im Mittleren Westen der USA. Dad hat mich mehr oder weniger allein großgezogen."

Sie lachte trocken.

„Und ich habe es ihm nicht immer leicht gemacht. Vor drei Jahren ist er gestorben. Herzversagen. Von einem Moment auf den anderen. Einfach so. Ich kam zu einer Pflegefamilie. Dann zu einer anderen. Schließlich ins Fürsorgeheim. Aber ich bin immer wieder abgehauen."

„Deshalb vermeidest du jeden Kontakt mit den Behörden."

Er begriff, was sie mit ihrer Bemerkung über die Tower-Raben gemeint hatte. Niemals würde sie es zulassen, dass *ihr* jemand die Flügel stutzte.

Bo sprach, ohne ihn anzusehen:

„Mein Vater und ich hatten unsere Auseinandersetzungen. Als Unteroffizier hatte er eine feste Vorstellung von Ordnung, Disziplin und Gehorsam. Aber das war nicht das eigentliche

Problem. Im Grunde wussten wir beide nicht, wie wir damit umgehen sollten, dass Mum uns verlassen hatte. Heute verstehe ich, dass er sein Bestes getan hat, mir ein Zuhause zu geben. Aber es ist zu spät, ihm das zu sagen."

Adrian schluckte den Kloß im Hals herunter und schwieg. Unten ließ das kleine Mädchen das rosafarbene Fahrrad stehen und folgte seiner Mutter ins Haus.

***

Den Eingang zum *White Tower* erreichten sie über eine hölzerne Außentreppe. Sie betraten einen schummrig beleuchteten Saal, dessen Ausmaße Adrian den Atem verschlugen. Mit in den Nacken gelegtem Kopf bestaunte er die Decke aus massiven Eichenbalken, die sich hoch über ihnen im Halbdunkel verlor. Für ausreichendes Licht sorgten weder die zahlreichen Spot-Scheinwerfer noch die hohen Fenster, die in die meterdicken Wände aus grobem Felsgestein eingelassen waren.

Der Saal beherbergte eine Armee von Ritterrüstungen. Bei seinem letzten Besuch vor vier Jahren hatten ihn die lebensgroßen Attrappen der gepanzerten Schlachtrosse am meisten beeindruckt. Jetzt kamen sie ihm kleiner vor.

Viele der Rüstungen präsentierten sich in Glasvitrinen, aber die Ritter auf ihren gepanzerten Pferden wurden nur durch hüfthohe Messingpfosten mit roten Absperrkordeln vor Besucherhänden geschützt.

Adrian stieß Bo mit dem Ellenbogen an.

„Mein Vater hätte das Notizbuch einfach in eine der Rüstungen stecken können."

Sie wiegte zweifelnd den Kopf.

„Hast du die Wachleute nicht gesehen? In jedem Raum laufen mindestens zwei von ihnen Patrouille. Komm weiter."

Eine Holztreppe von ähnlich massiver Bauweise wie die Außentreppe führte in den ersten Stock. Sie warteten einen Augenblick, um eine französische Reisegruppe vorbeizulassen.

Der Saal im ersten Stock unterschied sich kaum von seinem Gegenstück im Erdgeschoss. An den Wänden lehnten Vitrinen mit Musketen und Pistolen, Schwertern und Säbeln. Weitere Vitrinen mit altertümlichen Waffen teilten den Raum in der Längsachse. Mit wachsender Unruhe betrachtete Adrian die unzähligen Möglichkeiten, einen kleinen Gegenstand zu verstecken.

„In einem unbeobachteten Moment hätte er das Notizbuch mit einem Streifen Klebeband unter einem dieser Vitrinentische befestigen können. Oder hinter einer der vielen Informationstafeln. Wie soll ich danach suchen, ohne dass die Wachleute misstrauisch werden?"

Bo zuckte die Schultern. Ihre Gleichgültigkeit ärgerte ihn.

Durch das Fenster sah er die große Uhr der Waterloo-Kaserne, kurz nach fünf.

„Viel Zeit bleibt uns nicht."

„Und dabei hast du längst nicht alles gesehen. Es gibt noch weitere Stockwerke."

Adrian stöhnte und folgte ihr in den nächsten Raum. Eine Tafel wies einen mannshohen Kamin als den ältesten Englands aus. Er beugte sich vor und versuchte vergeblich, in die Finsternis des Schlots zu blicken. Einer der Aufseher warf ihm einen durchdringenden Blick zu.

Bo zog ihn am Ärmel.

„Lass uns weitergehen."

„Was ist los mit dir? Ich dachte, du willst mir helfen."

Statt zu antworten, drehte sie sich um und ließ ihn stehen.

Es folgten weitere Räume mit Ölgemälden und Informationstafeln, hinter denen man eine ganze Bibliothek von Notizbüchern hätte unterbringen können. Dazu jede Menge Vitrinen-Tische, deren Unterseiten er unmöglich alle absuchen konnte. Schon gar nicht, solange es hier vor Besuchern nur so wimmelte. Von den Aufsehern ganz zu schweigen. Entmutigt ließ er sich von Bo weiterziehen.

Im Strom einer spanischen Touristengruppe drängte Bo ihn eine Wendeltreppe hinunter. Rasch durchquerten sie einen fensterlosen Kellerraum, an dessen Wänden sich altertümliche Mörser reihten, mit Kanonenkugeln groß wie Fußbälle. Er hatte Mühe, mit Bo Schritt zu halten. Den anschließenden Gewölbekeller belegte der Museumsshop. Adrian warf einen flüchtigen Blick auf Postkarten-Ständer, Ritterfiguren aus Plastik und Teekannen mit dem Porträt der Königin. Die beiden Kassiererinnen zählten bereits die Tageseinnahmen.

„Wir sind fast die letzten Besucher."

Da erst bemerkte er, dass Bo nicht mehr neben ihm stand. Mit verschränkten Armen wartete sie in der Nähe des Ausgangs. Er schloss zu ihr auf.

„Warum bist du schon wieder so abweisend? Ich dachte ..."

Er verstummte, weil er nicht wusste, wie er den kurzen Moment des gegenseitigen Verstehens, vorhin auf der Ostmauer, in Worte fassen sollte.

Sie nahm einen Stoffbären in der Uniform der *Beefeater* aus dem Regal und zauste ihm nachdenklich das Plüschfell.

„Ich habe dir meine Geschichte erzählt, weil ich dachte ... ach, vergiss es."

„Was hast du gedacht?“

In wenigen Minuten würde der *White Tower* geschlossen werden, und er hatte das Notizbuch nicht gefunden, geschweige denn eine Ahnung, wo er suchen sollte.

Mit einer entschlossenen Geste stellte Bo den Bären zurück.

„Dass wir uns gar nicht so unähnlich sind. Dass ich dir vertrauen kann.“

Sie verließ den Museumsshop und trat ins Freie. Adrian lief ihr nach und hielt sie an der Schulter zurück.

„Und das kannst du nicht? Weil ich dir nicht sagen kann, welche Bedeutung das Notizbuch hat?“

„Vertrauen gegen Vertrauen. Aber das hat ja noch nie funktioniert. Anscheinend lerne ich nicht dazu.“

Erst als sie seinem Blick hinter einer Biegung entschwand, begriff er, dass er sie verloren hatte. Er kämpfte gegen das Gefühl der Leere an, das sich in ihm ausbreitete. Ein Teil von ihm wollte, dass er ihr nachlief und sich entschuldigte. Ein anderer Teil erinnerte ihn an Fenris` Drohung. Im Geiste sah er Helen und Alison. Er würde nicht zulassen, dass Fenris sie in seine Fänge bekam. *Und wenn ich mich hier einschließen lasse und die ganze Nacht suche. Ohne dieses verdammte Notizbuch gehe ich hier nicht weg!*

In diesem Moment wurde die Tür hinter ihm geschlossen und verriegelt. Mit rasendem Herzen hämmerte er gegen die schlichte Holztür.

Vergeblich.

Niemand öffnete.

Er rannte zur Vorderseite der Zitadelle, stürmte die Treppe zum Eingang empor. Aber auch die zweiflügelige Eingangstür fand er bereits verschlossen vor. Er ließ sich auf die oberste Stufe fallen und kämpfte gegen die Tränen der Verzweiflung an.

Zwischen den beiden Türmen der *Tower Bridge* sank unaufhaltsam die Sonne dem Horizont entgegen.

KAPITEL ELF

Ratlos stieg Adrian die Treppe hinab, den Blick auf seine Schuhspitzen geheftet. Er ignorierte die Tower-Raben auf der angrenzenden Grünfläche und folgte mit schleppenden Schritten dem Kiesweg um den *White Tower* herum.

Und dann sah er sie.

Zunächst nur aus dem Augenwinkel, bis sie in den verborgenen Tiefen seines Gedächtnisses eine Erinnerung anstieß, die langsam an die Oberfläche seines Bewusstseins trieb. Jetzt hatte sie seine volle Aufmerksamkeit: Die altertümliche Kanone auf dem Rasenstück an der Ostseite der Zitadelle.

Wie angewurzelt blieb er vor ihr stehen. Im Geiste sah er sich auf dem schlanken Kanonenrohr reiten. All die Jahre hatte das Foto, das diesen Moment festhielt, auf dem Schreibtisch seines Vaters gestanden, bevor es seinen Platz neben dem Sicherungskasten ihres Hauses in Manchester gefunden hatte.

Adrian fuhr sich mit der Zunge über die trockenen Lippen, sein Atem ging schnell. Jetzt nahm er die Details dieses ungewöhnlichen Geschützes wahr. Die beiden Wangen des Gestells zierten jeweils zwei sich ringelnde, grüngeschuppte Schlangen. Mit gefletschten Zähnen starrten sie einander an. Auch die vier Speichenräder nahmen das Schlangenmotiv auf. Früher hatte man solche Kanonen „Feldschlangen“ genannt.

Die Informationstafel verriet, dass das fast sechs Tonnen schwere Geschütz die Überwindung Satans durch den Heiligen Michael symbolisierte. Sein Vater hatte damals mit einem Augenzwinkern behauptet, in Wahrheit sei dies der Kampf des Donnergottes Thor gegen die Midgardschlange am Tag des Weltenendes.

Sein Blick wanderte an dem schlanken, grünspanüberzogenen Kanonenrohr entlang. Die Öffnung verstopfte ein roter Pfropfen als Schutz gegen Regenwasser.

Das muss es sein!

Adrian sah sich nach allen Seiten um. Die meisten Besucher hatten das Gelände bereits verlassen. Er fasste den Pfropfen und erwartete, dass sich dieser kaum oder wenn, dann nur mit sehr viel Kraft würde lösen lassen. Umso mehr überraschte es ihn, als er das rote Plastikteil unvermittelt in der Hand hielt. Mit angehaltenem Atem langte er in das Kanonenrohr und erwartete, in dem kalten Rohr einen viereckigen Gegenstand zu ertasten. Doch seine Hand griff ins Leere, so tief er sie auch hineinzuschieben versuchte. Enttäuscht zog er sie wieder heraus und fischte aus seinem Rucksack eine winzige LED-Taschenlampe, nicht größer als sein kleiner Finger. Ein Werbegeschenk der Stiftung, für die Helen arbeitete, das er schon fast vergessen hatte. Aber das schwache Licht verlor sich im Rohr.

Adrian trat einen Schritt zurück und besah sich die Kanone von allen Seiten. Das rückwärtige Ende ruhte auf einem geschnitzten Löwenkopf. Dessen Augen gaben unter dem Druck seiner Zeigefinger nach. Mit dem Geräusch einer sich lösenden Feder sprang in der Bodenplatte, unter der die Hinterachse befestigt war, eine Klappe auf. Adrian griff in das Fach.

Das Notizbuch!

Er stieß einen Freudenschrei aus. Fahrig überblätterte er die Aufzeichnungen in der Kurzschrift seines Vaters, die zu entziffern ihm nicht gelang. Endlich fand er, was er suchte und worauf Thor und Fenris es abgesehen hatten: Eine Doppelseite, eng und ordentlich beschrieben mit Runen.

Ein kurzes Zwicken an seinem Bein ließ ihn vor Schreck zusammenfahren. Einer der Raben saß zu seinen Füßen und beäugte ihn mit schräg gelegtem Kopf.

„Du hast mich hoffentlich nicht mit einem dieser einfältigen Tower-Raben verwechselt."

„Hugin?"

Der Rabe fasste ihn scharf ins Auge.

„Lass mich raten: Du hast es gefunden!"

Adrian grinste und hielt das Notizbuch in die Höhe.

Aufgeregt hüpfte der Vogel um Adrians Beine herum, als vollführe er einen kleinen Tanz.

„Großartig! Ich werde ein Treffen mit Thor arrangieren und ..."

„Nicht so schnell. Ihr kennt meine Bedingungen."

Hugin plusterte sein Gefieder auf und schüttelte sich.

„Fenris ist auf dem Weg hierher."

Adrians Magen schlug einen Salto.

„Aber es ist noch vor Sonnenuntergang. Ich habe noch mindestens eine halbe Stunde ..."

„Da siehst du, was sein Wort wert ist. Vielleicht solltest du endlich anfangen, *uns* zu vertrauen."

Unvermittelt hielt er inne und blickte an Adrian vorbei, als habe er etwas entdeckt.

„So einfach kommst du aus der Sache nicht heraus. Wir sehen uns."

Mit diesen Worten spreizte er die Flügel und flog dicht über dem Rasen davon.

***

„Adrian?“

Er wirbelte herum. Bo sah ihn bestürzt an.

„Du … du hast nicht wirklich gerade mit dem Raben gesprochen?“

Adrian senkte den Blick, als habe sie ihn mit der Hand in der Keksdose erwischt. Bo schien sich von ihrer Überraschung zu erholen.

„Die Leute reden mit ihrem Hund oder ihrer Katze. Meinetwegen auch mit ihren Orchideen. Aber für mich klang das gerade so, als ob du wirklich glaubtest, der Rabe würde dich verstehen und dir antworten.“

Das Blut schoss ihm in die Wangen, sein Herz schlug wie wild.

„Du verstehst seine Worte nicht, weil …“

Er brach ab.

Bo wich einen Schritt zurück und beobachtete prüfend sein Gesicht.

„Das ist dein Ernst, oder? Du glaubst tatsächlich, der Rabe hat mit dir gesprochen.“

Er spürte, wie sie sich innerlich von ihm entfernte. Als habe sie herausgefunden, dass der nette Junge von nebenan ein Psychopath mit absonderlichen Neigungen ist. Die Reste des Gefühls der Verbundenheit, das er auf der Ostmauer empfunden hatte, zerrannen wie Sand zwischen den Fingern.

Bo verschränkte die Arme.

„Adrian, er hat gekrächzt. Vögel haben nicht einmal Stimmbänder. Selbst ein Papagei kann nur Worte nachahmen. Aber ihren Sinn versteht er nicht.“

Eine blonde Strähne fiel in ihr Gesicht und sie wischte sie beiseite.

„Ich bin noch einmal zurückgekommen, weil … ach, ich weiß auch nicht."

Für einen Moment wich die Anspannung aus seinem Körper. Gegen alle Wahrscheinlichkeit hatte er das Notizbuch gefunden – mit Bos Hilfe. Aber noch immer schwebten Helen und Alison in Gefahr. Vielleicht würde er mit ihrer Hilfe herausfinden, was als Nächstes zu tun war. *Aber wird Bo mir glauben?*

Einer der Aufseher trat auf sie zu und erinnerte sie daran, dass der Tower jetzt schloss. In gedrückter Stimmung verließen sie das Gelände durch ein nahe gelegenes Portal, das sie direkt zum Flussufer führte.

Der messingfarbene Glanz auf der äußeren Wehrmauer, der für einen kurzen Moment den gemeinsamen Tag mit seinem Vater wieder hatte aufleben lassen, verlor sich in der einsetzenden Dämmerung. Die Sonne stand tief im Westen und ließ die beiden Türme der *Tower Bridge* vor einem violetten Himmel erglühen. Fenris würde jeden Moment auftauchen.

Adrian lehnte sich mit dem Rücken gegen das Ufergeländer. Bo setzte sich, wo sie gerade stand, aufs Pflaster der Promenade und machte es sich im Schneidersitz bequem.

„Okay, ich höre. Aber diesmal ausführlicher. Und von Anfang an."

Adrian berichtete, allerdings in knappen Worten, denn die Zeit drängte. Die Sache mit dem Mädchenklo ließ er aus. Auch das Geburtstagsessen mit Alison wollte er mit Bo nicht teilen. Aber er erzählte ihr von dem medizinischen Befund und welches neue Licht dies auf den Unfall warf.

Bo hörte schweigend zu, verständnisvoll zunächst, als er ihr die Träume beschrieb, die ihn Nacht für Nacht quälten. Doch als er die Begegnung mit Odin in der Küche und dann mit

Thor im Einkaufszentrum schilderte, ihr die Bedeutung des Runenspruches für die Götter Asgards erklärte, änderte sich zunehmend ihre Körperhaltung. Sie blickte auf ihre Hände, die in ihrem Schoß ruhten, und sprach mit leiser Stimme:

„Im Pflegeheim gab es ein Mädchen. Sie war davon überzeugt, dass Jesus ihr in der Gestalt von Michael Jackson erschien. Als Kind hatte sie schlimme Dinge erlebt. Richtig schlimme Dinge. Mit ihrem Stiefvater."

Sie schwieg.

Adrian schloss die Augen. Während er sprach, hatte seine Geschichte sogar in seinen eigenen Ohren merkwürdig geklungen. *Sie glaubt mir kein Wort. Schlimmer noch, sie hält mich für geistesgestört. Für einen Verrückten. Wie Ben Gunn. Warum habe ich ihr überhaupt die Wahrheit erzählt? Habe ich gehofft, sie könnte mir einen Rat geben, wie ich Helen und Alison schützen kann?*

Bo schien sich um einen sachlichen Ton zu bemühen, während sie sprach:

„Du hast mir erzählt, dass sich ein Obdachloser in eure Küche verirrt hat. Du hast mir von diesem Thor erzählt, von dem du selbst sagst, dass niemand außer dir ihn im Einkaufzentrum gesehen hat. Und dass dich ein großer Hund durch eine Nebenstraße gehetzt hat. Du hast einfach … viel Fantasie."

Aufgebracht wollte Adrian etwas erwidern, aber sie ließ ihn nicht zu Wort kommen:

„Und was deine Träume angeht – sie sind genau das, Träume. Und nicht mehr."

In Adrians Ohren pochte sein Puls, aber er riss sich zusammen und hielt ihr das Notizbuch hin. Sie blätterte flüchtig darin, zuckte die Schultern und reichte es ihm zurück.

„Was ich sehe, ist ein Haufen unverständlicher Zeichen und Symbole. Das beweist gar nichts. Dein Vater war Professor für nordische Mythen. Und du hast all diese Geschichten über skandinavische Götter gelesen. Ich habe das Buch in deinem Rucksack gesehen."

Er wollte etwas sagen, aber sie ließ ihn nicht zu Wort kommen.

„Wahrscheinlich hat all dieses Zeug in deinem Unterbewusstsein weitergearbeitet. Ich bin keine Psychologin, aber ich habe mit diesen Typen und ihrem Gequatsche genug zu tun gehabt. Für mich klingt das wahrscheinlicher, als dass dir der nordische Donnergott erschienen ist. Frag dich doch mal, was das Ganze ausgelöst hat."

Adrian schluckte mit trockener Kehle.

„Nachdem ich herausgefunden habe, dass mein Vater Krebs hatte."

„Genau. Und das hat irgendeinen Schalter in dir umgelegt. Vielleicht wegen eines Schuldgefühls ihm gegenüber. Manchmal bilden wir uns Sachen ein, um uns vor einer Wahrheit zu schützen, die uns wehtun könnte."

Sie stand auf. Adrian drehte sich um und betrachtete die kupferfarbenen Abendwolken über dem Fluss. Er fühlte ihren Blick auf sich ruhen. *Schuldgefühl! Ja, ich habe mich schuldig gefühlt, auf eine seltsam verdrehte Weise.* Er hatte sich mit seinem Vater gestritten, und sein Tod hatte ihn der Möglichkeit beraubt, sich mit ihm auszusöhnen. Und das Gefühl, etwas Wichtiges nicht erledigt zu haben, niemals erledigen zu können, machte ihn wütend. Wütend auf seinen toten Vater, vor allem, seit er vermutete, dass sich sein Vater selbst getötet haben könnte.

Eigentlich hätte er Trauer empfinden sollen. Vielleicht verbarg sich eine Wahrheit in Bos Worten.

Aber das hatte nichts mit den Ereignissen zu tun, die das Leben Helens und Alisons in Gefahr gebracht hatten. *Und was bildet sie sich eigentlich ein? Ich habe mich ihr anvertraut, und sie psychologisiert an mir herum. Ausgerechnet sie!*

Er stieß sich vom Geländer ab und drehte sich zu ihr um.

„Ich finde, du redest wie Doktor Pemberton."

„Wie wer?"

„Unser Schulpsychologe."

Sie machte eine Geste, die besagen sollte: *Hab ich's dir nicht gesagt?*

Adrian kickte einen leeren Smoothie-Becher über das Kopfsteinpflaster.

„Du glaubst also, ich denke mir diese Sachen aus, belüge mich selbst, wegen eines – *Schuldgefühls?*"

Bo setzte zu sprechen an, aber er kam ihr zuvor:

„Dein ganzes Gerede über Tierschutz und vegane Ernährung ist doch nur Fassade. In Wirklichkeit hast du eine Scheißangst, dass dir andere Menschen wichtig werden könnten. Du fürchtest dich, verletzt zu werden. So sehr, dass du lieber obdachlos bist und dir einredest, du würdest so dem Konsumterror der Erwachsenen entkommen. Das ist doch alles Mist! Du willst dich denen überlegen fühlen, vor denen du Angst hast. Du putzt dich mit den anderen Menschen ab."

Er schüttelte den Kopf.

„Du willst die Umwelt retten? Du kannst ja nicht mal dich selbst retten. Also wer von uns belügt sich hier?"

Bo sah ihn fassungslos an, aber Adrian fuhr ungebremst fort:

„Glaubst du wirklich, du verbesserst die Welt, indem du nachts Wände mit deinen Parolen besprühst und dich dann aus dem Staub machst? Du wirst die Gesellschaft nicht verändern, wenn du vor ihr davonläufst. Du musst dich dem stellen, was du bekämpfen willst. Du kannst vor der Angst nicht davonlaufen. Egal, wohin du gehst, sie wird dort bereits auf dich warten."

Da durchzuckte ihn die Erkenntnis. Er sah sich im Mädchenklo, auf dem Fenstersims der Schule, im Büro von Doktor Pemberton, und wie er vor Fenris davonlief. Ein Plan nahm in ihm Gestalt an. Und ohne eine Erwiderung zu erwarten oder auf ihre Reaktion zu achten, ließ er sie stehen und ging davon.

Er wusste jetzt, was er zu tun hatte.

***

Die Passanten warfen lange Schatten auf die kopfsteingepflasterte Promenade zwischen *Tower* und *Themse.* Im Gegenlicht der tief stehenden Sonne erschienen ihm die Menschen als ununterscheidbare Masse. Er hatte Bo kaum hinter sich gelassen, da rief jemand seinen Namen. Erst glaubte er, sich verhört zu haben. Beim zweiten Ruf blinzelte er ins Gegenlicht. Adrian erkannte sie erst, als sie fast vor ihm stand.

„Was … was tust du hier?"

Alison betrachtete ihn mit verschränkten Armen und schief gelegtem Kopf.

„Wer ist das Mädchen?"

Er sah sich um, aber Bo war schon im Strom der Besucher verschwunden. Wie lange hatte Alison sie beide beobachtet? Er ließ seinen Blick umherschweifen. Keine Spur von Fenris, aber ihm blieben bestenfalls ein paar Minuten, bis er auftauchen würde, um das Notizbuch zu verlangen.

Eine Parkbank mit Blick auf den Fluss wurde frei. Er zog Alison dorthin, sie setzten sich.

„Also noch mal: Was tust du hier?"

Sie heftete den Blick in die Ferne. Adrians Blick folgte dem ihren. Flussabwärts näherte sich ein Shuttle-Boot dem überdachten Anleger zu ihrer Rechten. Auf der anderen Flussseite lag die *H.M.S. Belfast* verankert, ein ausgedientes Kriegsschiff. Dahinter erhob sich wie ein Glassplitter der Wolkenkratzer *The Shard.*

Endlich brach sie das Schweigen:

„Ich habe mir Sorgen gemacht. Ich merke doch, dass etwas nicht stimmt. Hat es etwas mit *ihr* zu tun?"

Mit einem Nicken deutete sie dorthin, wo Adrian vor wenigen Augenblicken mit Bo gestritten hatte. Er sah sie verwirrt an.

„Wie kommst du darauf? Und wie hast du mich gefunden?"

Jetzt erschien die Andeutung eines Lächelns auf ihrem Gesicht.

„Du wolltest mit dem letzten Zug wieder in Manchester sein, schon vergessen? Ich habe gestern am Bahnhof auf dich gewartet. In der Nacht fiel mir die Hotelreservierung an eurem Kühlschrank ein. Also bin ich heute früh nach London gefahren, aber im Hotel sagte man mir, dass du bereits ausgecheckt hast."

In seinem Kopf schwirrten die Gedanken durcheinander. *Ihr liegt wirklich etwas an mir!* Er nahm ihre Hand, doch sie entzog sie ihm. Ihr widersprüchliches Verhalten verwirrte ihn.

„Woher hast du gewusst, dass ich zum *Tower* gehen würde?"

„Das war nun wirklich nicht schwer. Ich habe an das Foto in eurer Diele gedacht und eins und eins zusammengezählt."

Adrian starrte sie mit offenem Mund an. Seine Suche nach dem Notizbuch hatte ihn in Sackgassen geführt und unnötige Umwege gekostet. Für sie schien das Versteck so naheliegend zu sein, dass sie kaum darüber nachzudenken brauchte. Er schüttelte den Kopf.

„Vielleicht solltest du besser Polizistin statt Malerin werden."

Aber darauf ging sie nicht ein.

„Findest du nicht, dass ich ein paar Antworten verdient habe?"

Das rief ihm den Ernst der Lage in Erinnerung.

„Du bist hier nicht sicher. Ruf bitte Helen an und sag ihr …"

„Ich finde, *du* solltest mit deiner Mutter sprechen. Sie ist ziemlich aufgebracht."

Adrian sprang auf.

„Du hast mit ihr gesprochen?"

„Natürlich. Als ich dich nicht erreichen konnte, habe ich sie angerufen und …"

„Woher hast du ihre Nummer?"

„Die Telefonauskunft …", begann sie, aber Adrian schnitt ihr das Wort ab.

„Was hast du ihr erzählt?"

Sie verdrehte die Augen, nahm ihr Handy, wählte eine Nummer, und ehe Adrian begriff, hatte sie es ihm in die Hand gedrückt.

Helens Stimme drang aus dem Telefon.

„Adrian? Wo zum Teufel steckst du? Die Polizei hat angerufen. Man hat deinen Schülerausweis an einer Unfallstelle gefunden. Mein Gott, ich habe alle Krankenhäuser abtelefoniert. Alison sagte mir …"

Aber er hörte bereits nicht mehr zu. Sein Blick wanderte über den Fluss, zu dem Shuttle-Boot, bis er an einem Mann unter den Passagieren haften blieb, der, an die Bug-Reling gelehnt, das Anlegemanöver beobachtete.

Er trug einen Nadelstreifenanzug.

Und einen Backenbart.

Fenris!

Adrian schluckte. Seine Gedanken rasten schneller als sein Herz. *Er hat mich gefunden.* Aber Fenris blickte nicht in seine Richtung. Noch hatte er ihn nicht entdeckt.

Helens Stimme drang an sein Ohr:

„Sag mir, wo wir uns treffen können. Mein Zug kommt in einer halben Stunde in London an."

„Was?"

Seine Stimme überschlug sich. Passanten drehten sich nach ihm um. Alison erhob sich nun ebenfalls und betrachtete ihn besorgt. Mit der freien Hand fuhr er sich über die feuchte Stirn.

„Ich kann dir das jetzt nicht erklären. Aber du darfst auf keinen Fall nach London kommen. Bitte, vertrau mir – *Mum.*"

Er wartete nicht, bis sie sich von ihrer Sprachlosigkeit erholt hatte, sondern gab Alison das Handy zurück.

„Und du fährst zurück nach Manchester! Bitte!"

Wieder verschränkte Alison die Arme. „Warum erklärst du mir nicht einfach, was dich so beunruhigt?"

Adrian schloss die Augen.

Der Streit mit Bo brodelte in ihm. Den gleichen Fehler würde er kein zweites Mal machen. Dafür mochte er Alison zu sehr. Er fasste Alison an der Schulter und sah ihr in die kastanienbraunen Augen.

„Du bist hier nicht sicher. Fahr zurück nach Manchester. Jetzt gleich."

In ihrem Blick lag eine Entschlossenheit, die ihn überraschte.

„So einfach lasse ich mich nicht wegschicken."

Behutsam, als führte er eine komplizierte Operation durch, die seine ungeteilte Aufmerksamkeit erforderte, nahm er ihre Brille ab. Alison lachte kurz auf, verstummte aber, als er sich langsam ihrem Gesicht näherte und sie küsste. Sie erwiderte seinen Kuss. Ein Augenblick, in dem man die Welt hätte anhalten können.

Schließlich lösten sie sich voneinander. Die Abendluft kühlte seine erhitzten Wangen.

Alisons Haltung entspannte sich.

„Wenn ich jetzt gehe, wirst du mir dann irgendwann sagen, was hier eigentlich los ist?"

Er fasste ihre Hand.

„Alison und Adrian."

„Eine Alliteration", sagte sie und lächelte.

Er sah sie verständnislos an.

„Na, du weißt schon. Ein Gleichklang."

Er begriff, worauf sie anspielte, und nickte. Das war das Wort, das er bei ihrer letzten Begegnung gesucht hatte: *Gleichklang*.

Das Boot hatte inzwischen festgemacht, die ersten Passagiere betraten den Anleger. Fenris hob die Nase in den Wind wie ein Jagdhund, der Witterung aufgenommen hatte.

KAPITEL ZWÖLF

Adrian wartete nicht, bis sein Verfolger an Land ging. Das Herz schlug ihm bis in den Hals, aber er zwang sich, nicht zu rennen. Er wollte nicht durch eine rasche Bewegung die Aufmerksamkeit des Monsters zu früh auf sich lenken. Fenris würde ihm auch so folgen. *Besser mir als Alison.*

Mit schnellen Schritten folgte er der Uferpromenade flussaufwärts den Weg zurück, den er vor ein paar Stunden mit Bo gekommen war. Schließlich bog er in eine menschenleere Seitenstraße ein, die ihn vom Ufer entfernte. In der einsetzenden Dämmerung hastete er den Bürgersteig entlang, vorbei an geschlossenen Ladengeschäften und parkenden Autos. Er brauchte einen Vorsprung, um sich darüber klar zu werden, wie er seinen Plan umsetzen sollte.

Plötzlich wirbelte ein heftiges Flügelschlagen über seinem Kopf. Instinktiv duckte er sich. Auf dem Pflaster des Bürgersteigs landete Hugin und versperrte ihm mit ausgebreiteten Schwingen den Weg.

Adrian richtete sich auf.

„Was willst du noch? Geh mir aus dem Weg."

Der Rabe schüttelte sein schwarzblau glänzendes Gefieder auf, was ihn größer erscheinen ließ. „Ich kann das nicht zuassen. Der Alte und Thor werden sterben."

Adrian richtete sich auf.

„Ich werde das Notizbuch weder Thor noch Fenris geben. Wenn der Runenspruch ein Portal zur Unterwelt öffnen kann, werde ich selbst zu Hel gehen – und meinen Vater da herausholen. Sag das Thor."

Ohne Hugins Antwort abzuwarten, wollte Adrian weitereilen. Doch der Rabe spreizte erneut die Flügel und hüpfte aufgeregt flatternd umher.

„Du bist Hel und Fenris nicht gewachsen. Selbst wenn dir der Abstieg gelänge, selbst wenn Hel dich deinen Vater sehen ließe, so gäbe es keinen Rückweg mehr für dich."

Adrian versuchte, eine Zuversicht in seine Stimme zu legen, die er nicht empfand.

„Es gibt immer einen Weg."

„Aber das ist genau das, was Hel will. Sie will nur den Runenspruch. Um ihn zu vernichten. Damit niemand in ihr Reich gelangt, der nicht tot ist. Dann sind die Äpfel der Idun verloren und mit ihnen die letzten Götter Asgards."

Ärger flackerte in Adrian auf.

„Ich werde eure verdammten Äpfel der Unsterblichkeit mitbringen."

„Wenn du Hel begegnest, wird sie dich auf die Probe stellen."

„Was heißt das?"

„Die Art der Probe hängt von dir ab. Nur so viel: Manche Wahrheit schmerzt und bleibt besser im Verborgenen."

Adrian fragte sich, was Hugin damit meinte. Doch dann fiel ihm eine wichtigere Frage ein: „Wie gelange ich in die Unterwelt?"

„Steig tief in die Erde hinab, dort wo die Menschen nicht tiefer zu graben gewagt haben. Dann benutze die magischen Worte."

Er dachte über die Worte des Raben nach. *Wo die Menschen nicht tiefer zu graben gewagt haben.* Ein Gedanke flammte in ihm auf.

„*Aldwych!* Die aufgegebene U-Bahn-Station."

Mit der rechten Schwinge bedeckte der Rabe die Brust und verneigte sich anerkennend.

„Erinnerst du dich an unsere erste Begegnung? Nein, nicht in eurer Küche. Auf dem Fenstersims! Damals habe ich dem Alten gesagt, dass du der Richtige für die Aufgabe bist. Ha! Er hat's nicht glauben wollen."

***

Abendkühle senkte sich mit der Dämmerung in die Straßenschluchten Londons. Mit rasendem Herzen überholte er Passanten und wich hupenden Autos aus. Endlich erreichte er das obere Ende der *Surrey Street* und verlangsamte seinen Schritt. Obwohl er Fenris nicht sah, spürte er dessen Nähe. *Warum stellt er mich nicht?* Da durchzuckte ihn die Erkenntnis. *Weil ich im Begriff bin, das zu tun, was er von mir erwartet: Ich bringe das Notizbuch in die Unterwelt und liefere mich Hel aus.*

Beklommen hielt er vor der rot gekachelten Fassade der U-Bahn-Station *Aldwych. Wo selbst die Menschen nicht tiefer zu graben gewagt haben.* Adrian wischte sich den Schweiß von der Stirn.

Zwischen den vergitterten Eingangs- und Ausgangsportalen zwängte sich eine Tür von normaler Größe, die er gestern nicht bemerkt hatte und die jetzt nur deshalb seine Aufmerksamkeit erregte, weil sie einen Spalt offen stand. Er trat näher, schob die Tür auf und spähte hinein.

„Hallo?"

Der schmale Gang zwischen den beiden Toren diente früher vermutlich dem Wartungspersonal als Zugang. Am Ende des dämmrigen Ganges wand sich eine eiserne Wendeltreppe wie ein Bohrer in eine ungewisse Tiefe. Plötzlich nahm er zu seiner Linken eine Bewegung in der angrenzenden Wachstube wahr.

Ein Mann mit kurz geschnittenem Haar saß vor einem in die Jahre gekommenen Küchentisch und füllte das Kreuzworträtsel einer Tageszeitung aus. Bei Adrians Eintreten erhob er sich. An der Wand vergilbte ein Werbekalender mit einer Landschaftsaufnahme der schottischen *Highlands.*

„Tut mir leid, mein Junge. Heute ist keine Führung."

Adrian deutete auf die Wendeltreppe.

„Kann ich mich ein wenig da unten umsehen? Es ist für ein Referat in der Schule."

Der Mann schüttelte den Kopf, freundlich, aber bestimmt.

„Aber du kannst dich beim *London Transport Museum* nach der nächsten Gruppenführung erkundigen. Nur ein paar Straßen von hier, am *Covent Garden.*"

Adrian atmete tief durch. *Ich werde ins Totenreich hinabsteigen und seiner Herrscherin gegenübertreten, um meinen Vater zurückzubekommen. Dabei wird mich kein Hausmeister aufhalten.*

In diesem Moment klingelte ein Handy auf dem Tisch. Der Mann ging zurück in seine Wachstube, um den Anruf anzunehmen.

Das war die Gelegenheit!

„Schade! Aber trotzdem danke. Wiedersehen!"

Der Wachmann drehte ihm telefonierend den Rücken zu und hob die freie Hand zu einer unbestimmten Abschiedsgeste.

Adrian warf die Außentür zu, laut genug, dass der andere annehmen musste, er habe das Gebäude verlassen, und schlich dann an der offenen Tür der Wachstube vorbei. Der Wachmann presste mit der Schulter das Handy ans Ohr, um sich auf einem Klemmbrett Notizen zu machen.

Adrian schlich sich an der Wachstube vorbei, aber in diesem Moment drehte sich der Wachmann um.

„He, ich hab doch gesagt, ..."

Aber Adrian achtete nicht auf ihn, sondern stürmte die Gitterstufen der eisernen Wendeltreppe hinab. Immer tiefer drang er in die Dunkelheit vor, bis er nicht mehr wusste, wie vielen Windungen der Treppe er bereits gefolgt war.

Am Fuß der Wendeltreppe hielt er schwer atmend an und sah sich rasch um. In einem Winkel hinter der Treppe entdeckte er eine Mauernische, in die er sich presste, den Rücken flach an die Wand gedrückt. Einen Augenblick später polterten schwere Stiefel die Treppe hinab. Er sah dem Wachmann nach, bis der tanzende Schein seiner Stablampe hinter einer Biegung verschwand. Das erinnerte Adrian an seine eigene, winzige LED-Taschenlampe. Ihr schwaches Licht würde nicht ausreichen, um die Aufmerksamkeit des sich entfernenden Wachmanns zu erregen. Der dünne Lichtkegel erhellte über Putz verlegte Leitungen, einen Feuerlöscher und verharrte schließlich auf einer schweren Metalltür. Die Szenerie erinnerte ihn an einen Horrorfilm, und fast erwartete er, im nächsten Moment von hungrigen Zombies angegriffen zu werden. Er fuhr sich mit den Händen über die Oberschenkel, um seine Handflächen abzutrocknen. Vorsichtig probierte er die Klinke der Tür. Sie ließ sich öffnen.

Der tunnelartige Gang dahinter zeigte sich etwas weniger finster. Die bis auf Mannshöhe weiß gekachelten Wände und die ebenfalls weiß getünchte Decke reflektierten diffuses Licht. Nach einer Weile stieß der Tunnel auf den ehemaligen Bahnsteig. Herausgebrochene Wandkacheln huschten jetzt durch den Lichtkegel seiner Taschenlampe. Plakate hingen an den Wänden, die dem Anschein nach aus dem Zweiten Weltkrieg stammten, sich aber bei näherer Betrachtung als neu erwiesen. Vermutlich um den Touristen einen authentischen Eindruck von den Bombennächten zu vermitteln.

Er überlegte kurz, ob er dem Bahnsteig nach links oder rechts folgen sollte, sah dann aber am schwächer werdenden Lichtsein, dass der Wachmann dem Tunnel nach rechts gefolgt war. Also entschied er sich für die andere Seite und erreichte bald die Stelle, wo der Bahnsteig endete und die Öffnung des U-Bahn-Tunnels in tiefster Schwärze gähnte. Adrian überwand das beklemmende Gefühl im Magen, sprang vom Bahnsteig auf die Gleise und richtete den Strahl seiner Lampe in die vor ihm liegende Finsternis. Doch das schwache Licht verlor sich in der Dunkelheit. Er tastete sich an der Tunnelwand vorwärts, aufgeschreckt von Geräuschen, die er nicht zu deuten wusste, bis ihm aufging, dass er es war, der die Bewohner des Tunnels aufschreckte.

Ratten.

Ihn schauderte, doch er riss sich zusammen und tastete sich vorwärts. Die abgestandene Luft roch nach schimmeligem Beton und dem Urin der Nager. Der Traum fiel ihm ein, in dem Fenris ihn nach dem Mord an seinem Vater durch einen Bahn-Tunnel gehetzt hatte. Er schüttelte sich, um die Erinnerung zu verscheuchen.

In der absoluten Dunkelheit verlor er jedes Zeitgefühl und hätte nicht sagen können, wie weit er sich schon über den Schotter des Gleisbettes in die Tiefe vorgearbeitet hatte. Nach einer Weile endete die Schienenstrecke im Nichts. Die gebogenen Stahlträger, die den Tunnel stützten, wichen nacktem, feuchtem

Felsgestein. Adrians Herz schlug schneller. *Hier muss es sein, wo die Tunnelarbeiten eingestellt wurden. Es kann nicht mehr weit sein.*

Schließlich hatte er das Ende des Tunnels erreicht.

Über Schutt und nackten Fels irrlichterte der Lichtkegel seiner Lampe. In ihrem dünnen Schein zog er das Notizbuch hervor, suchte die Seite mit den Runen und begann, sie laut zu lesen.

Nichts geschah.

Vielleicht hatte er die Worte, die er nicht verstand, nicht richtig ausgesprochen. Er begann von Neuem, nun darauf bedacht, mit lauterer, festerer Stimme zu lesen, wie es ihm für eine Beschwörungsformel angemessen erschien.

Noch immer nichts.

In der Dunkelheit gähnte ihn die nackte Felswand höhnisch an. Schließlich fiel ihm das Gespräch mit Doktor Chandler ein. Hatte er nicht gesagt, dass Runen oft von rechts nach links gelesen wurden? Im schwächer werdenden Licht der Taschenlampe las er die Worte rückwärts.

Vergeblich.

Um die Batterie zu schonen, schaltete Adrian die Lampe aus. Tintenschwarze Dunkelheit umfing ihn mit kalten Armen. Er ließ sich auf den staubigen Boden sinken und lehnte sich an den Fels. Das nahe Rascheln der Ratten ignorierte er, und doch dehnte sich die Verzweiflung in ihm, bis sie ihn ganz auszufüllen schien. In ein paar Minuten würde der Wachmann seinen Irrtum bemerken und seine Suche in diesem Tunnelabschnitt fortsetzen. Er würde ihn in die Wachstube zerren und die Polizei verständigen. Dann wäre alles verloren. Er vergrub das Gesicht in den Händen.

Der Streit mit Bo am *Themse*-Ufer drängte sich in sein Bewusstsein, und er fragte sich, ob sie recht hatte. Vielleicht hatte er sich wirklich alles nur eingebildet, vielleicht hatten die Begegnungen mit Fenris, Odin und Thor nur in seiner Fantasie stattgefunden. Vielleicht hatte sich ein Teil seines Unterbewusstseins die verrückte Geschichte ausgedacht, um ihm zu helfen, den Tod seines Vaters zu bewältigen. Was hatte Hugin gesagt? *Manche Wahrheit schmerzt und bleibt besser verborgen.* Nein, das alles fühlte sich zu real an.

Aber wie komme ich in Hels Reich? Was stimmt nicht mit dem Runenspruch? Er wünschte sich, Alison wäre bei ihm. Sie hätte bestimmt eine Idee, was er tun sollte.

Mit der Verzweiflung überkam ihn eine bleierne Müdigkeit und es kostete ihn Mühe, die Augen offen zu halten. Nach einer Weile nickte er ein. Das Trippeln von Rattenfüßen ganz in seiner Nähe schreckte ihn auf. Sein Rücken schmerzte von der unbequemen Lage an der Felswand. *Wie lange habe ich geschlafen?*

Nun fiel ihm ein, was er gerade geträumt hatte. Vom Rand der Lichtung eines dichten Laubwaldes hatte er auf ein offenes Feld geblickt. In der Mitte des halb gepflügten Ackers trieb sein Vater ein Ochsengespann an, das einen Pflug zog. Verständnislos sah Adrian ihm zu, doch sein Vater schüttelte den Kopf und sagte: *„Sieh hin!"*

Dann war er aufgewacht.

Mit der flachen Hand schlug er sich gegen die Stirn.

„Der Acker ist der Text."

Wie ein Bauer seine schnurgeraden Ackerfurchen zog, um am Rand den Pflug zu wenden und die nächste Furche zu ziehen, musste der Text Zeile für Zeile abwechselnd von links nach rechts und von rechts nach links gelesen werden.

In diesem Augenblick erhellte ein schwacher Lichtschein die rückwärtige Seite des Tunnels. *Der Wachmann!*

Mit vor Aufregung zitternden Händen richtete Adrian den schwindenden Schein der Lampe auf die Notizbuchseite mit den Runen und sprach erneut die uralten Worte aus. Und kaum verklang das letzte Wort, da leuchtete in der Felswand ein winziger, kobaltblau funkelnder Punkt auf. Adrian trat näher. Das Leuchten weitete sich, bis es eine zunehmend größere Fläche einnahm, die mit ihrer grauen Wellenkräuselung einer senkrecht stehenden Wasseroberfläche glich.

Der Stein, den er gegen die wellige Fläche warf, verschwand in einem konzentrischen Wellenmuster. Während er überlegte, ob er es wagen sollte, die seltsame Oberfläche zu berühren, bemerkte er mit Schrecken, dass der Kreis zu schrumpfen begann. Hatte er eben noch fast die gesamte Tunnelhöhe ausgefüllt, verkleinerte er sich nun auf die Größe eines erwachsenen Mannes. *Das Portal schließt sich.*

Adrian nahm seinen ganzen Mut zusammen und sprang mit geschlossenen Augen durch den Kreis.

***

Unsanft landete er auf steinigem Boden. Adrian richtete sich auf und rieb das schmerzende Knie. Das Portal schloss sich hinter ihm so lautlos, wie es sich geöffnet hatte. Nach der absoluten Finsternis des U-Bahn-Tunnels umfing ihn hier nun trübes Dämmerlicht. Wohin er den Blick auch richtete, überall weitete sich die gleiche felsige Ebene, die in der Ferne mit dem Horizont verschmolz. Kein Stern leuchtete in der lichtlosen Schwärze über ihm. Die Stille war vollkommen. Kein Windhauch wehte ihn an, kein Vogel sang. Einzig das Blut rauschte in seinen Ohren.

Der kalte Hauch der Trostlosigkeit lag über allem, und Adrian wünschte sich, diesen Ort niemals betreten zu haben. Für einen Moment schloss er die Augen und rief sich den Grund ins Gedächtnis, warum er hier war. Er zog einen Penny aus der Hosentasche, warf ihn hoch in die Luft und setzte sich in die Richtung in Bewegung, in der die Münze zu Boden gefallen war. Unter seinen Turnschuhen knirschte der steinige Felsboden.

Die Eintönigkeit der Landschaft ohne Bäume und Sträucher machte es unmöglich abzuschätzen, wie viel Wegstrecke er bereits zurückgelegt hatte. Doch er fühlte weder Erschöpfung noch Hunger oder Durst, als ob hier körperliche Bedürfnisse außer Kraft gesetzt wären.

Er mochte ein oder zwei Stunden lang gelaufen sein, als sich der Boden unter ihm zu einem von Felsbrocken gesäumten Pfad verengte. Der Weg verlief zunehmend abschüssig. Adrian achtete darauf, nicht ins Leere zu treten, wenn der Pfad in kurze Abschnitte von ausgetretenen, in den Fels gehauenen Stufen überging. Je tiefer er kam, desto näher schien ihm die Finsternis über seinem Kopf zu rücken. In ihm wuchs die Gewissheit, durch eine gigantische Höhle zu wandern.

Hinter einer Biegung erblickte er das Skelett eines Tieres von urzeitlichen Dimensionen. Neugierig betrachtete Adrian die gebleichten Knochen. Der Schädel hatte zwar Gebiss und Form eines Hundekopfes, aber die Größe eines Konferenztisches. *Garmr. Der Hund, der den Zugang zur Unterwelt bewacht.*

Um die Macht Hels schien es nicht zum Besten bestellt zu sein, wenn der Höllenhund hier kläglich verendet war. Was das Untier zu Lebzeiten mit ihm angestellt hätte, mochte er sich lieber nicht vorstellen.

Vor ihm erhob sich nun eine Front aus laublosen Bäumen, deren gezackte Äste in der Dunkelheit schwarz und bedrohlich nach allen Seiten abstachen. Schließlich erreichte er die Waldgrenze und legte die Hand an die tiefschwarze, knotige Rinde eines Baumes. Er schrak zurück vor der metallischen Kälte.

Kein Zweifel. Der Eisenwald, durch den Fenris ihn im Traum gehetzt hatte! Adrian lauschte, um zu erfahren, ob sein Verfolger ihm auf den Fersen war. Aber nur das Geräusch seines eigenen raschen Atems, der in der Kälte zu Dampfwölkchen gefror, durchbrach die unheimliche Stille.

Mit klopfendem Herzen drang er tiefer in den Wald vor. Obwohl es kein Unterholz gab, kam er nur langsam voran. Denn viele der kleineren Äste hingen tief, und im Gegensatz zu richtigen Zweigen bogen sich die eisernen Äste nicht einfach beiseite, wenn er sie streifte, sondern rissen Kleidung und Haut auf. Hätte er hier rennen wollen, wäre seine Flucht nur kurz gewesen. Früher oder später hätte er sich in der Dunkelheit an den spitzen Zweigen aufgespießt.

Allmählich lichtete sich der Wald. Adrian blies in die eiskalten Hände. Oberschenkel und Arme hatten ein paar üble Schrammen abbekommen, aber in seiner Erleichterung, den unheimlichen Ort zu verlassen, achtete er nicht auf den brennenden Schmerz.

Unmittelbar an die Waldgrenze schloss sich jener unterirdische See an, den er aus seinem Traum kannte. Erneut blickte er sich um. Von Fenris keine Spur. Adrian rutschte die sandige Uferböschung hinab.

Vor ihm lag der See glatt wie ein Spiegel, nicht eine einzige Welle schlug an den schmalen Kiesstrand. Dichter Nebel lag über dem schwarzen Wasser. Sein Instinkt sagte ihm, dass tief unter der Oberfläche etwas auf ihn lauerte. Ein Wesen mit der Macht, ihm die Seele aus dem Leib zu reißen.

Adrian schauderte.

Aus dem Wasser tauchte plötzlich ein weißes Licht auf, unförmig zunächst, wie die Nebelschwaden, die es umgaben. Während es sich dicht über der Wasseroberfläche dem Ufer näherte, verdichteten sich die Konturen zu einer menschlichen Gestalt. Lange bevor sie das Ufer erreichte, wusste er, dass es nicht das uralte Wesen war, dessen Anwesenheit er spürte.

„Dad!"

Alle Angst und alle Zweifel, die ihn angeweht hatten, seitdem er durch das Portal getreten war, verflogen und eine übermächtige Freude dehnte sein Herz.

Christopher Blackwell, nun nicht mehr leuchtend, stand am Ufer und blickte verwundert an seinem menschlichen Körper hinab. Adrian stürmte auf ihn zu, um ihn in die Arme zu schließen.

Er ließ seinen Tränen freien Lauf. Tränen, die er lange zurückgehalten hatte, die er sich nicht einmal bei der Beerdigung erlaubt hatte. Der vertraute Geruch von Dads süßlichem Pfeifentabak und der Lavendelgeruch seines Tweed-Sakkos stiegen ihm in die Nase. All das Leid, das er in den Monaten nach dem Verkehrsunfall in jene verborgene Kammer seines Selbst gesperrt hatte, brach nun hervor, überwältigte ihn, schüttelte ihn in tiefen Schluchzern, wie um ihn wachzurütteln.

Sein Vater hielt ihn in den Armen und wartete geduldig, bis das Beben in Adrians Körper allmählich nachließ.

***

Adrian löste sich von seinem Vater und wischte sich die Tränen aus dem Gesicht. Alles würde werden wie früher. *Nein, besser! Wir werden mehr Zeit miteinander verbringen. Wir werden alles nachholen. Was Mum wohl sagen wird, wenn wir beide plötzlich vor der Tür stehen?* Vor seinem geistigen Auge sah er sich mit seinen Eltern beim Abendessen sitzen, bei einem Menü, das er selbst gekocht hatte. Sah sich die unglaubliche Geschichte erzählen, von Odins Auftauchen in ihrer Küche bis zum Abstieg in die Unterwelt. Das alles hier wäre dann nur noch ein böser Traum. Sie wären wieder ein Familie. Eine tonnenschwere Last fiel von ihm ab.

„Lass uns nach Hause gehen, Dad."

Doch sein Vater schüttelte den Kopf.

„Ich bin nicht das Ziel deiner Reise, sondern nur eine Etappe."

Adrian sah ihn verständnislos an.

„Was meinst du?"

„Es ist nicht Hel, die mich an diesen Ort fesselt."

„Aber was dann?"

„Du, Adrian."

Sein Vater legte ihm seine Hand auf die Schulter. In Adrians Kopf wirbelten Gedanken und Empfindungen durcheinander.

„Aber ... aber ich bin gekommen, um dich heimzubringen."

„Und das ist das Problem. Du hast noch nicht alles begriffen. Deshalb können wir überhaupt miteinander sprechen."

„Das verstehe ich nicht."

„Dieser Ort ist eine Zwischenwelt. Er ähnelt der U-Bahn-Station, unter der er liegt. Reisende warten auf ihren Zug. Sie steigen ein, wenn die Angehörigen ihren Frieden mit ihnen gemacht haben, also ihren Tod akzeptiert oder ihnen vergeben haben. "

Adrian sah seinen Vater fassungslos an.

„Nein! Ohne dich gehe ich hier nicht fort. Es gibt immer einen Weg. Wir gehen nach Hause und dann ..."

„Aber ich bin tot, Adrian. Mein Körper wurde beigesetzt. Das kannst du doch nicht vergessen haben. Ich bin nur ein Schatten, der darauf wartet, auf die nächste Ebene gehoben zu werden. Auf mich wartet ein anderer, ein besserer Ort. Hier ist es grauenhaft. Der See ..."

Er verstummte und blickte zu Boden, bevor er weitersprach:

„Aber es geht hier nicht um mich. Du musst nach vorn schauen. Ich hatte mein Leben. Die Zeit mit dir war zu kurz und ich habe sie nicht richtig genutzt. Aber das ist nicht mehr zu ändern."

Die Worte seines Vaters drangen wie durch Watte an sein Ohr. *Endlich habe ich ihn gefunden. Und jetzt soll ich ihn noch einmal verlieren?* Erneut kämpfte er mit den Tränen. Sein Vater sah ihn mit ernster Miene an.

„Ich musste dich sprechen, bevor ich weiterziehen darf. Es gibt Dinge zwischen uns, die aus dem Weg geräumt werden müssen. Und ich glaube, du weißt, wovon ich spreche."

Adrian schluckte einen Kloß hinunter.

„Du meinst unseren Streit am letzten Abend."

„Ich meine mehr als das. Als ich die Diagnose bekam, wollte ich sie nicht glauben. Auf dem Weg zum Flughafen nach *Heathrow* begriff ich, dass ich nicht erleben würde, wie du erwachsen wirst, und dir kein Ratgeber und Freund sein könnte. Ich wollte nicht, dass du mich als einen Vater in Erinnerung behältst, der nie für dich da gewesen ist. Ich dachte an unseren Tag im *Tower von London*. Deshalb ging ich dorthin."

„Du hast geahnt, dass Fenris dich töten wird. Deshalb hast du für mich das Notizbuch versteckt, damit ich komme und dich aus der Unterwelt befreie. Der Unfall war also kein …"

Sein Vater unterbrach ihn mit einer entschiedenen Geste.

„Ich habe mich bestimmt nicht umgebracht, Adrian. An allem, was passiert ist, trägst du keine Schuld. Glaubst du wirklich, ich hätte dich mit einer solchen Last auf den Schultern ins Leben geschickt?"

Adrian hatte auf seine Füße gestarrt, jetzt sah er seinen Vater an.

„Was ist am Abend deines Todes passiert?"

„Abends in meinem Hotelzimmer entschloss ich mich, meine Professur aufzugeben. Ich wollte die letzten Monate mit dir und deiner Mutter verbringen, um dich besser kennen und verstehen zu lernen. Noch in der gleichen Stunde sagte ich meinen Vortrag ab und verließ das Hotel. Ich war auf dem Weg zum Flughafen, als der Unfall geschah."

Adrian kratzte sich am Kopf.

„Aber ich dachte, du wolltest Fenris von uns weglocken. Und warum sagst du Unfall? Es war doch Fenris, der dich umgebracht hat."

Sein Vater sah ihn forschend an.

„Du sprichst von dem, was du in deinen Träumen gesehen hast."

„Woher …"

„Es gibt noch eine tiefere Wahrheit, die du noch nicht begriffen hast. Aber dafür ist noch Zeit."

Adrian presste die Lippen zusammen. Er hasste es, wenn sein Vater in Rätseln sprach. „Weißt du, wie es sich anfühlt, wenn man den Erwartungen seines Vaters nicht gerecht wird?"

„Ja, mein Junge, das weiß ich. Aber leider habe ich nichts aus dieser Erfahrung gelernt. Es tut mir leid, dass ich dich so unglücklich gemacht habe."

Sie schwiegen eine Weile.

„Ich habe versucht", begann Adrian, „mich für Archäologie und alte Sprachen zu interessieren. Ich habe dein Buch gelesen. Sogar das Runenlesen habe ich gelernt."

Sein Vater schüttelte den Kopf.

„Es geht nicht darum, die Erwartungen der anderen zu erfüllen. Schon gar nicht die deiner Eltern. Du selbst musst herausfinden, wo deine Talente liegen und was dir Spaß macht. Ich hatte das Glück, einen Beruf zu finden, den ich liebte und in dem ich aufging. Dieses Glück habe ich mir auch für dich gewünscht."

„Und auch, dass wir eines Tages gemeinsam arbeiten würden? Vater und Sohn?"

„Bestimmt. Und deshalb war ich so enttäuscht, wenn ich dich kochen statt lesen sah. Aber wenn das dein Weg ist, musst du ihn gehen. Du musst nicht studieren, nur um mir etwas zu beweisen."

„Aber das hast du doch immer von mir erwartet."

„Ja, als ich noch lebte. Du weißt, unter welchen Bedingungen ich mir Bildung erkämpfen musste. Dein mangelndes Interesse verbitterte mich. Ich hatte mir gewünscht, dass wir über meine Studien eine Beziehung zueinander aufbauen könnten. Immer wenn ich dich in der Küche hantieren sah, erlebte ich das als eine Zurückweisung. Erst hier habe ich begriffen, dass Kinder ihre Eltern überholen müssen. Und das ist unmöglich, wenn sie ihnen in ihren Fußstapfen folgen. Adrian, es tut mir leid. Ich liebe dich, mein Sohn – und ich bin stolz auf dich."

Adrian nickte stumm.

„Es war sehr mutig von dir", fuhr sein Vater fort, „hier herabzusteigen. Aber du wirst noch mutiger sein müssen, um hier wieder herauszukommen. Du musst mich loslassen. Dann werde auch ich frei sein und kann diesen Ort verlassen. Der einzige Weg hinaus führt an Hel vorbei. Du wirst dich ihrer Prüfung stellen müssen. Dabei kann ich dir nicht beistehen. Deshalb hör mir jetzt sehr genau zu."

***

Und Adrian hörte zu. Hörte, was er zu tun hatte. Nachdem sein Vater geendet hatte, schwiegen sie eine Weile. Mit einem flauen Gefühl im Magen dachte Adrian an das, was ihn erwartete.

„Eine seltsame Kälte steigt von diesem See auf."

„In ihm wohnen die Seelen, die von ihren Angehörigen nicht losgelassen wurden. Bis es niemanden mehr gab, der sich an sie erinnerte. Wir leben weiter in der Erinnerung und den Träumen der Menschen, die uns lieben. Wenn sie ebenfalls sterben – und mit ihnen die Erinnerung –, dann sind wir dazu verdammt, hierzubleiben."

Ein Knurren unterbrach Adrians düstere Gedanken. Am Saum der Uferböschung, keine zwanzig Schritte von ihm entfernt, zeichneten sich im ewigen Dämmerlicht dieser Höhle die schattenhaften Umrisse eines Wolfes ab, die Ohren angelegt und den Kopf wie zum Sprung gesenkt.

„Du musst jetzt gehen, mein Sohn."

Adrian fuhr hoch.

„Aber was ist mit ihm? Selbst wenn ich Hels Prüfung überstehe, wird er mich durch diese Welt hetzen, bis er mich ..."

Sein Vater erhob sich, fasste ihn an den Schultern und zwang ihn, ihm in die Augen zu sehen. „Kraft ohne Einsicht zerschellt an der eigenen Wucht."

Adrian deutete auf Fenris, der sich mit gesenktem Kopf langsam näherte.

„Wie soll mir das gegen ihn helfen?"

„Es ist an der Zeit, Adrian."

Sein Vater wies auf den schwarz geteerten Kahn, der auf dem spiegelglatten See ruhte.

„Hel lässt man nicht warten."

„Noch nicht!", rief Adrian.

Sein Vater verwandelte sich langsam zurück in den leuchtenden Nebel.

Adrian fiel noch etwas ein.

„Werde ich dort die Äpfel der Idun finden? Ich habe es jemandem versprochen."

Doch sein Vater antwortete nicht. Fenris hatte ihn fast erreicht. Adrian biss sich auf die Unterlippe. Sein Herz schlug schnell, aber er stieg in den flachen Kahn, nahm eines der Ruder auf und stieß sich vom Ufer ab.

KAPITEL DREIZEHN

Adrian hörte nur den eigenen Atem und das rhythmische Eintauchen der Ruder in die spiegelglatte Schwärze des Sees. Und doch spürte er die unzähligen Seelen unter der Oberfläche. Eiseskälte und namenlose Verzweiflung stiegen herauf und krochen ihm in die Glieder. Aber in diese Empfindung mischte sich die Gewissheit, die er bereits beim ersten Anblick des Sees gefühlt hatte: Etwas lauerte in der Tiefe des Sees auf ihn. Ein Wesen, älter und mächtiger als die gefangenen Seelen, das nur den richtigen Zeitpunkt abwartete, um ihn zu verschlingen. Trotz der Anstrengung des Ruderns fröstelte er.

Fenris verharrte unbeweglich am Kiesstrand. Je mehr Abstand Adrian zwischen sich und das Ufer brachte, desto stärker verschmolz der Wolf mit der Uferböschung. Mit einem Blick über die Schulter vergewisserte er sich, dass er Kurs auf die Felseninsel hielt. Steil ragte sie in die Finsternis der gigantischen Höhle auf, ohne einen erkennbaren Bereich flachen Wassers. Er umrundete die Insel in der Hoffnung, eine Stelle zu finden, an der er anlanden konnte. Endlich machte er im Dämmerlicht einen hölzernen Steg aus, an dem er den Kahn vertäute.

Um die Insel wand sich eine in den Fels gehauene Treppe. Adrian dachte an das, was ihn dort oben erwartete. Ein Schauder durchlief ihn, bevor er sich an den Aufstieg machte. *Wenn nur die Kälte nicht wäre!*

Oben angekommen fand er sich am schmalen Ende eines ovalen Felsplateaus wieder.

Ein Kranz von rußenden Pechfackeln säumte den Rand des Plateaus und tauchte die Szenerie in flackerndes Licht. Auf der gegenüberliegenden Seite des Ovals stach eine einzelne Felsnadel in die Höhe.

Sein Magen schnürte sich zusammen. Er kämpfte den Impuls nieder, auf der Stelle kehrtzumachen und mit dem Kahn zu fliehen. Egal wohin, nur weg von hier. Widerwillig trat er näher, bis er am Fuß der Felsnadel ein gutes Dutzend Stufen ausmachte, die zu einem gleichfalls in den Fels gehauenen Thron führten. Reglos verharrte dort eine verhüllte Gestalt. Etwas sagte ihm, dass sie auf ihn wartete.

Er wollte stehen bleiben, doch seine Muskeln schienen einem fremden Willen zu gehorchen. Nun erkannte er, was den Thron flankierte. Zu seiner Linken ruhte auf einem hüfthohen dreibeinigen Bronzegestell eine flache Silberschale, groß wie ein Wikingerschild. Rechts vom Thron machte Adrian einen schlichten Weidenkorb aus, dessen Inhalt von einem Tuch verborgen wurde.

Nur noch wenige Schritte trennten ihn vom Fuß der Treppe. Sein Herz schien für drei zu pumpen. Adrian blieb stehen, nachdem die Gestalt gebieterisch die Hand hob. Sie trug ein hochgeschlossenes Kleid aus schwerem mitternachtsblauen Stoff. Mit übereinandergeschlagenen Beinen wandte sie ihm das Profil zu, die Kapuze ihres Umhangs tief ins Gesicht gezogen.

Im Fackelschein glaubte Adrian, das halb verdeckte, lächelnde Gesicht einer Frau zu erkennen. Eine Strähne goldblonden Haars fiel über ihre Wange. Sie sprach mit samtweicher Stimme:

„Endlich bist du da."

Die Kälte fiel plötzlich von ihm ab wie eine schwere Last und sein Körper entspannte sich. Ein kornblumenblaues Auge unter der Kapuze musterte ihn gütig. Auf unerklärliche Weise fühlte er sich zu ihr hingezogen, beseelt von einer inneren

Wärme, bereit, ihr alles zu geben, was sie von ihm verlangte. Das Notizbuch, ja sogar sein Leben, wenn sie es von ihm forderte.

„Und du bringst uns das Runenbuch. Damit wir in Frieden leben können."

Hel, die Herrin der Unterwelt, dachte jener Teil seines Bewusstseins, der noch nicht von der Wolke eines betäubenden Glücksgefühls verschlungen war, die sich in ihm ausbreitete, süß und klebrig wie Zuckerwatte.

„Gib mir das Buch."

Ihre Stimme klang wie eine Harfe. Schon wanderte seine Hand an die Gesäßtasche, um das Notizbuch hervorzuziehen, da riss ihn das Heulen des Wolfes vom fernen Ufer jenseits der Insel aus seiner Trance. Die Kälte traf ihn wie eine Ohrfeige, machte seinen Geist augenblicklich wach und klar.

Ärgerlich warf Hel den Kopf herum, in jene Richtung, aus der der Ruf seines Verfolgers ertönt war.

Adrians Mund fühlte sich trocken an.

„Glaubst du, dass ich so dumm war, es mitzubringen?"

Innerlich verfluchte er sich, weil er genau das getan hatte. *Ob sie meinen Bluff durchschaut? Und warum hat Fenris ihren Zauber zerstört? Hat er nicht von Anfang an vorgehabt, mich hierher auf diese Insel ins Reich der Toten zu führen, um die Begegnung mit seiner Schwester zu erzwingen?*

Anscheinend wollte Fenris nicht, dass Hel ihre Zauberkräfte auf unfaire Weise einsetzte. Bei all seiner ungezügelten Brutalität besaß er den Sinn für das Fair Play des Jägers. Für einen kurzen Augenblick flackerte beinahe Dankbarkeit in Adrian auf für das Wesen, das ihn und seine Mutter mit dem Tod bedroht und ihn durch die Welt der Lebenden und die Welt der Toten gehetzt hatte. Er sah sich nun nicht länger als eine hilflose

Beute des Wolfes, sondern als seinen Feind auf Augenhöhe. Er straffte seinen Rücken, räusperte sich und versuchte, seiner Stimme einen festen Klang zu geben:

„Ich will die Äpfel der Idun und dein Versprechen, dass du und dein Bruder meine Mutter und mich in Frieden lasst. Und ich will freies Geleit in die Oberwelt."

Ein Beben ging durch die Gestalt, erst leicht, dann immer stärker werdend, bis es sich in einem schallenden Gelächter entlud.

„Forderungen?", fragte sie, nachdem das Lachen verebbt war. „Du stellst Forderungen? Hast du noch nicht begriffen, dass du in meinem Reich bist? Ich kann dir hier alles nehmen. Alles. Verstehst du? Und muss dir *nichts* geben. Also her mit dem Buch!"

Mit diesen Worten warf sie die Kapuze zurück. Adrian hatte bisher nur die rechte Gesichtshälfte gesehen, die einer anmutigen Frau mit goldblondem Haar. Jetzt erkannte er, dass ihre linke Gesichtshälfte die einer Toten war. Eben noch hatte ihn das glänzend blonde Haar verzaubert, nun entsetzten ihn die losen Büschel grauer Strähnen, die den Blick auf einen Totenschädel freigaben. Lag auf der einen Wange der Glanz von Rosenblüten, so spannte sich über die andere wächserne Pergamenthaut, leichenhaft bläulich schimmernd. Das milchige Auge, blicklos und eingefallen in seiner Augenhöhle, bildete einen entsetzlichen Gegensatz zu seinem lebendigen, Zorn sprühenden Gegenpart. Wo Hels linker Nasenflügel hätte sein sollen, klaffte ein hässliches Loch. Darunter endete der schöne Schwung ihrer blutroten Lippen, ging abrupt über in das ewige Grinsen eines Totenschädels.

Angewidert wandte er den Blick ab. Seine Augen blieben an dem Weidenkorb hängen, aus dem es golden glänzte. *Die Äpfel der Idun!*

Hel hatte seinen Blick bemerkt.

„Ich verstehe. Der senile Greis und sein schwachsinniger Sohn haben dir ihre Lügen aufgetischt."

Sie lachte kopfschüttelnd, wobei sich ihre tote Gesichtshälfte grässlich verzerrte. Schlagartig wurde sie ernst.

„Gib mir das Buch!", sagte sie, wobei sie jedes Wort betonte.

Drohend erhob sie sich von ihrem Thron, schien auf Überlebensgröße zu wachsen. Entsetzt wich Adrian zurück, während sie weitersprach:

„Und dann reihe dich ein in das Heer meiner Pagen, um mir zu dienen. Das Sonnenlicht wirst du nie wieder sehen, du dummer Junge."

Am Rand des Felsplateaus stieg von allen Seiten plötzlich Nebel auf. Der Nebel teilte sich und verdichtete sich zu unzähligen, konturlosen Gestalten, die sich mit rot glühenden Augen langsam auf ihn zubewegten.

Adrian hatte Mühe, die aufsteigende Panik niederzukämpfen. Er wich noch immer zurück, stolperte über seine eigenen Beine und fiel rücklings zu Boden. Da erinnerte er sich an die Worte, die ihm sein Vater vor dem Abschied eingeschärft hatte. Er hoffte, dass seine Stimme nicht zittern würde.

„Ich fordere die Probe!"

Hel hob ihre linke Skeletthand. Augenblicklich hielten die Nebelgestalten inne.

„Du Wurm willst in das *Wasser des Mimir* blicken?"

Adrian rappelte sich auf.

„Es ist altes Recht. Das Recht *deines* Reiches. Auch du musst dich an Regeln halten. Du kannst mir die Probe nicht verweigern."

Erleichtert nahm er zur Kenntnis, wie sich die Nebelgestalten auflösten. Hel setzte sich.

„Selbst Odin ertrug kaum den Blick in den Brunnen der Weisheit. Er sah seine eigene Unzulänglichkeit, seine Arroganz, Verlogenheit und Geltungssucht. Und die Zukunft. Aber nicht jene Zukunft, wie *er* sie überlieferte. Keine Götterdämmerung, keinen Weltenbrand, keinen heroischen Endkampf der Götter Asgards gegen die Mächte der Finsternis, in dem er heldenhaft fallen würde, sondern ruhmloses Vergehen. Er und seine Taten werden von den Menschen vergessen. Schlimmer, er vergisst sich selbst."

Adrian schloss die Augen. *Sie hat recht. Was wissen die Menschen heute noch über Odin und Thor, über Freya, Tyr, Heimdall und all die anderen? Verblassende Erinnerungen in verstaubten Büchern, die keiner liest.*

Hel fuhr fort:

„Und du willst in diesen Brunnen blicken? Du kleiner Mensch? Du bist kein Gott. Nicht einmal einen Blick in diese seichte Schale mit seinem Wasser würdest du ertragen."

Sie deutete auf das dreibeinige Gestell mit der Silberschale. Adrians Eingeweide schienen sich zu verknoten. Er dachte an das, was sein Vater ihm vor dem Abschied gesagt hatte:

Dieser Ort ist ein Abbild deiner Seele. Der überwiegende Teil dieser Welt liegt in verschatteter Dunkelheit. Nur ein kleiner Teil ist hell genug, dass du ihn sehen kannst: jener Teil, der dir nicht bedrohlich erscheint. Aber in den dunklen Ecken deiner Seele warten Abgründe und Gefahren auf dich. Hinter jedem Baum, jedem Felsvorsprung belauern dich Nachtgestalten und Monster. Stell dir vor, all das würde blitzartig erhellt werden. Und jedes unvorstellbare Grauen aus der Tiefe dieses Sees, aus der Tiefe deiner selbst würde emporsteigen und dir gegenübertreten. Jeder böse Gedanke, den du je hattest, geboren aus Neid, Eifersucht, Missgunst oder Hass würde sich erheben. Jede Erkenntnis, vor der du davonläufst, würde dir in den Weg treten und dir den Spiegel vorhalten. Du würdest dein wahres Gesicht sehen. Niemand erträgt unvorbereitet den Blick in einen Spiegel, der ihn so zeigt, wie er wirklich ist, ohne in Verzweiflung und Wahnsinn zu verfallen.

Mit ihrem lebendigen Auge sah Hel ihn interessiert an.

„Wenn du die Probe bestehst, werden weder ich noch mein Bruder Fenris dir und deiner Mutter nachstellen. Und du erhältst freies Geleit an die Oberwelt. Wenn du die Probe nicht bestehst, wirst du mir als Page dienen, bis zum Ende aller Zeiten. Das Notizbuch bleibt in jedem Fall hier."

Adrian dachte an Thor und auch an – so wenig er ihn mochte – Odin. Er deutete auf den Korb.

„Und ich nehme die Äpfel der Idun mit."

Hel lachte auf.

„Du kannst das Recht der Probe fordern, aber den Einsatz bestimme ich."

„Aber dann werden Thor und Odin sterben!"

„Was kümmert es dich? Bis vor ein paar Tagen waren sie dir gleichgültig. Und was haben sie je für dich getan, außer dich und deine Mutter in Gefahr zu bringen? Haben sie dir auf dem Weg in mein Reich auch nur ein einziges Mal beigestanden?"

Adrian ignorierte den Einwand und sagte stattdessen: „Wenn du dir deiner Sache so sicher bist, was hast du dann zu verlieren?"

Hel schien zu überlegen. Schließlich verzerrte ein halbes Lächeln ihr Gesicht.

„Dann tritt an die Schale, Sterblicher."

***

Voller Unbehagen blickte Adrian in die silberne Schale. Im klaren Wasser sah er bis auf den Grund des flachen Gefäßes. Er wollte schon seinen fragenden Blick auf Hel richten, als plötzlich ein Zittern durch das Wasser ging und sich die Oberfläche in einen Spiegel wie aus Quecksilber verwandelte. Für einen kurzen Augenblick sah er in sein eigenes bleiches, verwirrtes Gesicht, bevor es in einem Strudel verschwand.

Das Bild färbte sich schwarz. Langsam schälten sich die Umrisse von Möbeln aus der Dunkelheit. Sein altes Zimmer in Oxford. Er lag in seinem Bett.

Jemand hatte geschrien.

Seine Mutter.

Er wusste sofort, dass etwas Schreckliches geschehen sein musste.

Einbrecher!

Benommen stürzte er aus dem Bett und griff auf dem Weg zur Treppe nach dem Kricket-Schläger. Er hatte den Fuß der Treppe kaum erreicht, als er seine Mutter neben der Haustür zusammengekauert auf dem Boden vorfand. Neben ihr kniete eine junge Streifenpolizistin mit blondem Pferdeschwanz. Sie hatte die Hand auf den Rücken seiner Mutter gelegt und redete beruhigend auf sie ein. Helen trug den weißen Frottee-Bademantel seines Vaters, den sie sich übergeworfen haben musste, als es an der Tür klingelte. Die junge Polizistin wechselte einen hilflosen Blick mit ihrem älteren Kollegen. Verlegen stand der auf der Schwelle der offenen Haustür und knautschte mit beiden Händen seine schwarze Dienstmütze.

Jetzt erst bemerkte die Polizistin Adrian, der auf der Mitte der Treppe stehen geblieben war. Sie sagte etwas zu seiner Mutter, das er nicht verstand. Helen richtete sich auf und er sah ihr Gesicht, so weiß wie der Bademantel seines Vaters. Sie sagte etwas, aber er hörte nichts als ein Rauschen, als ob jemand seinen Kopf unter Wasser getaucht hätte. Seine Mutter stürzte auf ihn zu, riss ihn an sich. Adrian ging in die Knie, der Kricket-Schläger entglitt seiner Hand und polterte die Stufen hinunter. Helen sprudelte Worte hervor, die ihn nicht erreichten. Sie hielt ihn so fest umschlungen, dass es wehtat.

Alles, was er wahrnahm, war der vertraute Geruch von Dads Rasierwasser, der dem Morgenmantel entströmte. Helen hielt ihn so fest an sich gedrückt, dass der Kragen des Frotteemantels sein Blickfeld ausfüllte. Ein winziger Blutfleck hob sich von dem weißen Stoff ab, vermutlich von einer nachlässigen Nassrasur seines Vaters. In seiner Vorstellung wuchs sich dieser Fleck aus, wurde größer und größer, bis er den gesamten Bademantel rot färbte. Nass und metallisch-süßlich nach Blut stinkend, hielt ihn Helen noch immer umklammert. Adrian versuchte, sich loszuwinden, sie zurückzustoßen, und als das nicht gelang, schrie er – und konnte nicht mehr aufhören zu schreien.

Dann war alles dunkel.

Das Spiegelbild, hatte Dad gesagt, *wird dich an die Momente äußersten Schmerzes führen. So hart es auch sein wird, du musst dem Anblick standhalten. Adrian, du bist so weit gekommen. Das letzte Stück wirst du auch noch gehen. Erst dann kann ich diesen Ort hier verlassen – und du auch.*

KAPITEL VIERZEHN

Adrian hielt sich am Rand der Schale fest, um seinen Blick auf die Wasseroberfläche zu zwingen. Er durfte die Augen nicht abwenden oder länger als für die Dauer eines Blinzelns schließen, wenn er verhindern wollte, dass Hel über ihn triumphierte.

Das Bild klärte sich.

Ein Krankenhausbett im Halbdunkel.

Onkel Howard hatte ihm gesagt, sie würden zum Krankenhaus fahren. Aber als sie auf dem Parkplatz hielten, las er das Schild:

Psychiatrische Klinik.

Es roch nach Desinfektionsmitteln. Ein regelmäßiges Piepen verkündete die Vitalfunktionen seiner Mutter, deren Blick starr auf die Decke gerichtet war. Aber es waren nicht die Augen seiner Mutter, die seine Aufmerksamkeit fesselten, sondern ihre Handgelenke. Mit Lederriemen waren sie an das Bettgestell gefesselt.

Und am linken Handgelenk befand sich ein frischer Verband.

Adrian sah in das gutmütige Gesicht seines Onkels. Dieser legte ihm seine Hand auf die Schulter und zog ihn aus dem Zimmer.

Noch ein Bildwechsel: Adrian saß in der vordersten Bankreihe einer Kirche. Dicht an ihn gedrängt, hatte sich Helen bei ihm untergehakt. Vor dem Altar der Eichensarg mit Messingbeschlägen und Blumenschmuck in den Farben des Frühlings. Die Fakultät hatte einen Kranz geschickt. Ein paar Nachbarn saßen im Schatten der hinteren Bankreihen.

Der anglikanische Pastor sprach über seinen Vater, als ob er ihn gekannt hätte. Aber Adrian hörte kaum zu, denn Helen, die er untergehakt hatte, um sie zu stützen, schwankte bedrohlich. Die Ärzte hatten sie mit Beruhigungsmitteln vollgepumpt. Es kostete ihn einige Mühe, ihr Halt zu geben.

Ein einzelnes Wort fiel aus dem Strom der Andachtsrede und blieb am Rande seines Bewusstsein hängen: *Trauer.*

Er horchte in sich hinein. Aber da war keine Trauer, nur eine unendliche Leere. Die stärkste Empfindung war der Druck, der auf seinem Arm lastete, um seine Mutter zu stützen. Sollte *sie* nicht diejenige sein, die *ihm* Halt gab?

Und da geschah es: Das Schluchzen, das durch ihren Körper bebte, erstarb plötzlich. Adrian fühlte sie neben sich erschlaffen. Wie in Zeitlupe rutschte sie seitlich von der Bank auf den kalten Steinboden, ohne dass er es verhindern konnte. Er sprang auf, um der Bewusstlosen zu helfen. Der Strom der Worte des Pastors riss ab. Durch die Bankreihen lief eine Woge besorgten Gemurmels. Endlos dehnte sich die Zeit, bis es Onkel Howard gelang, seine Mutter so weit zu Bewusstsein zu bringen, dass sie sich aufrichten konnte. Bevor er sie aus der Kirche führte, warf er Adrian einen Blick zu, der ihm die Verantwortung für den weiteren Verlauf der Zeremonie auflastete.

Der Seitenflügel der Kapelle öffnete sich und die Sargträger erschienen. Er begriff, dass es nun an ihm war, hinter dem Sarg herzugehen und den Zug der Trauergemeinde anzuführen. Alle Blicke richteten sich auf ihn, voller Mitgefühl, aber auch Erwartung. Adrian dachte an das schwere, ihm aufgezwungene Amt. Er schluckte einen Kloß hinunter, den sein Kummer ihm hinaufgeschickt hatte. Seine Augen brannten, aber er würde es nicht zulassen, dass sie weinten. Er folgte den Sargträgern und setzte sich so an die Spitze des Trauerzugs.

Auch jetzt brannten seine Augen, aber anders als damals gab es nun keinen Grund mehr, sie aufzuhalten. Tränen, die er seit Monaten zurückgehalten hatte, brachen sich nun Bahn. Als sie die Wasseroberfläche berührten, trübte sich das Bild. Ein Gefühl der Leichtigkeit dehnte Adrians Schultern und Brust, als habe er eine schwere Last abgeworfen, die er zu lange mit sich herumgetragen hatte.

Mit seiner Armbeuge trocknete er sich das Gesicht und schloss die Augen. Als er sie wieder öffnete, waren die Fackeln am Rande des Felsplateaus erloschen. Hels Thron stand leer und verlassen am Fuß der Felsnadel. Er versuchte, aus all dem schlau zu werden, da erblickte er am Fuß der Treppe, die ihn auf das Felsplateau geführt hatte, eine Gestalt. Trotz der Dunkelheit wusste er sofort, wer dort auf ihn wartete.

„Dad!"

Ohne zu zögern, rannte er auf seinen Vater zu, und dieser schloss ihn lächelnd in seine Arme. Eine Weile hielten sie einander, ohne zu sprechen. Er würde seinen Vater nie wieder loslassen. Schließlich machten sie sich an den Abstieg. Sie schwiegen noch immer, als sein Vater die Riemen aufnahm und sie von der Insel ruderte. Erst am anderen Ufer begann Adrian, von all dem zu erzählen, was nach seinem Aufbruch nach London geschehen war. So sehr war er in seine eigene Erzählung vertieft, dass er den Wechsel der Landschaft kaum mitbekam und sie unvermittelt wieder in dem U-Bahn-Tunnel standen, in dem Adrian das Portal in die Unterwelt geöffnet hatte. Draußen nahmen sie das erste Taxi, das ihnen begegnete. Sie fuhren nicht erst zum Bahnhof, sondern direkt nach

Manchester. Auf der Rückbank berührte er die Hand seines Vaters, um sich zu vergewissern, dass er wirklich neben ihm saß. Endlich hatten sie die tristen Vorstädte Londons hinter sich gelassen und fuhren auf der Autobahn durch die Nacht. Sie sprachen über all die Dinge, die sie nun gemeinsam tun würden, redeten sich in Begeisterung und überboten sich mit ihren Einfällen.

Mühelos hatte Adrian seinem Vater das Versprechen abgerungen, gemeinsam mit ihm zu kochen. Im Halbschlaf stellte er bereits ein Menü nach dem anderen zusammen, verwarf jedes und begann von vorn. Er erwachte erst, als das Taxi in den frühen Morgenstunden vor ihrem Haus hielt. Schlaftrunken schloss Adrian die Haustür auf. Seine Mutter musste das Geräusch gehört haben, denn sie kam, noch im Morgenmantel, aus der Küche. Der Kaffeebecher entglitt ihrer Hand und zersprang auf den Fliesen. Mit einem Aufschrei warf sie sich ihrem Mann und Adrian in die Arme. Alle drei hielten einander umschlungen. Adrian sah das gerahmte Foto neben dem Sicherungskasten, das sie alle im *Tower von London* zeigte. Sie würden wieder eine Familie sein. Jetzt würde alles anders werden.

Wie durch einen dichten Nebel drangen aus seinem Gedächtnis die Worte seines Vaters an den Rand seines Bewusstseins, das sich gegen sie wehrte und sie zu ignorieren versuchte. Aber die Worte bahnten sich ihren Weg, bis er sie in seinem Geiste so klar und deutlich hörte, als würden sie neben seinem Ohr gesprochen:

Aber ich bin tot, Adrian. Mein Körper wurde beigesetzt. Das kannst du nicht vergessen haben. Ich bin nur ein Schatten, der darauf wartet, auf die nächste Ebene gehoben zu werden.

Und da erst begriff er, dass er noch immer in die Schale blickte und alles, was er zuletzt gesehen hatte, eines jener Bilder aus dem *Wasser des Mimir* gewesen war. Sofort löste er den Blick von der Wasseroberfläche, die nun außer dem Grund der flachen Silberschale keine Bilder mehr zeigte.

***

Um ihn herum brannten unverändert die rußenden Fackeln. Hel auf ihrem Thron legte die Finger der perfekt manikürten linken Hand an die Finger der skelettierten rechten. In Adrian kochten Wut und Enttäuschung.

„Das warst du! Die letzten Bilder hast du geschickt. Du hast versucht, die Probe zu manipulieren. Aber darauf falle ich nicht herein."

Hel zeigte ihr halbes Lächeln.

„Ja, das letzte Bild habe ich dir geschickt. Aber es war keine Lüge. Ich kann ihn dir zurückgeben. Alles, was du tun musst, ist, mir das Notizbuch zu überlassen."

Adrian schloss die Augen und atmete tief ein. In seinem Geist erklang die Stimme seines Vaters: *Nicht Hel ist es, die mich an diesen Ort fesselt.* Er fand in sich eine Ruhe, die ihn überraschte.

„Du lügst! Dazu hast du nicht die Macht." Und wie zu sich selbst, setzte er hinzu: „Aber ich habe sie. Es ist vorbei. Leb wohl, Dad."

Tränen liefen über seine Wangen, aber es kümmerte ihn nicht.

Jenseits der Fackeln, die das Plateau begrenzten, drang ein Lichtschein aus dem Wasser, stach senkrecht in die Höhe. Zunächst dünn wie ein Faden, verbreiterte er sich zu einer Säule aus Licht. Dort, wo das Licht die unbewegte Wasseroberfläche durchbrach, tauchte plötzlich ein noch helleres Licht auf. Wie ein Kugelblitz, gleißend und glühend, stieg es auf, verweilte für einen Moment knapp über der Oberfläche des Sees und schoss im Zentrum der Lichtsäule wie eine abgefeuerte Kanonenkugel in unbestimmte Höhe, wo es verschwand. Als hätte jemand einen Schalter umgelegt, verschwand nun auch die Lichtsäule. Wieder umfing Adrian das von den Fackeln kaum erleuchtete Halbdunkel.

Adrian wischte sich die Tränen aus den Augen. *Es ist überstanden. Er hat diesen Ort verlassen, hat seinen Frieden – und ich auch.*

Hel war von ihrem Thron aufgesprungen und schrie wie berstender Stahl. Ihr Gesicht war eine Grimasse des Hasses. Adrian ließ sich davon nicht aus der Fassung bringen.

„Wenn du das Notizbuch haben willst, warum holst du es dir nicht einfach?“

Wie um seiner Aufforderung nachzukommen, machte sie einen Schritt vorwärts, als wollte sie von ihrem Thron hinuntersteigen. Aber noch in der Bewegung hielt sie inne, sammelte sich und nahm wieder Platz. Endlich fand sie ihre majestätische Ruhe wieder.

Die Erkenntnis traf ihn wie ein Peitschenhieb.

„Weil du es nicht kannst. Weil du deinen Thron nicht verlassen kannst. Du herrschst schon lange nicht mehr über die

Unterwelt. Du bist ihre Gefangene, genau wie die verlorenen Seelen in diesem See. Ist das deine Macht, deine Herrlichkeit?"

Hels lebendiges Auge blitzte hasserfüllt auf.

„Aber ich gebiete noch immer über meine Krieger."

Sie hob die Skeletthand und aus dem Rauch der rußenden Fackeln am Rande des Plateaus traten erneut die Schattenkrieger. Noch bevor sie den Kreis um ihn schlossen, winkte Adrian ab.

„Ich mache dir einen Vorschlag: Ich werde noch einmal in das *Wasser des Mimir* schauen und mich jedem Bild stellen, das er mir sendet. Wenn ich standhalte, behalte ich das Notizbuch, nehme die Äpfel der Idun und verschwinde unbehelligt aus dieser Welt. Und auch oben wird Fenris meine Mutter und mich in Frieden lassen."

Adrian, schau kein drittes Mal in das Wasser des Mimir.

Warum nicht, Dad?

Lass es einfach bleiben, mein Sohn.

Ein siegesgewisses Lächeln erschien auf Hels lebendiger Gesichtshälfte und ließ Adrian misstrauisch werden. Adrian erriet ihre Gedanken.

„Aber diesmal hältst du dich raus. Nur das, was das Wasser mir zeigen will. Nicht deine Bilder."

Hel schwieg einen Augenblick und verengte ihr lebendiges Auge zu einem Schlitz.

„Dann tritt noch einmal an die Schale."

***

Wieder ging ein Zittern durch das Wasser, wieder verwandelte sich die Oberfläche in flüssiges Quecksilber.

Adrian sah sich selbst in der Küche ihres Hauses in Manchester, wie er ein pochiertes Ei kochte, während der Teekessel pfiff. Am Küchentisch saß ein einäugiger Greis in zerlumpten Kleidern. Ein gewöhnlicher Obdachloser, der auf das Frühstück wartete, das Adrian ihm versprochen hatte. Aber nicht der Göttervater Odin.

Die Szene wechselte und Adrian fand sich im Einkaufszentrum wieder, allein an einem Bistrotisch sitzend. Kein muskelbepackter Gott saß ihm gegenüber. Adrian sprach mit einem leeren Stuhl und ignorierte die Passanten, die kichernd oder kopfschüttelnd an ihm vorbeigingen. Im nächsten Bild rannte er durch die schmale Gasse zwischen zwei Lagerhäusern vor einem riesigen Wachhund. Keinem Wolf, nur einem großen Hund. Adrian sah sich im *Tower von London,* wie er auf einen der *Tower*-Raben einredete, der ihn nicht beachtete, nicht verstand und stattdessen an einem weggeworfenen Sandwich herumpickte. Und er sah sich am toten Ende eines unvollendeten U-Bahn-Tunnels im Geröll liegend, vor Erschöpfung ohnmächtig geworden, in der Dunkelheit vergeblich darauf wartend, dass sich ihm der Zugang zu einer anderen Welt öffnete. Einer Welt, die es nicht gab.

Als die Bilder bereits in einem Strudel verschwunden waren, drehte es sich noch immer in Adrians Kopf. Hitze und Kälte wechselten sich in seinem Körper ab. Er schwankte und hielt sich am Rand der Schale fest, um nicht das Gleichgewicht zu verlieren. Konnte das wahr sein? *Habe ich mir das alles nur eingebildet?* Oder hatte Hel seine Angst, verrückt zu sein, erraten und wollte ihn nun damit aus der Fassung bringen? Wie aus weiter Ferne hörte er ihre Stimme:

„Der Apfel fällt nicht weit vom Stamm. Der Vater ein depressiver Selbstmörder, die Mutter eine Verrückte in der Irrenanstalt und der Sohn ein Träumer, der Wahn und Wirklichkeit nicht zu unterscheiden weiß."

Adrian bemühte sich, die Erregung zu unterdrücken, die in seinem Innern wühlte und ihn schwindlig machte.

„Du lügst schon wieder." Seine Stimme klang ihm unnatürlich hoch. „Das war kein echtes Bild aus dem *Wasser des Mimir.* Es war … es war nur eines der Bilder, die du mir geschickt hast. Um mich aus dem Gleichgewicht zu bringen!"

Gelangweilt betrachtete Hel die Fingernägel ihrer lebendigen Hand. Ein feines Lächeln umspielte die Lippen ihres halben Gesichts.

„Du misst der Frage nach dem Ursprung der letzten Bilder zu viel Bedeutung bei. Ist dir nicht schon einmal der Verdacht gekommen, sie könnten die Wahrheit zeigen?"

Bos letzte Worte bei ihrem Streit am *Themse*-Ufer kamen ihm in den Sinn. Doch er schob diesen Gedanken beiseite.

„Wenn das alles hier", er machte eine ausholende Geste, „nur ein Traum, eine Wahnvorstellung von mir ist, dann bist du es auch. Wenn du wirklich glaubst, dass ich dich in meinem Kopf erschaffen habe, dann kann es dir doch egal sein, was mit dem Notizbuch und den Äpfeln der Idun geschieht."

„Du vergisst, dass jeder Traum, selbst jeder Wahnsinn, so absurd er auch scheinen mag, einer verborgenen inneren Logik folgt. Vielleicht hast du sie nur noch nicht erkannt?"

Darauf wusste Adrian nichts zu erwidern.

„Aber um deine Frage zu beantworten“, fuhr Hel fort, „ich kann dein Argument auch gegen dich wenden. Wenn das alles hier ein Traum ist, kann es auch dir gleichgültig sein, was mit dem Notizbuch und den beiden letzten Göttern des Asgards geschieht. Gib mir das Notizbuch und kehre in die Wirklichkeit zurück. Oder ist es das, wovor du Angst hast? Dann aber hast du die Probe verloren und musst mir – gemäß unserer Vereinbarung – das Notizbuch geben.“

„Aber …“

Adrian zögerte und versuchte, seine Gedanken zu ordnen.

„Aber warum sollte ich das alles erfunden haben?“

„Errätst du es nicht? Weil du nicht wahrhaben willst, dass dein Vater sich umgebracht hat, und du dich deshalb schuldig fühlst. Aber du kannst vor deinem Schmerz nicht davonlaufen. Wohin du auch gehst, er wartet dort bereits auf dich. Deine Flucht vor ihm hat dich hierher geführt.“

„Nein“, schrie Adrian, „Dad hat mir selbst gesagt, dass es ein Unfall war.“

Hel ließ sich nicht aus der Ruhe bringen.

„Du hast ihn das sagen lassen, was du gern hören wolltest. Begreifst du es noch immer nicht? All das hier ist die Schöpfung deines verwirrten Geistes. Nichts von all dem ist real. Und jetzt gib mir das Buch!“

Adrians Gedanken stoben durcheinander wie Herbstlaub in einer Windbö.

„Du hast die Wahl“, begann Hel in versöhnlichem Ton. „Du weigerst dich, es mir zu geben und bleibst in deinem Wahnsinn gefangen, bleibst in meiner Welt, einem Gefängnis, das du selbst geschaffen hast. Bis der Wachmann in jenem U-Bahn-Tunnel deinen Körper findet, in einem Koma, aus dem du niemals erwachen wirst. Oder du gibst mir das Notizbuch als Zeichen dafür, dich der Realität zu stellen und diesen Traum hier zu beenden. Nenne es eine symbolische Geste, die zeigt, dass du bereit bist, zu erwachen."

Adrian rieb sich die Stirn.

„Entweder gebe ich dir das Notizbuch, oder ich weigere mich. Wenn ich mich weigere, ist das ein Zeichen dafür, dass ich vor der Wirklichkeit davonlaufe. In diesem Fall hätte ich die Probe verloren und müsste dir – gemäß unserer Abmachung – das Notizbuch geben. Es läuft immer darauf hinaus, dass du das Notizbuch bekommst."

Hel sandte einen Blick zur Höhlendecke und stieß einen Seufzer aus.

„Endlich hat er es begriffen."

Doch Adrian schüttelte den Kopf.

„Es gibt immer eine dritte Möglichkeit. Ich habe sie nur noch nicht gefunden."

„Und ich habe genug von diesem Geschwätz."

Sie hob die skelettierte linke Hand. Wieder verdichtete sich der Rauch der rußenden Fackeln am Rand des Plateaus zu Hels Schattenkriegern. Langsam schlossen sie den Kreis um Adrian.

***

Adrian richtete sich auf. „Die Welt der Götter Asgards und selbst dein Reich verfallen und sind dem Untergang geweiht. Ich glaube nicht, dass das Wasser die Wahrheit gezeigt hat. Es war ein Trugbild, *dein* Trugbild. Vielleicht konnte das Wasser früher die Wahrheit zeigen. Aber unter deinen Händen verlor es seine Kraft und ist nur noch geeignet, deine Gegner zu täuschen und in die Irre zu führen."

Der wahre Spiegel, in dem wir uns erkennen, sind die anderen.

Die Worte seines Vaters ließen ihn an seine Mutter denken, an Alison und auch an Bo. Für einen Augenblick schloss er die Augen, dann rief er mit fester Stimme:

„Ich erkenne das Ergebnis der Probe nicht an!"

Und damit gab er dem Dreibein einen kräftigen Tritt. In der Stille dieses unwirklichen Ortes klang das Scheppern der Silberschale so unnatürlich laut, dass Adrian, halb überrascht von der eignen Entschlossenheit, zusammenzuckte. Das Wasser ergoss sich auf den steinigen Boden und verdampfte wie auf einer heißen Herdplatte.

Hel schrie auf, doch Adrian beachtete sie nicht weiter, sondern sprintete los und ergriff im Laufen den Korb mit den Äpfeln der Idun. Mit dem Korb unter dem Arm stürmte er wie ein Rugby-Spieler mit dem Ball auf die geschlossene Reihe der Nebelkrieger zu, breitschultrige Wesen, denen er nicht einmal bis zur Schulter reichte.

Schon machte er sich auf den Aufprall gefasst, rechnete fest damit, dass sein unsinniger Versuch eines Ausbruchs aus dem Kreis der Krieger hier sein Ende finden würde. Doch statt an dem Wall aus Kriegern abzuprallen, stürzte er einfach durch sie hindurch.

Rauch!

Sie bestanden nur aus Rauch.

Selbst die Krieger, über die Hel gebot, waren nur körperlose Schatten. Und davon hatte er sich einschüchtern lassen! Ihre

Armee war ebenso unwirklich wie die Bilder, mit denen sie ihn aus der Fassung bringen wollte. Ein letztes Mal hatte sie ihn getäuscht. Um ihre Macht stand es nicht besser als um die von Odin und Thor.

Adrian hatte keine Zeit, diesem Gedanken zu folgen. Denn nachdem er durch die Reihen der Krieger gestoßen war, ohne Widerstand zu finden, stolperte er ungebremst auf den Rand des Felsplateaus zu. Zu seinem Glück fiel der Fels an dieser Stelle nicht senkrecht, sondern in einem leichten Bogen ab. Die Füße voran, rutschte er den Abhang mehr hinunter, als dass er fiel. Und doch gelang es ihm nicht, seinen Fall so weit abzubremsen, dass er Kontrolle über sich und – was ihm noch wichtiger erschien – über den Korb bekommen hätte. Auf seinem Weg nach unten stießen seine Füße gegen einen vorstehenden Felsgrat, und in dem Augenblick, als sein Oberkörper nach vorn gerissen wurde und er sich überschlug, riss ihm die Wucht den Korb aus der Hand. Die Äpfel, groß wie Grapefruits, flogen durch die Luft und verließen in der nebeligen Dunkelheit sein Blickfeld.

Die Rutschpartie endete am Fuße des Felsens, unmittelbar vor der Uferlinie. Er verschwendete keinen Gedanken daran, ob er sich verletzt hatte, sondern suchte den schmalen Uferstreifen nach den Äpfeln ab.

Er fand keinen einzigen.

Bei seinem Sturz mussten sie alle in den See gefallen und dort versunken sein. Eine Welle der Niedergeschlagenheit erfasste Adrian und schlug über seinem Kopf zusammen. Er hockte sich ans Ufer und verfiel in dumpfes Brüten. Thor und Odin hatten all ihre Hoffnungen in ihn gesetzt, und jetzt würde er ihnen mit leeren Händen gegenübertreten müssen. Bei diesem Gedanken fiel sein Blick unwillkürlich auf seine vom Sturz zerschundenen Hände. Süßlich-vergorenes Fruchtfleisch klebte an seiner rechten Hand. Als ihm der Korb entglitten war, musste er instinktiv nach einem der Äpfel gegriffen haben, der in seiner Hand wie eine überreife Tomate zerplatzt war. *Das ist alles, was von den Goldenen Äpfeln der Idun übrig geblieben ist.* Er wischte die eklige Masse an seiner Jeans ab. *Aber wer bin ich, dass ich glauben konnte, den Untergang Asgards zu verhindern?*

Erst das Heulen des Wolfes am jenseitigen Ufer erinnerte ihn daran, dass er noch nicht in Sicherheit war. Auf der Felseninsel, im Zentrum von Hels verbliebener Macht, blieb der Runenspruch wirkungslos, hatte sein Vater ihm eingeschärft. Er musste das andere Ufer erreichen.

Adrian raffte sich auf und folgte dem schmalen Uferpfad. Nur eine Handbreit Fels trennte ihn von der schwarzen, spiegelglatten Fläche des Sees. Eine unwillkürliche Abneigung hielt ihn ab, das Wasser auch nur mit der Schuhspitze zu berühren.

Adrian arbeitete sich voran, den Rücken dicht an den Felsen gedrängt, der hier so steil wie eine an die Wand gelehnte Leiter war, während ihn das schwarze Wasser des Sees belauerte. Erst vor wenigen Tagen war er in ähnlicher Weise den Sims des Schulgebäudes entlang geklettert, aus einem Grund, der ihm nun lächerlich erschien. Hier jedenfalls würde keine Feuerwehr kommen, um ihn zu retten.

Endlich erreichte er den Anleger. Adrian atmete durch. Der Kahn lag da, wie er ihn verlassen hatte. Er löste die Vertäuung, sprang hinein und stieß sich ab, aber nicht in Richtung der Uferseite, von der er gekommen war und wo Fenris auf ihn wartete. Nach ein paar Ruderschlägen fand er seinen Rhythmus und strebte dem jenseitigen Ufer zu.

Er hatte fast die Hälfte der Strecke zurückgelegt, als er mit dem Rudern innehielt, um mit einem Blick über die Schulter zu prüfen, ob der Kahn noch immer den Kurs hielt und auf gerader Linie von der Insel dem jenseitigen Ufer zustrebte. Da geriet das flache Gefährt in eine leichte Schieflage. Adrian warf den Kopf herum und sah auf der Backbordseite etwas das Dollbord umklammern.

Eine Hand!

Eine Hand, weiß und aufgequollen wie die einer Wasserleiche. Bläuliche Fingernägel krallten sich in das geteerte Holz, versuchten, das Boot zum Schwanken zu bringen. Eine weitere und noch eine dritte Hand reckten sich aus dem Wasser, verkrallten sich in das Dollbord, bis das Boot Schlagseite hatte. Entsetzt schrie Adrian auf, während er von der Ruderbank aufsprang und fast über Bord gefallen wäre. Unter den Schlägen seines Ruders lösten sich die Hände vom Kahn, der rasch wieder flach im Wasser lag. Sein Puls hatte sich noch nicht beruhigt, als ihn ein Ruck zur anderen Seite fast über Bord geworfen hätte. Immer mehr Hände machten sich nun steuerbord zu schaffen und brachten das Boot in eine solche Schräglage, dass bereits Wasser hineinschwappte. Adrian musste sein ganzes Gewicht auf die andere Bootsseite werfen, damit der Kahn nicht kenterte.

Für einen Augenblick schlug der Kahn zurück. Aber die Hände ließen nicht los. Im Gegenteil, sie nutzten die Bewegung des Zurückschwappens, um den Kahn in ein rhythmisches Schaukeln zu versetzen, das zunahm, bis das Gefährt unweigerlich kentern und Adrian in das eisige Wasser befördern würde.

Lähmendes Entsetzen ergriff ihn bei dem Gedanken, von ungezählten Leichenhänden in die schwarze Tiefe gezogen zu werden, bis die Luft in seinen Lungen brennen würde und er den letzten, verzweifelt angehaltenen Atem ausstoßen würde und eisiges Wasser seine Lungen füllte. Entsetzt dachte er an das kalte Wasser und die unzähligen Arme, die ihn unweigerlich mit sich in die Tiefe reißen würden.

Eines der Ruder war bereits über Bord gegangen. Er brauchte beide Hände, um sich am Bootsrand festzuhalten. Gerade rutschte das andere Ruder dem offenen Wasser zu. Würde er auch dieses verlieren, so würde er niemals das rettende Ufer erreichen. Es gelang ihm, das Ruder mit dem Fuß gegen die Ruderbank zu drücken und so sein Abrutschen ins Wasser zu verhindern, während das Boot unablässig hin- und hergeschaukelt wurde. Adrian versuchte, eine Hand zu lösen, um nach dem Ruder zu greifen. Aber durch die unablässige Bewegung des Kahns hätte er beinahe den Halt verloren. Noch einmal versuchte er, das Ruder zu packen und gleichzeitig so viel Kraft in die andere Hand zu legen, dass sie sein Körpergewicht hielt. Endlich gelang es ihm, das Ruder zu greifen, aber es blieb keine Zeit, sich über den Erfolg zu freuen, denn ein entsetzlicher Kälteschmerz fuhr ihm ins Fußgelenk, und ehe er es sah, wusste er, dass eine der Hände ihn gepackt hatte.

Mit dem Ruder schlug er nun auf sein eigenes Bein ein, verfehlte es, schlug erneut zu und heulte auf vor Schmerz, als das Ruderblatt sein Schienbein traf. Immerhin hatte die Hand sich gelöst, und augenblicklich ließ das schmerzende Gefühl der Eiseskälte an seinem Gelenk nach. Von diesem Erfolg beflügelt, machte sich Adrian daran, auf die anderen Hände einzuschlagen. Je mehr Hände er losschlug, desto mehr nahm das Schaukeln des Bootes ab und er gewann sicheren Halt, um auf die blauweißen Hände einzudreschen.

Plötzlich ließen die Hände den Kahn los, alle gleichzeitig, wie auf Kommando, und sanken zurück in die Tintenschwärze des Sees.

Der Kahn lag nun wieder ruhig im Wasser, aber die Stille hatte so überraschend eingesetzt, dass das Adrenalin unvermindert durch Adrians Körper pumpte. Ein paar Meter neben dem Boot trieb das über Bord gegangene Ruder. Ohne Zeit zu verlieren, stürzte er zum Heck. Mit dem dafür viel zu langen Ruder paddelte er, indem er das Ruderblatt in das schwarze Wasser abwechselnd back- und steuerbord eintauchte wie ein Indianer in einem Kanu, bis er das Ruder erreichte.

Er wagte nicht, in das eiskalte, von verlorenen Seelen nur so wimmelnde Wasser zu greifen, um das Ruder an Bord zu nehmen. Stattdessen hob er es mit dem Ruderblatt des verbliebenen Ruders so weit aus dem Wasser, dass er es gefahrlos greifen und an Bord hieven konnte.

Er nahm seinen Platz in der Mitte des Kahns ein, um mit gleichmäßigen Schlägen seinen Weg fortzusetzen. Da begriff er, warum die Toten ihren Überfall so überraschend abgebrochen hatten. Auf der ansonsten glatten Wasseroberfläche kräuselte sich auf der Backbordseite eine einzelne Welle.

Dicht unter der Wasseroberfläche näherte sich dem Kahn etwas Großes, dessen Anwesenheit er schon während der Fahrt zur Insel gespürt hatte. Sein Herz krampfte sich zusammen, instinktiv wich er einen Schritt zurück, stolperte rücklings über die Ruderbank und fiel auf seinen Hosenboden, der sich mit dem Wasser im Kielraum des Kahns vollsog.

Deshalb also hatten die toten Seelen ihren Angriff so abrupt abgebrochen und waren geflohen. Und deshalb hatte Hel nichts unternommen, um seine Flucht von der Insel zu verhindern. Denn Fenris und Hel waren nicht die einzigen Kinder Lokis gewesen. Es gab noch ein drittes. Ohnmächtig und starr vor Angst sah Adrian mit an, wie sich ihm ein Gegner näherte, den er völlig vergessen hatte, den die Welt vergessen hatte.

KAPITEL FÜNFZEHN

Immer näher kam die Welle und mit ihr das, was seinen Tod wollte. Gischt spritzte auf und ein Schlangenkopf, groß wie ein Konzertflügel, durchbrach die Wasseroberfläche. Fahl glänzte die weiße Haut, aus der im Laufe der Jahrhunderte alle Farbe gewichen war. Adrian hatte sich im Kahn erhoben und starrte auf drei Reihen Zähne, die in der Dunkelheit über ihm glitzerten wie ein Sternbild am Nachthimmel.

Die Midgardschlange!

Einst schleuderte Odin den Weltenfeind ins Meer. In der Tiefe wuchs die Schlange, bis sie alle Länder umspannte und sich selbst in den Schwanz biss, um die Welt mit ihrem Körper zu ersticken. Von den Menschen vergessen wie die Götter Asgards, schrumpfte sie zu einer Seeschlange, immer noch mächtig genug, um ein Boot in Stücke zu reißen. Seit er das erste Mal das Ufer des Sees erblickte, hatte er ihre Gegenwart gespürt. Jetzt sauste der Kopf der Seeschlange herunter, um den Kahn zu zermalmen.

Adrian schloss die Augen.

Die Gewissheit, innerhalb des nächsten Augenblicks zu sterben, ließ Sekundenbruchteile wie Minuten vergehen. Alle Angst verebbte, ein Gefühl unendlicher Leichtigkeit erfasste ihn.

Das Geräusch aufspritzenden Wassers zerschnitt die Stille. Eiskalte Gischt traf ihn und riss ihn in die Wirklichkeit zurück. Die Schlange hatte den Bug knapp verfehlt. Bevor er Zeit fand, sich darüber zu wundern, hatte sein Gegner den Kopf bereits aus den aufgepeitschten Fluten gereckt und begann einen neuen Angriff auf das schwankende Gefährt. Jetzt erst sah Adrian die milchig trüben Augen des Ungeheuers.

Blind!

Die lange Zeit in der Dunkelheit hat sie erblinden lassen. Einen Moment lang kehrte Adrians Zuversicht zurück, da schnappte die Schlange mit ihrem gewaltigen Kiefer in seine Richtung. Er duckte sich rechtzeitig unter dem Maul hinweg und stieß mit einem der Ruder nach der Schlange.

Holz splitterte. Mit messerscharfen Zähnen hatte das Untier den dünneren Teil des Ruderblatts abgetrennt. Fassungslos betrachtete Adrian den nutzlos gewordenen Stumpf in seiner Hand und hätte beinahe das Gleichgewicht verloren. Denn der letzte Angriff hatte dem Kahn einen solchen Stoß versetzt, dass er sich nun um sich selbst drehte wie ein Spielzeugboot in der Badewanne.

Adrian ging in die Hocke, um einen niedrigeren Schwerpunkt zu finden, und bereitete sich auf den nächsten Angriff vor. Er fand die innere Ruhe wieder, die er kurz vor dem ersten Angriff gefühlt hatte. Nun griff die Schlange von der anderen Seite an. Haushoch reckte sie den Hals aus dem Wasser und fuhr mit geöffnetem Maul auf Adrian nieder. Blitzartig richtete er sich auf. Bevor sich die Kiefer um ihn schließen konnten, stieß er der Schlange das halb geborstene Ruder hochkant ins Maul. Das massive englische Eichenholz fand im Unterkiefer seine Stütze, während das obere Ende im Gaumen steckte.

Verwirrt schoss die Schlange über ihn hinweg und tauchte auf der anderen Seite des Kahns ins Wasser. Im Fallen streifte sie das Heck. Steil hob sich der Bug aus dem Wasser. Adrian verlor den Halt und stürzte. Mit einer Hand klammerte er sich an die Ruderbank. Die andere Hand bekam das zweite, unversehrte Ruder zu fassen. Sobald der Kahn in die Waagerechte kam, begann Adrian zu paddeln. Unterdessen peitschte die Schlange das Wasser auf. Verzweifelt versuchte sie, sich von der Maulsperre zu befreien.

Adrenalin pumpte durch seinen Körper, ließ ihn paddeln wie einen Besessenen, um den Abstand zwischen sich und der blinden Midgardschlange zu vergrößern. Er paddelte noch, als der Kahn bereits auf dem knirschenden Kies des Ufers zum Halten kam und das Ruderblatt seinen Widerstand nicht mehr im Wasser, sondern im nassen Sand fand.

Das brachte ihn zur Besinnung. Er sprang an Land und lief ein paar Schritte die Böschung hinauf, bevor er sich zu Boden sinken ließ und auf dem Rücken liegend nach Atem rang.

Ehe sein pochendes Herz sich beruhigt hatte, versetzte ihn Wolfsgeheul erneut in Schrecken.

Fenris.

Und ganz nahe. Er musste den See umrundet haben, um auf Adrians Fährte zu bleiben. Fenris' Geschwister, Hel und die Midgardschlange, waren nicht in der Lage gewesen, Adrian aufzuhalten. Nun wollte der Wolf das beenden, was er begonnen hatte.

Adrian beschloss, hier und jetzt mit dem Runenspruch ein Portal in die Oberwelt zu öffnen. Hoffentlich wirkte der Zauber auch in die andere Richtung. Er griff in die Gesäßtasche, um das Notizbuch hervorzuziehen, und fasste ins Leere. Hektisch suchte er die anderen Hosentaschen ab und hatte fast augenblicklich Gewissheit:

Das Notizbuch war fort!

Beim Kampf mit der Midgardschlange musste es ihm aus der Tasche gerutscht sein. Er stürzte zurück zum Kahn.

Im Kielraum des Hecks, aufgeschlagen und mit den Seiten nach unten, trieb das Notizbuch in dem Wasser, das sich dort gesammelt hatte. Mit einer bösen Vorahnung fischte er es heraus und suchte die entscheidende Seite.

Die mit Tinte geschriebenen Runen liefen in dunklen Tropfen die Seite hinab wie Wimperntusche im Regen. Vorsichtig betupfte er die Seite mit dem Ärmel. Damit machte er es nur schlimmer. Die uralten Buchstaben waren unrettbar verloren.

Er biss sich auf die Lippen vor Wut und schleuderte die nutzlose Kladde in die Dunkelheit.

In der Ferne heulte der Wolf.

***

Die Landschaft auf dieser Seite des Ufers unterschied sich nicht von der auf der anderen Seite, felsiges Bergland ohne Vegetation. Und über allem lag ein undurchdringliches Halbdunkel, das die sichtbare Welt ins Unwirkliche entrückte. Erschöpft setzte Adrian einen Fuß vor den anderen. Erst das erneute Aufheulen des Wolfes, jetzt deutlich näher, ließ ihn in einen leichten Trab fallen. Endlich begann er zu rennen.

Um Fenris abzuschütteln, hätte er in der Oberwelt nur einen Menschenauflauf suchen oder verursachen müssen, so wie in Manchester. Aber hier galten die Regeln seines Verfolgers.

Fenris' rauchige Stimme ertönte in seinem Kopf.

„Erinnerst du dich, wie ich dir sagte, dass ich dich als Letzten töten würde? Nun, ich habe gelogen. Du bist jetzt dran. Und dann nehme ich mir deine Mutter und deine Freundin vor."

Heiße Wut stieg in Adrian auf.

„Das lasse ich nicht zu!"

Seine Stimme zitterte vor Erregung.

Der Wolf antwortete mit einem höhnischen Lachen. Adrian sah sich um, ohne ihn in der Dunkelheit zu entdecken. Es blieb ihm keine andere Wahl, als Fenris auf Distanz zu halten. Nur dann würde sein Plan aufgehen.

Bereits von Weitem hörte er das Rauschen und Gurgeln fließenden Wassers. Kurz vor ihrem Abschied hatte sein Vater ihm diesen Teil der Unterwelt beschrieben.

Gjöll, der Fluss der Unterwelt.

Er trennte die Welt der Toten von der Welt der Lebenden. Hoffnung flackerte in Adrian auf, bis er keuchend das Ufer erreichte. Schwimmend ließ sich der Fluss nicht überqueren, die Strömung hätte ihn unweigerlich fortgerissen. Aber der Sage nach schwang sich eine Brücke über das reißende Wasser.

Folge dem Fluss stromaufwärts, hatte sein Vater ihm eingeschärft. Adrian hetzte den Uferpfad entlang. Seine Muskeln protestierten gegen die Anstrengung, die er ihnen zumutete. Jeder Atemzug schmerzte in der Lunge. Der Fluss beschrieb eine Biegung. Dahinter erkannte er eine Holzkonstruktion in der Dunkelheit.

Die Gjöllbrücke.

Endlich!

Sein Herz klopfte vor Anstrengung und Aufregung. Er wagte einen Schritt auf die morschen Bohlen, und sie hielten seinem Gewicht stand. Einige Bohlen waren schon vor langer Zeit herausgebrochen und von der Strömung mitgerissen worden. Je weiter er sich vorarbeitete, desto größere Lücken klafften vor seinen Füßen. Hinter ihm funkelten zwei bernsteinfarbene Punkte.

„Hast du nichts gelernt, mein Junge? Du kannst nicht davonlaufen! Du zögerst nur das Unvermeidliche hinaus."

Adrian biss die Zähne zusammen. *Wart's nur ab.*

In der Mitte der Brücke fehlten mehr als ein halbes Dutzend Bohlen. Unten schäumte das schwarze Band des Flusses in der Dunkelheit. Adrian schätzte die Zeit, die er brauchen würde, um auf einem der beiden freiliegenden Querbalken balancierend die andere Seite zu erreichen, und verwarf den Gedanken sogleich. Er biss sich auf die Lippe, nahm einen kleinen Anlauf und setzte zum Sprung an.

Beim Aufprall auf der anderen Seite brach die Bohle unter ihm zusammen. Holz splitterte, er verlor das Gleichgewicht und rutschte ab. Für einen Moment setzte sein Herz aus.

Das war's!

Verzweifelt klammerte er sich an die nächste, unversehrte Bohle, krallte die Fingernägel in das morsche Holz, bis sie bluteten. Seine Beine strampelten in der Luft. Unter ihm dröhnte der Fluss. Lange würde er sich nicht halten können. Für einen Moment schloss er die Augen. Er dachte an Alison, dachte an den Kuss vor ihrem Abschied. *Nein, so darf es nicht enden. Ich komme hier raus!* Da gelang es ihm, ein Bein in die Höhe zu schwingen. Sein Fuß fand auf der Brücke Halt. Adrian zog sich hinauf und blieb einen kurzen Moment auf dem Rücken liegen. Aber es blieb ihm keine Zeit, sich vom Schrecken und der Anstrengung zu erholen. Mit zitternden Knien bewältigte er den Rest der Brücke.

„Glaubst du wirklich, du könntest vor mir davonlaufen, wenn ich das nicht gewollt hätte? Ich hätte dich jederzeit töten können. Aber ich habe andere Pläne mit dir."

Adrian zwang sich, ruhig zu atmen, bis das Klopfen in seinem Hals nachließ. Er brauchte einen kühlen Kopf, um den Pfad zu finden, den sein Vater ihm beschrieben hatte. Die Landschaft stieg steil an. Zerborstene, ausgezackte Felswände ragten in die Dunkelheit. Er machte sich an den Aufstieg. Trotz der Anstrengung gab ihm die Aussicht neuen Mut, mit jedem Schritt der Oberwelt ein Stück näherzukommen.

Ein rascher Blick über die Schulter bestätigte, was er befürchtet hatte: Fenris überquerte die Brücke mit wenigen Sprüngen, während zerberstende Bohlen hinter ihm in den tosenden Fluss stürzten.

„Meine Erwartungen hast du jedenfalls weit übertroffen. Du hast nicht nur den Runenspruch getilgt und es den Eidbrechern Asgards unmöglich gemacht, meine Geschwister und mich hier unten zu belästigen. Nein, du hast sogar die letzten Äpfel der Idun vernichtet!“

Ein wölfisches Lachen ertönte.

Unbeirrt stürmte Adrian weiter den Pfad hinauf, der sich dicht an die Bergflanke schmiegte.

In der Ferne erhoben sich weitere Bergspitzen. Alles andere lag im Dunkel wie der Raum zwischen den Sternen. Wäre die Finsternis nicht so vollkommen gewesen, er hätte schwören können, die gleiche Szenerie zu durcheilen, wie er sie unzählige Male in dem Albtraum erlebt hatte, in dem Fenris den Wagen seines Vaters von der Straße abgedrängt hatte.

Hel selbst hatte ihm mit dem Blick ins Wasser des Mimir ungewollt die Waffe gegen ihren Bruder in die Hand gegeben. Er musste sich der Angst stellen, dem Grauen ins Gesicht sehen.

Bleib stehen, befahl er sich, doch seine Beine rannten und der Atem rasselte in seiner Lunge. Endlich folgte der Körper seinem Willen. Gerade rechtzeitig, denn an einer Passkehre gähnte jenseits der Steilkante die unauslotbare Tiefe eines Abgrunds.

Dreh dich um! Sieh ihn an!

Erschöpft stützte Adrian die Hände auf die Knie. Obwohl sein Atem stoßweise ging, fühlte er eine tiefe innere Ruhe. Gleich würde es vorbei sein. Fenris holte rasch auf und war nur noch wenige Meter entfernt. Das Untier hielt inne, als es sah, dass seine Beute scheinbar aufgegeben hatte und nicht weiter fliehen würde.

„Ein nützliches Werkzeug unserer Rache warst du. Dank deiner Hilfe werden die Götter Asgards untergehen. Aber jetzt hast du deine Aufgabe erfüllt."

Die gelb glühenden Augen verengten sich zu Schlitzen.

„Mach dich bereit."

Augenblicke dehnten sich wie in Zeitlupe, bis der Wolf zum Sprung ansetzte. Zeitgleich warf sich Adrian auf den steinigen Boden. Er fühlte den Lufthauch, als Fenris über ihn hinwegsauste und kurz vor dem Abgrund landete. Aber es gelang dem Wolf nicht, den Schwung abzubremsen. Fenris rutschte über die Kante und stürzte mit einem gellenden Geheul in den Höllenschlund des Abgrunds.

Während das Geheul in der unergründlichen Dunkelheit verklang, dachte Adrian daran, wie sein Vater hatte sterben müssen, und an all das Leid, das Fenris über ihn und seine Familie gebracht hatte. Das Untier hatte ihn gehetzt, durch seine Träume, durch die Straßen Manchesters und Londons und nun hier, an diesem Ort des Grauens. Endlich war Schluss damit. *Kraft ohne Einsicht zerschellt an der eigenen Wucht.*

***

Seit einer Ewigkeit stolperte er durch eine lichtlose Welt. Bei einer Nacht im Gebirge mischten sich gewöhnlich die Grautöne. Hier aber erwies sich die Finsternis als absolut, schwarz wie Teer. Nicht die geringsten Konturen ließen sich unterscheiden, weder dort, wo er den Horizont vermutete, noch sah er die eigene Hand vor Augen.

Längst hatte er jedes Zeitgefühl verloren und konzentrierte sich darauf, die schwerer werdenden Beine zu heben und einen Fuß vor den anderen zu setzen. Zu gern hätte er eine Pause gemacht, nur ganz kurz ausgeruht. Aber sein Vater hatte ihn gewarnt, hier zu schlafen oder etwas zu essen, da er sonst an die Unterwelt gebunden bleiben und niemals ans Tageslicht zurückkehren würde.

Das Tageslicht.

Er versuchte, den Gedanken in seinem müden Geist festzuhalten, um sich an ihm wie an einem Geländer nach oben zu ziehen. Mit hängenden Schultern schlurfte er weiter, längst in einem dumpfen Dämmerzustand, in dem sich seine Beine quälend langsam, seiner willentlichen Kontrolle entzogen, wie von selbst bewegten. Ganz so, als ob sie wussten, dass sie von ihm keine Unterstützung mehr erhoffen durften und dass es allein an ihnen lag, sich und ihn aus dieser Welt zu bringen.

Es ist vorbei! Dad ist erlöst und Fenris tot. Keine Gefahr mehr für Mum und Alison. Aber die Äpfel der Idun sind verloren, Thor und sein Vater werden vergehen. Er kam sich schäbig vor. Für seine Familie hatte er das Beste herausgeholt, aber die beiden Götter Asgards hatte er im Stich gelassen. Wie sollte er Thor mit leeren Händen gegenübertreten? Wenn es nur einen Weg gäbe, die beiden zu retten.

Mechanisch und wie losgelöst von seinem Körper trugen ihn seine Füße voran. Nach einer Weile wich die Erschöpfung einer Hochstimmung, die ihn die schmerzenden Muskeln nicht mehr fühlen ließ. Hin und wieder erschienen ihm wie im Fieberwahn sein Vater und seine Mutter, Thor und Hugin, Bo und Alison. Sie sprachen mit ihm und er hörte sich antworten, wusste aber im nächsten Moment nicht mehr, was er gesagt hatte, verhaspelte und wiederholte sich, bis er begriff, dass seine Gesprächspartner nicht real waren.

Ein plötzlicher Schlag gegen die Schulter ließ ihn herumwirbeln und kurz zu Bewusstsein kommen. Sein Puls beschleunigte sich, als er wie ein Blinder in der Dunkelheit nach dem tastete, was er angerempelt hatte.

Fels, nackter Fels.

Noch immer führte ihn der Weg bergan, aber anscheinend befand er sich in einer Art Tunnel. Seine Zuversicht wuchs und gab ihm neue Kraft. Schwer atmend beschleunigte er seine Schritte, sich an der Wand entlangtastend. Je steiler der Weg ihn nach oben führte, desto schmaler wurde der Tunnel, dessen Wände er zunächst mit ausgestreckten Armen zu beiden Seiten ertastete, bis er sich auf Schulterbreite verengte.

Plötzlich schloss sich der Tunnel. Doch Adrian wollte nicht glauben, dass seine Flucht hier enden sollte. Aus einer Öffnung in der Höhlendecke gähnte ihn die Finsternis an. Die gezackten Felswände boten kleine Vorsprünge, an denen er sich in die Höhe arbeitete. Steil und eng wie in einem Kaminschlot ging es in die Höhe. Stück für Stück stemmte er sich nach oben, bis er endlich den Rand der Öffnung erreicht hatte und sich mit schwindenden Kräften seitlich auf den Boden rollte.

Ein dünner Streifen weißen Lichts glomm in der Dunkelheit. Die Welt um ihn herum begann sich zu drehen, drehte sich schneller und schneller, dann entglitt ihm das Bewusstsein.

KAPITEL SECHZEHN

Alison trat blinzelnd aus dem Zug. Grelles Kunstlicht flutete die weitläufige Halle des Hauptbahnhofes von Manchester. Sie ließ die anderen Fahrgäste an sich vorbeiströmen, die es offenbar eilig hatten, nach Hause oder in ihr Hotelzimmer zu kommen. Während der gesamten Zugfahrt hatte sie über Adrians merkwürdiges Verhalten nachgedacht. Er mochte sie, daran zweifelte sie keinen Augenblick, aber gleichzeitig stieß er sie von sich. Wie sollte sie ihm helfen, wenn er ihr nicht sagte, in was für eine Sache er verstrickt war? Sie hatte seine Angst gespürt, ihr könnte etwas passieren. Nur deshalb hatte sie sich darauf eingelassen, nach Manchester zurückzukehren.

Das polternde Geräusch von Rollkoffern, die über Betonboden gezogen wurden, war längst verklungen. Reinigungspersonal lief inzwischen durch die Waggons und sammelte die Hinterlassenschaften der Fahrgäste ein. Noch immer stand Alison unschlüssig auf dem Bahnsteig, verlassen bis auf einen alten Obdachlosen, dessen Blick suchend in alle Richtungen schweifte. Er trug einen viel zu großen Hut und war in eine Decke oder einen Umhang gewickelt.

Zögernd setzte sie sich Richtung Ausgang in Bewegung. Sie dachte an das letzte Telefonat mit Adrians Mutter. Mrs. Blackwell war nicht davon abzubringen gewesen, ihren Sohn in London zu suchen, hatte aber Alison darin bestärkt, nach Hause zurückzukehren. Schließlich war morgen Schule. *Schule!* Als ob das wichtig wäre. In diesem Moment begriff sie, dass sie einen Fehler gemacht hatte. Sie hätte sich nicht einfach so abwimmeln lassen sollen. Sie biss sich auf die Unterlippe.

Der obdachlose Greis blickte nun in ihre Richtung. Mit seinem Pappschild vor der Brust sah er aus wie die Parodie eines Chauffeurs, der am Ankunftsterminal des Flughafens seinen Fahrgast erwartete. Der Alte starrte sie erwartungsvoll an. Das narbige, einäugige Gesicht erschreckte sie. Jetzt war sie nah genug, um zu lesen, was auf dem Schild stand. Es war nicht die Bitte um ein wenig Kleingeld, die dort in seltsam gezackten Buchstaben stand, sondern ihr Name: *Alison Hooper.*

Ihr erstaunter Gesichtsausdruck schien dem Alten zu bestätigen, die richtige Person gefunden zu haben. Nun hielt er das Pappschild weit von sich, wie jemand, der seine Lesebrille vergessen hatte, und blinzelte auf die Schrift.

„Alison Hooper?", fragte er und wechselte den Blick zwischen Schild und ihr hin und her, wie ein Zollbeamter, der ein Passbild mit dem lebenden Original vergleicht.

Sprachlos vor Staunen nickte sie.

Da hob der Alte mahnend den Zeigefinger, als wollte er zu einer längeren Rede ansetzen.

„Du sollst …", begann er mit einer Stimme wie fernes Gewittergrollen.

Doch dann hielt er inne und ein Faltengebirge türmte sich auf seiner Stirn auf. Er ließ den Finger sinken und raufte sich stattdessen eine Weile den langen, grauen Bart. Sein Unterkiefer mahlte vor unterdrückter Wut.

„Ich hab's vergessen."

Seine Stimme klang jetzt hohl und müde. Alle Spannung wich aus seinem Körper, wie die Luft aus einem Ballon. Er schüttelte den Kopf und ließ die Schultern hängen. Da trat plötzlich das Leuchten einer Erinnerung in sein verbliebenes Auge. Mit einer Geschwindigkeit, die sie dem Alten nicht zugetraut hätte, hob er den rechten Arm und schnippte ihr den Zeigefinger gegen die Stirn.

Alison fuhr erschrocken zurück. Die Berührung hatte nicht wehgetan, aber vor ihren Augen regnete es Funken. Ein paar Sekunden schien der Alte sie aufmerksam zu beobachten. Er lächelte befriedigt und verschwand. Nicht dass er sich umgedreht und langsam weggeschlendert wäre. Nein, er löste sich ganz einfach in Luft auf. Als hätte man einen Fernseher ausgeschaltet.

Noch bevor sie sich von dem Schock erholt hatte, landete ein großer Rabe zu ihren Füßen.

Seine Krallen verursachten ein kratzendes Geräusch auf den Betonplatten, während er sein Gefieder ordnete und sie mit schief gelegtem Kopf betrachtete.

„Hör mir genau zu! Es geht um Adrian und uns bleibt nicht viel Zeit."

Alison fiel die Kinnlade herab.

***

Adrian wusste nicht, wie lange er geschlafen hatte, aber noch immer umschloss ihn vollkommene Finsternis. Seine Muskeln schmerzten von der Anstrengung des Aufstiegs und von der Kälte des Steinbodens, auf dem er lag. Ein modriger Geruch lag in der Luft. Auf allen vieren tastete er sich voran.

Eine Wand!

Ich bin in einem Raum!

An die Wand gestützt, richtete er sich auf und entdeckte den feinen Streifen silbernen Mondlichts, den er vor seiner

Ohnmacht gesehen hatte. Er schien durch den Spalt einer zweiflügeligen Tür.

Vergeblich tastete Adrian nach einer Türklinke. Schließlich wich er ein paar Schritte zurück, um Anlauf zu nehmen, und prallte sofort an die Rückwand des winzigen Raumes. Der erste Versuch, die Tür einzurennen, endete mit einer schmerzenden Schulter. Aber die morsche Holztür schien ein wenig nachgegeben zu haben, und so wagte er einen zweiten Versuch. Mit kreischenden Angeln flog die Tür auf und Adrian stürzte in taunasses Gras.

Durch die zerrissene Wolkendecke beleuchtete der Mond monumentale steinerne Grabkreuze, viktorianische Engelsfiguren in Lebensgröße und halb verfallene Mausoleen, zwischen denen kniehohe Farnkräuter wucherten.

Ein Friedhof, ich bin auf einem alten Friedhof.

Feuchtes Laub bedeckte den Rasen und durchnässte seine Kleidung. Adrian erhob sich. Der Raum, dessen Tür er gesprengt hatte, erwies sich als eines der baufälligen Mausoleen. Doch er hatte im Reich des Todes zu viel erlebt, um sich auf einem nächtlichen Friedhof zu ängstigen. Und so war es nur die kalte Nachtluft, die ihn frösteln ließ.

Nach einer Weile fand er eine niedrige Stelle an der Friedhofsmauer und kletterte darüber. Die Straßenlaternen warfen kaltes Licht auf eine baumbestandene, menschenleere Straße mit geschlossenen Ladengeschäften und Imbiss-Restaurants sowie ein paar Wohnblocks, in denen nur wenige Fenster erleuchtet waren. Ein Taxi raste an ihm vorbei und ignorierte seine Versuche, es anzuhalten.

Adrian folgte der Hauptstraße, bis er an einer Kreuzung auf die Ziegelfassade eines für die Nacht vergitterten Bahnhofs stieß: *West Brompton.*

Er befand sich also noch immer im Stadtgebiet von London, wenn auch etwas außerhalb. Anscheinend galten in der Unterwelt andere Gesetze von Zeit und Raum. Endlose Weiten hatte er dort unten durchwandert. Und nun erreichte er, nur ein paar Meilen von seinem Ausgangspunkt im Stadtzentrum entfernt, wieder das Tageslicht. In Gedanken strich er das letzte Wort durch. Immerhin verbreiteten Mond und Straßenlaternen eine Helligkeit, von der er in den letzten Stunden nur träumen konnte.

Er wollte endlich nach Hause, ganz gleich wie, notfalls per Anhalter. Und er wollte Alisons Stimme hören, wollte ihre Hand halten, die sich so warm und weich anfühlte. Doch um diese späte Stunde befuhren nur wenige Lieferwagen die Hauptverkehrsachse. Niemand beachtete seinen ausgestreckten Daumen. Er erinnerte sich, an einer Bushaltestelle vorbeigekommen zu sein. Aber so weit draußen fuhren keine Nachtbusse und auf den von Sadisten konstruierten Schalensitzen der Haltestelle war an Schlaf nicht zu denken.

Knatternder Motorenlärm zerriss die nächtliche Stille. Er wandte sich um. Die Scheinwerfer dreier Motorräder näherten sich mit hoher Geschwindigkeit. Im Näherkommen erkannte er aufgemotzte *Chopper,* wie aus einem amerikanischen Endzeitfilm. Lederfransen an den Griffen, nietenbesetzte Satteltaschen, sogar ein echter Totenschädel prangte auf der Lenkstange der vorderen Maschine.

Adrian wich ein paar Schritte in den Schatten der Friedhofsmauer zurück, aber die drei mussten ihn bereits gesehen haben, denn sie verlangsamten ihr Tempo und steuerten auf ihn zu. Eine der Maschinen hielt in einiger Entfernung auf dem Fußweg vor ihm, die andere überholte ihn und blockierte den Fußweg hinter ihm. Der dritte Fahrer stoppte sein Motorrad unmittelbar am Straßenrand.

Adrian atmete tief durch. Dem Muskelpaket in schwarzem Leder, das jetzt seine Maschine ausschaltete und abstieg, hatte er wenig entgegenzusetzen.

Aber er war nicht durch das halbe Reich des Todes gestiefelt, um sich jetzt von einer Motorradbande einschüchtern zu lassen. Er richtete sich auf.

„Ich habe kein Geld, kein Handy und will einfach nur nach Hause."

„Adrian Blackwell?", fragte die Stimme unter dem Helm.

„Woher …"

Der Riese nahm seinen Helm ab und schüttelte einen strohblonden Kornährenzopf daraus hervor. Erst jetzt bemerkte Adrian, dass die Gestalt in der schwarzen Lederkleidung trotz der Muskeln eine Frau war.

„Wir sollen dich zu Thor bringen. Aber wo bleiben meine Manieren? Ich heiße Edda. Die beiden anderen sind Rista und Mista."

Adrian klappte der Unterkiefer herunter.

„Thor? Warum kommt er nicht selbst? Und warum schickt er …" Er suchte nach einem Wort, das sie ihm nicht als beleidigend auslegen konnten.

„Walküren", half Edda ihm lachend aus und machte sich an den nietenbesetzten Satteltaschen ihrer Maschine zu schaffen.

„Walküren?", wiederholte Adrian ungläubig. In seiner Fantasie preschten die drei Frauen auf ungesattelten Pferden mit Speeren, Rundschilden und gehörnten Helmen über ein vorzeitliches Schlachtfeld, während eine Armee bis an die Zähne bewaffneter Krieger in Panik vor ihnen auseinanderstob.

„Aber …"

„Das erklären wir dir später. Steig auf."

Und damit hielt sie ihm einen Motorradhelm und eine viel zu große Lederjacke hin. Er dachte daran, wie er die Äpfel der Idun verloren hatte, und ließ den Kopf hängen.

„Sagt Thor, dass ich nichts für ihn habe."

Edda stieß ihm so unerwartet den Helm in den Magen, dass Adrian die Luft wegblieb.

„Sag's ihm selbst."

„Nein!"

Wie einen Basketball passte Adrian den Helm aus der Hüfte zurück. Sie fing ihn mit leichter Hand und trat dicht an Adrian heran.

„Wie bitte?"

In ihrer Stimme lag ein bedrohlicher Unterton. An Widerworte schien sie nicht gewöhnt zu sein. Seine Augen brannten vor Müdigkeit. Er wollte nicht, dass sie seine Tränen als Schwäche missdeutete.

„Ich hab`s satt, mich von euch allen herumschubsen zu lassen. Wenn ihr was von mir wollt, dann machen wir vorher einen Abstecher."

Edda blies die Backen auf, schob den Lederhandschuh Richtung Handgelenk und sah auf ihre Armbanduhr.

„Solange wir vor Morgengrauen am Treffpunkt sind."

„Treffpunkt?"

„Wart's ab. Also, wohin geht die Reise?"

***

Edda lachte. „Na, du musst dich schon festhalten."

Zögernd schlag Adrian die Arme um ihre Taille. Es dauerte weniger als fünf Sekunden, bis er bereute, sich auf den Walkürenritt eingelassen zu haben. Denn so lange brauchte Edda, um die Maschine von null auf gefühlte hundert Meilen die Stunde zu beschleunigen. Wie ein Pfeil von der Bogensehne schnellten die Maschinen unter lautem Geknatter durch die leeren Vorortstraßen. Straßenlaternen huschten in dichter Folge vorbei. Mit halsbrecherischer Geschwindigkeit überholten sie die wenigen Taxis und Lieferwagen, die zu dieser frühen Stunde unterwegs waren.

Der Fahrtwind ließ seine Hosenbeine flattern. Adrian klammerte sich an der Walküre fest und schloss die Augen. Minuten vergingen wie Stunden. Endlich verlangsamte Edda das Tempo.

Sie bogen in die *Surrey Street* ein und hielten vor dem Torbogen zum römischen Bad. Mit wackeligen Knien kletterte Adrian von der Maschine und reichte Edda den Helm. Aus dem Schatten des Eingangs trat Bo und rieb sich die verschlafenen Augen.

„Du meine Güte!"

„Du kannst sie sehen?"

„Vor allem kann ich sie hören. Wie der Rest der Nachbarschaft." Bo schüttelte missbilligend den Kopf. „Dich wird man einfach nicht los, oder?"

Mit verschränkten Armen sah sie ihn an, als erwarte sie eine Erklärung.

Adrian räusperte sich und wusste nicht so recht, wohin mit seinen Händen.

„Ich bin hier, um mich zu entschuldigen. Ich hatte kein Recht, so mit dir zu reden. Es tut mir leid."

Ihre Zornesfalte auf der Stirn glättete sich ein wenig.

„Und mir tut es leid, dass ich an dir herumpsychologisiert habe."

Sie schwiegen.

Edda startete bereits den Motor, Rista und Mista taten es ihr gleich. Bo sah ihn erwartungsvoll an.

„War's das?"

„Ich schätze schon. Wie geht es jetzt bei dir weiter?"

„Keine Ahnung. Aber ich denke über das nach, was du mir an den Kopf geworfen hast."

Ein Lächeln huschte über ihr Gesicht.

Edda tippte auf das Handgelenk, an dem sie ihre Armbanduhr trug. Durch das offene Visier ihres Helms warf sie ihm einen ungeduldigen Blick zu. Adrian setzte den Helm wieder auf und kletterte auf die Maschine. Er dachte an die Watkins von nebenan und an Dean, der jetzt in Birmingham studierte. Über den Motorenlärm hinweg rief er:

„Wenn du es noch mal mit einer Pflegefamilie versuchen willst, bei unseren Nachbarn ist gerade ein Platz frei geworden. Und meine Schule ist auch nicht so übel."

„Wir beide als Nachbarn?" Bo lachte. „Dich wird man wirklich nicht los. Was würde deine Freundin dazu sagen?"

Meine Freundin, dachte Adrian. *Wie das klingt. Gar nicht so schlecht.* Laut sagte er:

„Wie ich sie kenne, würde sie dir helfen, neue Freunde an unserer Schule zu finden."

Bos Gesicht wurde ernst. „Das ist echt nett von dir, aber auf mich warten Neuseeland und die Wale."

Sie hob zum Abschied den Arm.

***

Im Höllentempo rasten die drei Motorräder durch die Nacht. Adrian hielt Eddas Taille fest umschlungen. Hin und wieder fielen ihm die Augen zu. Er kämpfte gegen die Müdigkeit an, die ihn zu überwältigen drohte. Ein Sturz bei dieser Geschwindigkeit und es wäre um ihn geschehen.

Nachdem sie die grauen Vororte Londons hinter sich gelassen hatten, steuerten die drei Maschinen eine Autobahntankstelle an. Sie hielten an den Zapfsäulen. Adrians verkrampfter Körper entspannte sich ein wenig.

Sie waren die einzigen Kunden. Edda verschwand im Tankstellen-Shop. Durch die Glasfront bemerkte er den verunsicherten Blick des Kassierers beim Eintreten der Walküre.

Rista und Mista nahmen schweigend die Helme ab und machten sich daran, die Maschinen aufzutanken. Anders als Edda trugen sie eine zum Motorradhelm passende Kurzhaarfrisur. Adrian blies in seine eiskalten Hände.

„Wohin fahren wir eigentlich?"

Die beiden würdigten ihn keines Blickes, sondern starrten ohne ein Wort der Erwiderung auf das rasch klickende Zählwerk der Zapfsäulen, während sich die Tanks ihrer Maschinen füllten.

Er seufzte und fragte sich, wie Thor die Nachricht von seinem Versagen aufnehmen würde. Ob er jähzornig toben oder sich einfach nur enttäuscht abwenden würde? Adrian hätte nicht zu sagen vermocht, welche der beiden Reaktionen ihm unangenehmer gewesen wäre.

Edda brachte einen Armvoll Sandwiches, Chips-Tüten und Kaffeebecher mit und verteilte sie. Anscheinend bemerkte sie seinen überraschten Blick.

„Wir sind keine Götter, wir essen die Nahrung Midgards."

Adrian wärmte seine Hände an dem dampfenden Kaffeebecher.

„Seid ihr deshalb für Sterbliche sichtbar?"

Die beiden anderen Walküren zogen sich mit ihrem Anteil an den Vorräten zu ihren Maschinen zurück. Edda öffnete eine Sandwichverpackung.

„Oh, wir *sind* sterblich!"

Adrian nahm das Sandwich, das Edda für ihn auf die Zapfsäule gelegt hatte.

„Bevor wir Asgard den Rücken gekehrt haben", begann sie kauend, „waren wir Walküren. Das war lange, bevor die Welt der Asengötter in Trümmern versank und der alte Zausel Odin Verstand und Gedächtnis zu verlieren begann. Wir hatten es satt, in Walhall einer Horde betrunkener Raufbolde Bier und Met zu servieren. Der Alte hat nun keine Macht mehr über uns. In dieser Welt haben wir die Freiheit, das zu tun, was wir wollen. Wir sind zwar nicht mehr unsterblich, aber dafür altern wir sehr, sehr langsam."

Sie lachte hell und glockenklar.

Adrian fragte sich, wie alt sie bei ihrem Fahrstil werden mochten, behielt den Gedanken aber für sich.

„Und was macht ihr mit eurer Freiheit?"

Edda öffnete eine Chips-Tüte und zuckte die breiten Schultern.

„Wir arbeiten als Lageristinnen in einem schwedischen Möbelhaus."

Er sah sie fassungslos an.

Dann prustete er los.

Sie boxte ihm freundschaftlich an die Schulter. „Hey, das ist ehrlich verdientes Geld. Und der Job ist interessanter, als du glaubst."

„Tut mir leid. Du musst es ja wissen."

Er sah auf den ölfleckigen Betonboden.

„Hör mal, könnt ihr mich nicht an einer Bushaltestelle oder einem Bahnhof absetzen? Ich will nach Hause. Was Thor will, habe ich unterwegs verloren. Sagt ihm, es täte mir leid und …"

Edda schüttelte den Kopf, wobei ihr der Zopf über die Schultern peitschte.

„Wie ich schon sagte, das musst du ihm selbst sagen."

Sie hatte recht. Er würde Thor gegenübertreten und die Verantwortung übernehmen.

„Könntest du wenigstens ein wenig langsamer fahren?"

Sie tat es nicht.

***

Alison trat aus dem menschenleeren Waggon auf den nicht weniger verlassenen Kleinstadtbahnhof. Kalte Nachtluft empfing sie. Sie zog den Reißverschluss ihrer Jacke bis zum Kinn hoch und schob den Gedanken an den Ärger beiseite, den sie zu Hause bekommen würde.

Adrian brauchte sie jetzt.

Das hatte ihr der sprechende Rabe gesagt. *Ein sprechender Rabe!* Wie war das möglich? Sie konnte es noch immer nicht fassen. In was war Adrian da hineingeraten? Der Rabe hatte ihr verraten, wo sie Adrian treffen würde. Genau sieben Minuten hatte sie Zeit gehabt, um den letzten Zug nach Salisbury zu erreichen. Aber sie hatte keine sieben Sekunden gebraucht, um zu entscheiden, dass sie ihn nehmen würde.

Vor dem alten Backsteingebäude des Bahnhofs gab es zwar einen Taxistand, aber keine Taxis. Die Busse würden erst morgen früh wieder fahren, wie ihr ein Blick auf den Fahrplan an der Haltestelle verriet. Mit vor Kälte steifen Fingern nahm sie das Handy aus der Jackentasche. Sie ließ sich eine Route von ihrem Standort zu dem Treffpunkt berechnen, den der Rabe ihr genannt hatte. Dann machte sie sich auf den Weg.

***

Diesmal dauerte es länger, bis die drei Maschinen eine Ausfahrt ansteuerten. Adrian rutschte mehr vom Sattel, als dass er abstieg, und schüttelte die vor Anspannung und Kälte steifen Glieder. Er nahm den Helm ab und warf ihn Edda zu.

Eine Landstraße im Nirgendwo.

Hinter einem Weidezaun lag feiner, grauer Nebel über der ansteigenden Grasfläche. Im Osten färbte sich der Himmel violett-orange. Da riss der Nebel auf und Adrian sah, wohin ihn die Walküren gebracht hatten.

„Stonehenge? Warum ausgerechnet *Stonehenge?"*

Edda hatte den Motor nicht abgeschaltet und machte auch sonst keine Anstalten abzusteigen. Stattdessen klappte sie das Visier hoch.

„Thors Kräfte schwinden. Er braucht die Energie dieses Ortes, um ein letztes Mal in Midgard erscheinen zu können."

Nach dieser Aussage fühlte er sich nicht unbedingt besser.

„Sollen wir auf dich warten und dich später irgendwo absetzen?"

Adrian grinste spöttisch. „Fordern wir das Schicksal nicht heraus."

Edda lachte über den Motorenlärm hinweg. Adrian setzte an, sich bei ihr und den beiden anderen für die Eskorte zu bedanken, doch Edda unterbrach ihn.

„Bedank dich nicht bei uns. Es war Thor, dem wir noch einen Gefallen schuldeten. Aber jetzt sind wir quitt. Uns geht das alles nichts mehr an."

Die drei wendeten ihre Maschinen. Edda warf ihm noch einen Blick über die Schulter zu. „Und viel Glück mit dem Mädchen."

Irritiert hielt er inne.

„Woher …"

„Am Ende gibt es für den Helden immer ein Mädchen, oder nicht?"

Er sah ihnen nach, bis die drei roten Punkte ihrer Rücklichter in der Ferne hinter einer Hügelkuppe verschwanden.

***

Er kletterte über den Weidezaun und stiefelte fröstelnd durch taunasses Gras. Immerhin hatten sie ihm die Motorradjacke gelassen.

Nach einer Weile erreichte er die Anhöhe, auf der sich die Basaltsteine der uralten Anlage erhoben. Im Zentrum der kreisrunden Ruine saß auf einem Altarstein der Donnergott Thor, den Blick auf den Hammer *Mölnir* in seinem Schoß gerichtet.

Adrian hatte einen zornigen oder einen niedergeschlagenen Thor erwartet. Stattdessen ließ ein wehmütiges Lächeln Thors Gesicht aufleuchten, als er Adrian erblickte. Anscheinend wusste Thor nichts von seinem Scheitern. Das machte es nicht gerade leichter.

Adrian trat näher und schüttelte niedergeschlagen den Kopf.

„Die Äpfel sind verloren. Es tut mir leid."

Thor legte ihm die schwere Pranke auf die Schulter.

„Das muss es nicht. Du hast mehr getan, als wir erwarten konnten. Und du hast dich deinen Dämonen gestellt."

„Dann weißt du bereits alles?"

Ein anderer Gedanke meldete sich.

„Hast du im *Hyde Park* schon gewusst, dass ich selbst hinabsteigen würde?"

Thor lachte. „Viel früher! Schon als ich dich auf dem Schulhof sah. Ich habe darauf vertraut, dass du das Richtige tun wirst. Auch wenn Odin mir nicht glauben wollte."

„Heißt das, du hast die ganze Zeit gewusst, wo das Notizbuch versteckt war? Warum hast du …"

Der Donnergott gebot ihm zu schweigen.

„Weil manchmal erst ein Umweg zum Ziel führt."

Adrian dachte darüber nach.

„Aber was wird jetzt aus euch?"

Thor wiegte den Kopf. „Vielleicht gibt es noch Hoffnung."

Adrian sah ihn verwirrt an.

„Aber wie?"

„Greif in deine Hosentasche."

„Was?"

„Na los!"

Widerstrebend folgte er der Anweisung und spürte in der Tasche seiner Jeans ein kleines, sehr kleines Objekt.

„Ein Apfelkern!"

Er hauchte die Worte mehr, als dass er sie aussprach. Bei seiner Flucht von der Felseninsel hatte er einen Apfel zu fassen bekommen, der in seiner Hand zerplatzt war. Die klebrige Hand hatte er sich an der Hose abgewischt. So musste der Kern in die Hosentasche gelangt sein.

Behutsam nahm Thor den Kern aus Adrians offener Handfläche und hielt ihn zwischen Daumen und Zeigefinger in das Licht der Morgenröte, als prüfe er den Facettenschliff eines Diamanten.

„Es wird eine Weile dauern, bis daraus ein Früchte tragender Baum geworden ist. In der Zwischenzeit werde ich die Paläste Asgards wieder errichten."

Adrian starrte ihn ungläubig an. Der Baum würde eines Tages Thor, aber nicht mehr seinen Vater retten können.

„Aber was wird aus Odin?"

Thor sah ihn mit ernstem Gesichtsausdruck an.

„Väter sterben eines Tages. Das ist der Lauf der Welt, nicht wahr?"

Adrian schluckte und nickte zur Bestätigung.

Wie bei ihren letzten Begegnungen flimmerte die Erscheinung des Donnergottes wie ein gestörtes Fernsehbild. Er hielt Adrian die Pranke hin und drückte ihm die Hand.

„Ich danke dir, Adrian Blackwell."

Noch einmal flackerte Thors Erscheinung auf.

Dann war er fort.

***

Adrian nahm auf dem Altarstein Platz, auf dem Thor auf ihn gewartet hatte, und richtete den Blick nach Osten, um auf den Sonnenaufgang zu warten. *Tageslicht,* dachte er, *nach all der Dunkelheit endlich Tageslicht.*

Eine Hand legte sich sanft auf seine Schulter. Adrian fuhr kurz zusammen und erkannte in der Dämmerung Alison neben sich. Die Kälte hatte ihre Nase gerötet. Sie wirkte erschöpft, brachte aber ein Lächeln zustande.

„Man küsst ein Mädchen nicht und lässt es dann einfach stehen."

Nachdem er sich von seiner Überraschung erholt hatte, breitete sich eine wohlige Wärme in ihm aus. Er vergaß, wie müde und durchgefroren er sich fühlte. Alison setzte sich neben ihm auf den Altarstein und richtete ihren Blick in Richtung aufgehender Sonne.

„Jetzt ist alles vorbei, oder?", fragte sie. Adrian nahm ihre Hand, um sie in seiner zu wärmen.

„Nein, jetzt fängt es an."

Ja, jetzt fängt´s erst an!
Die Abenteuer des Adrian Blackwell
gehen weiter.

Infos dazu auf
www.wortweit-verlag.at